惡人

あくにん

吉田修一

王華懋——譯

2007年 《達文西》編輯年度推薦白金本
第34屆 大佛次郎獎（朝日新聞）
第61屆 每日出版文化獎（每日新聞）
2007年 ダ・カーポ雜誌評選今年最棒！的書 第1名
2008年 日本書店大賞第4名
2007年 週刊文春推理小說 BEST 10

作者的話

《惡人》是一部以九州爲舞台的犯罪小說，在日本《朝日新聞》連載了約一年的時間。

在地方都市生活的小人物（加害者、被害者以及他們的家人與友人）捲入某起事件的過程中，我像輕掬瓢水般描述他們竭盡全力訴說的語言（聲音）。

出道十年，我可以很有自信地說：「這是我到目前爲止的代表作。」

衷心希望有更多的台灣讀者來讀這部《惡人》。

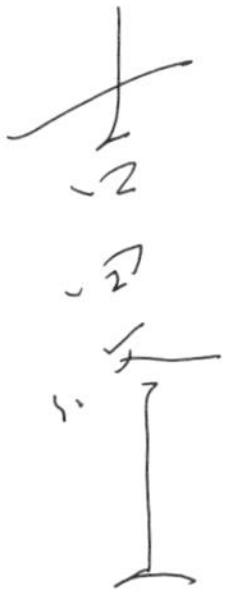

惡人

Contents

第一章　她想見誰？

國道二六三號線連接福岡市與佐賀市，全長四十八公里，南北跨越脊振山地的三瀨嶺。國道的起點是福岡市早良區荒江十字路口。此處並無特別稀奇之處，但這片土地從昭和四〇年代起，便逐漸發展成福岡市的市郊住宅區，周圍林立著許多中高層公寓，東側則聳立著巨大的荒江集體住宅區。此外，早良區也是福岡的文教區，荒江十字路口的半徑三公里內就有福岡大學、西南學院大學、中村學園大學等著名大學，可能也因爲有許多學生在此生活，行經十字路口的行人，以及在站牌等候巴士的乘客，即使是上了年紀，看起來也都朝氣蓬勃。

以荒江十字路口爲起點，沿著亦稱爲早良街道的二六三號線筆直南下，街道沿路有大榮超市、摩斯漢堡、7—11，以及招牌上大大地寫著「本」（註一）字的郊區型書店。不過，若仔細觀察便利商店，即可發現，離開荒江十字路口後，起初的便利商店入口仍緊鄰馬路，但是，過了野芥的十字路口，店門前逐漸出現停放一至兩輛車子的停車格；到了下一家，則能停放五、六輛車子，再到下個便利商店，停車場的規模更擴大到可以停放數十輛汽車。而來到與室見川相交的一帶，便利商店就像個小盒子般，孤伶伶地座落在能輕鬆停放數輛大卡車的空曠土地之中。

同時，從這一帶起，原本平坦的道路緩緩傾斜，馬路在須賀神社前大大地向右彎去後，沿線的民家越來越少，只剩下剛鋪好的柏油路及純白護欄在前方引導，最後進入三瀨嶺的山路。

三瀨嶺這裡，自古以來就不乏靈異傳說。較早的江戶時代初期，傳說是山賊的據點；昭和時期也有一宗神祕事件，傳說一名凶嫌在佐賀的北方町殺害七名女子後，逃到此地。而最新的、也是來到這座嶺口兜風試膽的年輕人當中最有名的傳聞，則是過去在嶺口有一間名爲奇露洛村的民宿，一名住宿的旅客發了瘋，殺害了其他旅客。

另外，雖然令人存疑，不過也有人宣稱看到幽靈，目擊地點大多在福岡縣與佐賀縣交界的三瀨隧道出口附近。

這座三瀨隧道被稱爲「回聲道路」，是一條收費道路。由於山路的急彎和陡坡很多，冬季難以行駛，爲了解決這個問題，三瀨隧道在一九七九年事業化，於七年後——一九八六年開通。

一般車輛單程兩百五十圓，大型車也只要八百七十圓，衡量金錢與時間，行駛長崎到福岡路段的駕駛當中，有不少人不行駛高速公路，而改選擇穿越這座山嶺。

事實上，如果從長崎開高速公路到博多（註二），一般車輛單程也要三千六百五十圓，但是如果選擇穿越三瀨嶺，就算支付隧道使用費，也能節省將近一千圓左右。

但是，這條路就算在白天，濃密的樹林從左右兩方覆蓋住整條馬路，詭異萬分；一到晚上，不管行駛得再快，感覺也像拿著一把手電筒踽踽獨行在山上似的。

從長崎出發的車子，爲了省錢而穿越這條山路時，都會行經長崎—大村—東彼杵—武雄，再經由高速公路「長崎自動車道」，從「佐賀大和」交流道下去。

這條東西橫貫的長崎自動車道在「佐賀大和」交流道附近與另一條路交會，也就是以福岡市早良區爲起點、穿越三瀨嶺而來的國道二六三號線。

註一：日文中的「本」字，即爲中文「書籍」之意。
註二：福岡舊稱。

直到二〇〇二年一月六日前，說到三瀨嶺，一般人只會想到，那裡有一條由於高速公路開通而老早被遺忘的山路而已。

若要列舉它的特徵，對卡車司機來說，這是一條可以省錢的山路，對遊手好閒的年輕人來說，是一個可疑的靈異景點，而對當地人來說，則是投入了五十億圓經費建設巨大隧道而開通的縣境山路，如此罷了。

然而，這一年，九州北部難得積雪的一月上旬，這條連結福岡與佐賀的國道二六三號線，以及連結佐賀與長崎的高速公路「長崎自動車道」，在如血脈般遍佈全國的無數道路之中，宛如浮上皮膚表面的血管一般，從道路地圖上浮現了出來。

這一天，住在長崎市郊外的年輕土木工人，因勒殺住在福岡市內的保險業務員石橋佳乃並涉嫌棄屍，而遭到長崎縣警方逮捕。

這起事件發生在九州難得積雪的日子，三瀨嶺被封鎖的隆冬夜晚。

◇

石橋理容院就位在ＪＲ久留米車站不遠處。這天，二〇〇一年十二月九日星期日，儘管是假日，從早上卻未見半個客人上門。老闆石橋佳男似乎想要招攬客人，穿著理容師的白色制服走出店外，窺看北風呼嘯而過的馬路。妻子里子做好午餐，在店裡用完後都已經過了一個小時，店門外卻仍漂蕩著一股咖哩味。

從店門口的馬路能遠望ＪＲ久留米車站。閒散的站前圓環上，兩輛等待載客的計程車已經停放了一個小時以上。每當看到這塊閒散的站前廣場，佳男就心想：如果自己的店不是在ＪＲ車站前，而是在西鐵久留米站前的話，生意會不會好些？事實上，連接福岡市內與久留米這裡的兩條路線幾乎是平行的，但是ＪＲ特急單程是一千三百二十圓二十六分鐘，而西鐵的急行雖然要花上四十二分，卻只要半價以下，六百圓就能到福岡市內了。

所以是要省下十六分鐘的時間，還是要省下七百二十圓的金錢呢？

佳男每次在店鋪前看到一年比一年蕭條的ＪＲ久留米站前，就會忍不住心想：人可以因為七百二十圓輕易地賣掉十六分鐘的時間哪。當然，並非每個人都是如此。例如說，同樣姓石橋，久留米享譽全世界的普利司通輪胎的創業者——石橋家族，他們貴重的時間就不是這種小錢替換得了。但是那樣的人在這個城鎮也只有一小撮，就像在十二月的星期日下午等待著客人上門的自己一樣，幾乎所有的居民想要去福岡的時候，就算車站遠了一些，還是會前往較便宜的西鐵車站。

佳男曾經用ＪＲ與西鐵的差別做了一個計算。如果把十六分鐘換算為七百二十圓，一個人若活到七十歲，那麼一生究竟值多少錢呢？佳男拿起計算機計算，看到上頭顯示出來的金額，他一開始以為自己算錯了。算出來的結果，竟然高達十六億圓。他連忙重新計算，但得出來的金額還是相同。人的一生值十六億圓。我的一生值十六億圓。

這只是閒來無事亂按計算機所得到的金額，僅是毫無意義的數字，但是這個價錢，讓生意逐年變差的理容店老闆石橋佳男瞬間感到幸福。

佳男有個獨生女，叫做佳乃，今年春天從短期大學畢業，並在福岡市內擔任保險業務員。佳男說既然在同一個縣內，而且薪水非固定薪很不穩定，所以還是像讀短大的時候一樣，從自家搭乘西鐵通車就好。他反對了兩個星期，但佳乃堅持說：「公司有房租補貼，而且要是住在家裡，無法投入工作。」最後還是搬到公司在辦公地點附近承租的公寓去了。

但或許那也不是原因。佳乃搬到博多之後，幾乎再也不回家了。就算打電話叫她週末回來，也冷冷地回絕說要接待顧客，沒辦法回家。佳男想，那麼這次過年總該回來了吧？沒想到前幾天妻子竟告訴他：「這次過年，佳乃說要和公司同期的同事去大阪，不回來了。」

「去大阪？去幹什麼！」佳男對妻子怒吼。

可是妻子似乎早已預料到他的反應，回答說：「就算你吼我，我也不知道啊。她只說一群女同事要去環球什麼城的。」說完匆匆走到廚房準備兩個人的晚餐了。

「這麼重要的事，妳怎麼到現在才告訴我？」

佳男又朝著妻子的背影吼道，妻子一邊將醬油倒進鍋子裡，一邊靜靜地說：「佳乃都已經出社會了，根本沒有機會休假，難得有假，就讓她自己愛去做什麼吧。」

剛認識妻子時，還是個幾乎可榮獲久留米小姐寶座的美女，但是生下佳乃之後，身上的脂肪日益屯積，現在已經與過去判若兩人了。

「妳什麼時候知道的？」

他才這麼一吼，店門就「噹」地響了起來。佳男一面咋舌，一面折回去店裡。雖然妻子什麼都沒有說，但女兒一定是打電話來拜託：「在我預約好機票之前，要跟爸保密唷。」而妻子一定是不耐煩地應道：「知道啦，知道啦。」他可以想像出當時的情景。

進來店裡的，是不久前還由母親帶來住在附近的小學生，他長得很可愛，就像個戴盔甲的日本娃娃般，可是不曉得是不是嬰兒的時候母親沒怎麼抱他，後腦勺扁得就像片斷崖絕壁，教人發噱。

話說回來，這孩子還會來附近的理髮店剪髮，算是很好的了。等到他上了國中、高中以後，注重起打扮，就會說什麼想留頭髮，或是那家理髮店剪得很土，不肯再來，然後不知不覺中，已經會在週末搭乘西鐵去博多，到事先預約的時髦髮廊剪髮去了。

前些日子，佳男在市內的理容美髮工會裡這麼提到，在一旁喝燒酒的莉莉美容院老闆娘便插口說：「男生還算好呢。像女生，別說是國中生了，她們現在從小學就會去博多的沙龍囉。」

「妳自己還不是從小就愛漂亮，哪有資格說現在的小孩？」

因爲年紀相近，彼此不必客套，佳男這麼揶揄著她。

「我們那個時候，博多還沒有沙龍呢，都是自己拿髮捲，在鏡子前站上兩、三個小時燙的。」

「聖子髮型對吧？」

佳男笑道，在旁喝酒的幾個人也拿著酒杯加入兩人的對話：「都二十年以前的事囉。」

以年代來說，佳男等人較爲年長，不過松田聖子的確是從這個城鎮展翅翱翔出去的。回想一九八〇年代初期的當時，佳男感覺現在已經暗淡無光的這座久留米小鎮似乎又乘著她清亮的歌聲，再次閃耀發光。

佳男年輕的時候，曾經去過東京一次。他在當時組了一支技藝拙劣的搖滾比利樂團，和團員一起塗滿了髮油，搭乘夜間電車，到原宿的步行者天國（註）參觀。

第一天，他們完全被擁擠的人潮給嚇傻了。但是第二天他們也習慣了人潮，佳男還記得，起初可能出於鄉下人的自卑感和焦躁感，最後竟對在步行者天國跳舞的男人找碴鬧事。但東京的年輕人聽到他們操著九州口音的狠話，面色不改地說：「喂，你們很礙事耶，可不可以滾一邊去？」此外，他還回想起：當他們走在六本木的街道上，尋找導遊手冊上的酒吧時，鼓手政勝深深感慨地說：「松田聖子眞的好厲害。她離開久留米，在這種地方成功了。」佳男到現在都還忘不了這句話。仔細想想，就是在那場旅行回來之後，當時尚未結婚的里子告訴他已經懷了佳乃。

不知道是不是在店頭等待客人發揮了效果，這天到了黃昏，客人突然絡繹不絕地進門來。第一個來的男客住在附近，去年剛從縣政府退休，因爲有退休金和年金，不必擔心退休後的生活，或許是因爲這樣，最近他一口氣買了三隻要價十萬圓的迷你臘腸狗，就連來理髮的時候，雙手都抱著那三隻狗。

佳男把三隻吵鬧的狗繫在店門口，修剪這名男子日漸稀疏的頭髮時，同樣住在附近的小學生過來了。小學生也沒有打招呼，一進店裡就坐到後面的長椅上，讀起帶來的漫畫。霎時間，佳男猶豫著要不要叫妻子來剪，但是想到臘腸狗飼主快剪好了，便對冷漠的少年說：「這邊快剪好了，你再等等啊。」妻子和佳男結婚之後，進入博多的專門學校，取得理容師執照，兩人原本夢想將來再開一家店，但是八〇年代的景氣立刻被陰影籠罩，不僅如此，三年前母親因爲腦血栓過世之後，妻子竟說出教人發毛的話來：「我一碰到別人的頭髮，就有一種摸到屍體的感覺。」最近她連店裡都不肯進來了。不過生意好的時候擋也擋不住，就在佳男爲縣政府退休的客人刮鬍子時，第三個客人來了。佳男實在沒辦法，出聲朝店裡面叫喚，想請妻子出來理髮，卻傳來不甚高興的聲音：「我現在在忙！」

「忙什麼？客人在等啊！」

「我才剛在給蝦子清腸泥啊。」

「什麼蝦子的腸泥，等一下再弄不就好了！」

「可是現在先弄比較……」

妻子的話還沒說完，佳男已經死了心。鏡子裡，去年剛從縣政府退休的男子目瞪口呆地微笑。可能之前也在這裡聽過類似的對話吧。

「不好意思啊，請你再等等啊。」

佳男對背後的國中生說道。國中生也不在意，專心地看著漫畫。

「理髮師的老婆還這樣，一點用都沒有。」

佳男重新拿好剪刀，咂了咂嘴，客人在鏡中與他對望，說：「……我家的也是，我只是拜託她遛個狗，就生氣地對我大吼：『你完全不知道做家事有多辛苦！你以爲我是女傭還是什麼！』」伸了伸舌頭。

聽到客人的話，佳男客套地笑了笑，但是靠年金生活的人拜託妻子遛狗，與理髮師拜託

註：在一定時間內禁止車輛通行，完全開放給行人使用的特定路段。日本於一九七〇年首度於東京銀座、新宿等鬧區實施，成爲一般人發表歌唱、舞蹈等才藝的地方，孕育出許多流行文化與風俗。

妻子幫客人理頭髮，根本不能相提並論。

後來十分稀奇地，客人竟接踵而至。直到七點打烊爲止，包括染白頭髮的客人在內，總共來了八個客人。彷彿每個月一次的常客一口氣都過來了似地，忙得不可開交。雖然想叫妻子幫忙，但她清完蝦子的腸泥後，馬上就出門買東西了。

這一天，送走最後的客人後，佳男一面清掃地板上散亂的頭髮，一面心想：就算不是每天也好，至少一星期有個一天這樣的日子的話，該有多好。由於理髮時一直站著，腳和腰都瀕臨極限快撐不住了，但是代替收銀機使用的老舊皮革錢包裡塞滿了千圓鈔票，他已經十年以上沒有摸過這麼飽滿的觸感了。

佳男關上店門，來到起居間，妻子正在和女兒講電話。佳乃勉強遵守著每星期天晚上至少要打一通電話回家的約定。但是佳男看著妻子和女兒講電話，不是關心她們聊天的內容，而是忍不住擔心起電話費。數個月前，女兒退掉了ＰＨＳ，買了新的手機。佳男好幾次告訴她，說房間裡有室內電話的話，就用室內電話打，女兒卻說手機可以拿著講，比較方便，老是用手機打電話回家。

◇

此時，佳男的獨生女——石橋佳乃，正在福岡市博多區千代的平成壽險所承租的公寓「費莉博多」的一室，一面漫不經心虛應著母親說「常客帶來的迷你臘腸狗好可愛」的話，一面補塗指甲油。

「費莉博多」裡約有三十間單人房，住的全都是平成壽險的女性業務員。它與一般公司管理的宿舍不同，並沒有餐廳和宿舍規定，住的人雖然上班地點不同，但畢竟是同一家公司的職員，經常會隔著陽台聊天，每天晚上也會有幾個人拿著罐裝果汁，聚集在中庭的小涼亭裡熱鬧地談天說笑。

房租部分公司補助三萬圓，入住者再支付三萬圓。房間裡頭有衛浴設備和小廚房，爲了節省餐費，不少人會集合在朋友的房間一起料理晚餐。

由於母親一直講臘腸狗的事，沒完沒了，佳乃終於忍不住打斷她的話說：「媽，我要跟朋友去吃飯了。」

母親分明剛打電話來時就已問過，卻好像這才發現女兒還沒用晚餐似地道歉說：「哎呀？是唷。對不起，對不起。」然後又硬是說：「等一下唷，我叫妳爸來聽。」拿開了話筒。

佳乃心裡覺得煩，走出陽台。二樓的陽台可以看見中庭的涼亭，幾個人在天寒地凍的戶外開心地聊天著。裡頭有個叫仲町鈴香的女人，來自埼玉，可能是對自己說話完全沒有地方口音相當自負，用壓過眾人的大嗓門談論著無聊的電視連續劇情節。

當佳乃要離開陽台，回到房間裡時，手機傳來父親的聲音：「喂？」

「我要和朋友去吃飯了。」

佳乃先發制人似地說。但是父親好像也沒有什麼話對她說，也不若平常那般抱怨店裡生意不好，「這樣啊，出門小心點。……對了，工作還順利嗎？」他難得心情很好。「工作？推銷保險哪有可能一下子就拿到契約嘛？」佳乃簡短地回答，「我該走了啦。再見。」後便掛斷了電話。

她完全不曉得這是她與父母最後的對話。

佳乃在公寓大廳等了一會兒，沙里和眞子彷彿配合彼此的腳步一起走下樓梯。她們三個人的上班地點都不同，但在這棟「費莉博多」裡，和佳乃最要好的就屬她們兩個。

沙里高高瘦瘦，眞子有點矮胖，兩個人並排走下樓來，高度應該相同的階梯看起來也變得不一樣高。

這一天，她們三個人白天也一起去逛了天神的百貨公司等地方，還不到晚餐的時間便回來公寓了。

沙里走下樓梯，耳朵上已經戴上白天剛在三越的Tiffany買的Open Heart耳環。爲了買下這付兩萬多圓的耳環，沙里在店裡猶豫了將近一個小時。

沙里一面考慮價錢，一面物色著其他款式的飾品，佳乃已經等得不耐煩，忍不住插嘴說：「猶豫的時候，還是買經典款最好。」

佳乃若無其事地誇獎走下樓梯的沙里的耳環，脫掉再重新穿上感覺怪怪的長靴。長靴的腳跟已經磨平，拉鍊都快壞了。而旁邊兩人穿的長靴也差不了多少。

佳乃起身問道：「欸，要去哪邊吃？」「鐵鍋餃子如何？」這種時候難得表示意見的眞子說。

「啊，我也有點想吃煎餃呢。」

沙里馬上贊成，望向佳乃徵求同意。

佳乃把手中的手機收進路易威登的Cabas Piano肩包裡——這是她短大畢業的時候要父親買給她的——然後取出同樣是路易威登的錢包，半帶嘆息地確認裡面只剩下不到一萬圓的現金。

「還要去到中洲，不會很麻煩嗎？」佳乃應道，沙里似乎從她的話裡察覺有異，問道：「妳跟人家有約嗎？」佳乃曖昧地偏著頭。

「妳是要去見增尾嗎？」

沙里半驚訝、半懷疑地揚聲盯著佳乃的臉看。「咦？妳怎麼知道？」佳乃閃躲問題。「可是，如果今天能見到一下下就好了。」她急急地說。

「那還是不要吃煎餃比較好吧。」

眞子從旁插嘴說。她說得相當迫切，佳乃忍不住笑了。

從「費莉博多」走到地下鐵千代縣政府前站，不用三分鐘。不過途中的路線緊臨東公園，樹林茂密，白天的時候還好，但町內會的公告欄上也張貼了公告，警告民眾盡量不要在晚間單獨經過。

東公園是附設於福岡縣政府的公園，裡面建有龜山上皇的銅像，龜山上皇在十三世紀元寇進犯的時候，向伊勢神宮祈禱「願以此身代國難」而聞名。此外還有日蓮宗開祖日蓮聖人的銅像。廣大的公園裡，座落著祭祀惠比須神的十日惠比須神社以及元寇史料館等建築物，但是日暮以後，整個公園彷彿就成了一座鬱蒼的森林。

三人走向車站的途中，佳乃把增尾圭吾幾天前寄給她的電子郵件拿給沙里和眞子看。

「環球影城！我也想去！可是過年的時候人一定很多。好吧，我要去睡了，晚安。」

沙里和眞子輪流讀完信之後，無不發出羨慕萬分的嘆息聲。

「欸，他這是不是在邀妳一起去環球影城啊？」

眞子個性直爽，讀完郵件後，羨慕地對佳乃說。「是嗎？」佳乃曖昧地微笑，於是這次換沙里插嘴了：「如果妳主動邀約，增尾一定不會拒絕的。」

增尾圭吾是南西學院大學商學部的四年級生。據說家裡在湯布院經營旅館，在博多車站前租了一間大公寓居住，並且擁有一輛奧迪Ａ６。佳乃等人在今年——二〇〇一年十月中旬左右，在天神的酒吧結識了增尾。她們三人是碰巧進去那家酒吧的，增尾和他的朋友正在裡面喝酒喧嘩，邀她們一起玩射飛鏢，結果一直玩到將近十二點。

那天晚上，增尾向佳乃要了電子信箱，這是事實。但是，佳乃說他們後來約會了好幾次則是騙人的。

「等一下妳不是要跟增尾見面嗎？到時候約他看看呀？」

剛才被問道「妳和誰有約嗎」的時候，佳乃支吾其詞，所以兩人深信佳乃等一下一定是要去跟增尾見面。

佳乃像要逃離沙里的視線，再三地說：「今天眞的只是見一下面而已。」

三人的腳步聲彷彿被萬籟俱寂的東公園的黑暗給吸了進去。

抵達車站之前，三人一直在聊增尾圭吾。公園旁的道路很陰森，但是三人的聲音很開朗，讓人感覺路燈的數量變得比平常還多。

抵達地下鐵車站，搭車前往天神的途中，三個人還是在聊增尾圭吾。像是他長得像哪個藝人，或是在網路上查到他家開的旅館還有離館，附有露天溫泉。

在天神的酒吧認識增尾的時候，增尾只向佳乃一個人要了電子信箱，這讓佳乃感到得意。所以當沙里問她「欸，增尾寄信給妳了沒？」時，那種得意使得她不由得扯謊說：「嗯，有啊，我們這個週末要見面。」那個週末沙里和眞子兩人仔細地打點佳乃的服裝和髮型，熱熱鬧鬧地把她送出公寓。不經意的小謊言變得一發不可收拾，那天佳乃只好搭乘西鐵回老家，打發時間。

但是在天神的酒吧邂逅以來，佳乃與增尾也不是完全沒有聯絡。只要佳乃寄信過去，增尾就一定會回信，佳乃寄信說：「眞想去環球影城看看。」增尾便回信說：「我也超想去的！」語尾還加了驚嘆號。可是，事情並不會就這樣發展成「那我們一起去」。他們雖然交換過幾次電子郵件，但是自從在天神的酒吧認識以後，佳乃連一次都沒有見過增尾圭吾。

進到中洲的鐵鍋餃子店之後，三個人依然繼續談論增尾。桌上擺著滷雞翅、馬鈴薯沙拉和主餐煎餃，三個人喝著生啤酒，眞子由衷羨慕佳乃交到男朋友，而沙里則半帶嫉妒地忠告佳乃小心增尾花心。

「欸，佳乃，時間來得及嗎？」

聽到真子這麼說，佳乃望向店裡的掛鐘，油光閃閃的玻璃底下，時針已經指著九點了。

「沒關係啦。他晚一點也跟朋友有約，只能見一下下而已。」佳乃回答。真子立刻嘆息說：「哇，就算只有一下下，還是會想見面呢。」佳乃也不想更正真子的誤解，只是聳了聳肩說：「我明天也要上班啊。」

這天晚上，佳乃實際上約好要見面的對象，並不是增尾圭吾。由於增尾遲遲不寫信來，佳乃感到焦急，為了排遣無聊，她忍不住上交友網站登錄資料。她等一下要見面的對象，就是在那裡認識的一名男子。

◇

正當佳乃與沙里、真子在中洲的鐵鍋餃子用餐，大聊特聊增尾圭吾的時候，距離約十五公里遠的三瀨嶺轉角處，那名男子正緊急轉彎，把車子停在滿地沙礫的路肩。這條山路稱之為國道，實在是太過荒涼了。

底下碾過的白線浮現在車子的鹵素燈中，一瞬間看來像條蠕動的白蛇。白蛇像要綁緊山路似地延伸出去。被緊緊綁住的山嶺掙動身子，山中的樹木彷彿因此搖曳。

若是背對這條山路走去，在昏暗的一片漆黑當中，可以看見遠遠張開大口的三瀨隧道出口。相反地，順著山路下山，博多的市鎮便逐漸擴展在眼前。

車子停在路肩，鹵素燈把灰塵和前方的草叢照得一片蒼白。一隻蛾穿過光圈離去。

從佐賀大和交流道一直到這裡，全是連續而陡急的山路彎道。因此，每當轉彎，放在儀表板上的十圓硬幣就跟著左右移動。

這枚十圓硬幣，是進入山路前繞去加油站加油找的零錢。他平常總是三千圓、三千五百圓的，以價錢來加油，可是車門另一頭的年輕女員工長得很可愛，他忍不住打腫臉充胖子地說：「高辛烷汽油，加滿。」總共是五千九百九十圓。用千圓鈔票付完帳之後，他的錢包裡只剩下一張五千圓鈔票了。

加油站的女員工雙手抓著粗壯的加油槍，插進給油孔。男子目不轉睛地從車外後視鏡盯著她的動作。加油的時候，女員工繞到車子前面，像要把豐滿的乳房壓上來似地擦拭著擋風玻璃。十二月初旬，夜風相當寒冷，女子的臉頰凍得紅通通的。街道兩旁都是殺風景的田園，只有這家加油站明亮得宛如白晝。

「星期天我跟朋友約好一起吃飯，如果晚一點的話……」

「晚一點也沒關係。」

「可是宿舍的門禁到十一點……」

數天前，透過電話傳來的佳乃的聲音在耳邊復甦。

男子將儀表板上的十圓硬幣塞進牛仔褲袋。指尖碰到硬起來的陽具。他並非想著佳乃，只是就在稱霸山路的一個個急轉彎當中，不知不覺就變成這樣了。

男子名叫清水祐一。他住在長崎市郊外，二十七歲，是個土木工人，接下來正要去見石橋佳乃。他在上個月和佳乃見過兩次之後，就一直聯絡不到她。

祐一和佳乃約在晚上十點，就算加上下山的時間，也完全來得及。地點是上次載她回去的市內東公園正門前。他記得從停車的地方，看得見公園裡巨大的銅像。

祐一打開車門，只把腳挪出駕駛座外。這輛車的車身改造得較低，所以腳可以完全踩住地面。

要是在這裡抽根菸，就能打發掉一點時間，只是，祐一沒有抽菸的習慣。工作的時候，碰到工地的休息時間，其他工人都會抽菸，而祐一經常無事可做；不過比起抽菸，他覺得閉上眼睛消磨時間更能夠解悶。

脖子感覺到車內溫暖的空氣流出外面。

遠處看得見隧道出口，除此之外，看不到其他有色彩的物體。不過籠罩著山路的黑暗也有許多色彩，像是山嶺接近紫色的黑、藏在雲間的月亮周圍明亮的黑、以及覆蓋住近處草叢的漆黑。仔細觀察的話，仍看得出許多色彩。

祐一閉眼又張眼了一會兒，比較著盲目與現實的黑暗之間的不同，忽地，他看見兩道小小的車燈從山坡爬上山路。車燈彎過轉角消失，又出現在下一個轉角。光雖然小，卻也照亮了白色的護欄與橘色的路口反射鏡。

此時，隧道駛來一輛小型卡車，轉眼間通過祐一眼前。車子一離去，強烈的家畜臭味隨之而來。突然混進山間清澈空氣裡的家畜臭味，就像水母般緊緊咬住祐一的鼻子。

祐一為了擺脫臭味，關上車門，放倒車椅躺下。他從口袋裡取出手機查看，但沒有佳乃的郵件。相反地，他打開相機功能，佳乃的內衣照片顯現出來。雖然沒有拍到臉，但連肩口上的一顆小痘子都拍得一清二楚。
為了拍下這張照片，祐一被佳乃索求了三千圓。
「等一下，不要拍啦。」
在博多灣海埔新生地上的一家愛情賓館裡，祐一拿著手機鏡頭對準佳乃的時候，佳乃立刻用白襯衫掩住了胸口。原本打算要穿而拿起的襯衫，慌忙之下似乎握得太用力，她明顯露出不悅的表情說：「等一下，你看，衣服都弄皺了啦！」
愛情賓館的內部牆壁，似乎直接在水泥牆上糊上壁紙，感覺令人窒息。三小時要價四千三百二十圓，室內鋪著廉價地毯，擺了一張鐵管雙人床，雖然有彈簧床墊，但不知道為什麼，上面又鋪了一塊比床墊小一號的和式墊被。房間裡有一道無法開關的上下拉窗，外頭不是港口的風景，而是都市高速公路的高架橋。
「欸，讓我拍一張嘛。」
祐一不死心地低聲要求，佳乃失聲笑道：「你白痴啊？」比起祐一，她似乎更介意被弄皺的襯衫。
「一張就好。我不會拍到臉。」
祐一跪坐在床上，苦苦哀求。佳乃一瞬間抬眼望他，不耐煩地問：「拍照唷？……你要給我多少？」
祐一身上只穿著內褲。脫下來的牛仔褲掉在床下，裝了錢包的後口袋高高隆起。
祐一沉默不語，佳乃說：「三千圓就好。」她已經不再遮掩胸口，比白襯衫更有光澤的胸罩陷進乳房裡。

祐一用拇指按下按鈕。「啪」地一聲，一道清脆聲響，半裸的佳乃就這樣留在手機裡。

佳乃立刻跳上床來，吵著要看照片。她確認沒拍到臉後，說：「我真的得走了，門禁時間快到了。」她下了床，穿上白襯衫。

賓館的停車場可以遠遠地看到福岡鐵塔。祐一伸長了脖子眺望，佳乃催他：「喂，快點啦。」

「妳去過福岡鐵塔的觀景台嗎？」祐一問。

佳乃不耐煩地答道「小時候去過」，揚揚下巴，催促祐一快上車。祐一本來想說「那看起來好像燈塔」，但是佳乃早已坐上副駕駛座了。

◇

「如果這次過年要跟增尾去環球影城，至少也要住上兩晚吧？」

佳乃一面從鐵鍋裡夾出冷掉的煎餃，一面說道。

她和清水祐一約定十點，但店裡的時鐘已經指著十點了。

「佳乃，妳去過大阪嗎？」

眞子喝了兩杯生啤酒，一張臉變得紅通通地問道。「我沒去過。」佳乃搖搖頭說。

「我也沒去過。不過我有親戚住在那裡。」

眞子平常話不多，但一喝醉就會變得饒舌。她平常講話有點大舌頭，一旦喝醉，聲音就變得像在撒嬌，和男生聯誼的時候，總是讓女生覺得礙眼。

「我也沒出過國……」

眞子斜坐在座墊上，手肘頂著桌上說，於是佳乃答道：「我也還沒有出過國。」

「像沙里，她去過夏威夷呢。」

沙里離席去上廁所，眞子也不是特別羨慕地望著空掉的座墊說道。

眞子這種恬淡無欲的地方，有時候讓佳乃很受不了。她覺得眞子在說自己的事的時候，總是有那麼一句「反正我」的開頭語。

佳乃、眞子以及現在去廁所的沙里，在公寓裡確實是公認的三個好朋友。雖然不到「總是」的地步，但她們經常聚在其中一個人的房間裡用晚餐，有時候也會霸占中庭的涼亭，談笑到日沒。業績都不好這一點，也加深了三個人的羈絆。剛進公司的時候，個性好強的佳乃與沙里兩個人也曾經彼此競爭每個月的業績，但是當兩邊都拉完親戚朋友的保險之後，轉眼間就幹勁全失了。包括原本就沒什麼推銷能力的眞子在內，她們三個人最近到營業處參加完朝會之後，就放棄毫無意義的外勤拉保險工作，而常溜去看電影。

說起來，佳乃與沙里算是有個性悠哉的眞子這個緩衝才能相處在一起。

「欸，如果增尾眞的答應要去環球影城，眞子要不要一起去？」佳乃說。

沙里還沒有從廁所回來。

「我？」

眞子原本在桌上托著腮幫子，有些吃驚地抬起下巴。

「我叫增尾約其他朋友，四個人一起去吧。那種地方，人多比較好玩吧？」

這個時候，佳乃和增尾根本沒有約好要去環球影城，但是佳乃或許是藉由把別人捲進自己幻想的計畫裡，想沉浸在彷彿美夢逐漸成眞般的甜美興奮中。而且就算說謊騙了眞子，事到臨頭再告訴她：「增尾突然有事不能去了。可是票很浪費，我們兩個一起去吧！」也無妨。當然，最好是能夠和增尾兩人一起去，但是就算只能跟眞子去，佳乃也想在這次過年到環球影城看看。

「可是，不約沙里好嗎？」

眞子不安地望著佳乃的雙眸。

「可是，增尾好像不太喜歡沙里哩。」

佳乃故意壓低聲音說。

「眞的假的？在酒吧的時候，他們看起來很要好啊。」

「不要告訴沙里唷。要不然她很可憐。」

佳乃故作嚴肅地說，眞子認眞地點頭。

當然，說什麼增尾討厭沙里，都是騙人的。只是，不管說什麼，眞子都會信以爲眞，所以佳乃有時候會撒些無傷大雅的小謊，看眞子的反應取樂。

安達眞子，出生於熊本縣人吉市，爲家中獨生女，父親是販賣中古車的業務員，母親則在同一家營業處兼差。眞子就像在夫妻和睦的家庭中生長的女孩，原本工作對她而言只是暫時的，她希望短大畢業後盡快結婚。眞子從小就不是會主動結交朋友的類型，而是等待別人來挑選的被動性格。儘管如此，高中畢業以後，她還是決定進入福岡的短大就讀，也不管有沒有認識的朋友，就這麼入了學。結果那是一所女子高中直升短大的大學，她在裡頭成了孤單一人。眞子非常想要回去人吉，而家鄉卻苦無工作。無可奈何之下，她只好進入平成壽險就職，搬進公司承租的公寓，總算結交到佳乃和沙里兩個朋友。和高中時代的朋友相比，兩個人都有點時髦，但是眞子還是鬆了一口氣，心想這下子在找到結婚對象之前，不會感到寂寞了。

「對了，上次我在中庭被仲町鈴香叫住哩。」

馬鈴薯沙拉的小黃瓜貼在小缽裡，眞子靈巧地用筷子夾起來，她忽然想起來似地說。

「什麼時候？」

佳乃想起鈴香在中庭的涼亭裡自傲地用東京口音說話的模樣，表情有些難看地反問。

「大概三天前。她問我說：『我聽沙里說增尾跟佳乃在交往，是眞的嗎？』喏，仲町鈴香不是有個朋友跟增尾是大學同學嗎？」

分明在意的說話口氣，眞子反而一臉不感興趣，清脆地嚼著馬鈴薯沙拉的小黃瓜。

「那妳怎麼回她？」

佳乃故作鎮靜地反問。

「我跟她說『大概』……」

可能是佳乃的口氣很凶，眞子有點害怕地停止咀嚼小黃瓜。

正好這個時候，沙里從一樓的廁所回來了。

「咦？什麼？妳們在講什麼？」

沙里一面脫靴子，一面出聲問。

像這種有包廂的店，通常都會準備客用拖鞋，讓客人上廁所的時候換穿，但是沙里一定得穿自己的鞋子去。她說她有潔癖，和別人共用鞋子，會覺得不舒服，但是佳乃一直懷疑她的說法。佳乃望著眞子又伸筷夾馬鈴薯沙拉，說：「說到仲町鈴香，她好像喜歡增尾呢。所以她才會仇視我。」

這完全是佳乃不自主的信口開河，但似乎能夠發揮出意想不到的牽制效果。就算鈴香從她和增尾同校的朋友那裡聽到什麼，她所說出來的事實，也會因爲佳乃剛才的謊言，變成出於嫉妒的逞強話。

沙里脫下靴子，進了包廂，立刻追問佳乃編出來的謊話：「眞的嗎？」沙里的這種個性，讓佳乃無論如何都無法相信她眞的有潔癖。如果佳乃在公寓房間吃麵包，沙里就會立刻伸手討著要：「給我一口。」而且有時候還會一條手帕連續用好幾天都不換。沙里說，她以前有個高中時代一直交往的男朋友，但是佳乃有一次偷偷對眞子說，那可能也是騙人的，她懷疑沙里其實還是個處女。

事實上，沙里今年二十一歲，還沒有與男人共度良宵的經驗。她對佳乃和眞子撒謊說：「短大的時候，我沒有和任何人交往，可是高中的時候，我跟一個籃球社的男生交往了三年。」沙里就讀的高中的確有這樣一個男生，但是他不是與沙里交往，而是和別的女生交往了三年，可以說是沙里暗戀了人家三年。但是沙里現在來到了福岡，沒有人知道她的過去，所以她趁機捏造這段事實，將唯一一張運動會時拍下的兩人合照拿給佳乃和眞子看。

眞子看到那張照片，坦率地感嘆道：「哇，好帥唷！」這句話讓沙里分不清謊言與現實界線。

每當眞子誇讚「好帥，腳好長，眼睛好大，牙齒好白時」，沙里就陷入一種彷彿自己被誇讚的錯覺。事實上，沙里正是喜歡那個男生的這些地方，被眞子這麼一誇，她就覺得好像被這樣一個男人深愛了三年。

不管是「費莉博多」還是營業處，都沒有人認識高中時代的沙里。只要她不說，過去的自己要怎麼改寫都行。沙里在福岡找到了新的樂趣：創造出理想的自己。

可是，就算騙得過老實得像傻瓜的眞子，一旁的佳乃也總是露出狐疑的眼光。事實上，當沙里第一次拿出運動會照片的時候，眞子由衷地發出歡呼，一旁的佳乃卻說：「欸，妳打個電話給他嘛。」

沙里當然拒絕，說兩人已經分手了，佳乃卻追問：「可是，對方還喜歡著妳不是嗎？因爲妳要搬來福岡，他才百般不捨地跟妳分手的不是嗎？要是妳打電話給他，他不是應該會很高興嗎？」佳乃彷彿嘲笑著困惑的沙里。

也因爲這樣，當剩下沙里與佳乃兩人獨處的時候，沙里有時候會喘不過氣來。和眞子在一起的時候，自己可以是主角，但是和佳乃兩個人相處，沙里就有種內疚的感覺，彷彿全身穿戴了名牌假貨。不過若是在街上被男生搭訕，跟內向害羞的眞子就不能盡興地去玩，和佳乃一起的話，就可以變得大膽放縱，要男生請她們吃美食，一起唱卡拉ＯＫ，最後再撒謊說有門禁，揮揮手走人。

佳乃等三人轉眼間就吃光了最後叫的一人份煎餃。她們已經吃完四人份，平均一個人吃了十三顆。

佳乃把腳在桌子底下伸直，誇張地撫摸肚子說：「吃太飽了。好不容易才瘦了一公斤說。」沙里和眞子也擺出相同的姿勢，似乎也吃得很飽，「呼」地大口吁氣。

佳乃拿起帳單，將總額除以三，此時眞子仰望牆上的時鐘說：「眞的沒關係嗎？已經十點半了耶。」

佳乃霎時間弄不清她在問什麼事情沒關係，反問：「什麼？」

「什麼什麼，喏，妳不是跟增尾……」眞子納悶地說。

這時候佳乃才想起來，她們兩個仍然誤會自己接下來要去見增尾。

「啊，嗯，我差不多該走了。」佳乃裝出著急的樣子。彷彿接下來眞的要去見增尾。

事實上，剛到十點的時候，佳乃本來想傳郵件給祐一，說她會晚到，不過那時候她正忙著講仲町鈴香的壞話，才忘了聯絡。

祐一纏著說想見她，她才不得已答應。祐一說「我想把之前的錢還妳」。如果眞的只有這樣，只需要五分鐘就搞定了。

佳乃把帳單上的金額除以三，告訴兩人金額。煎餃一人份四百七十圓，馬鈴薯沙拉五百二十圓，加上滷雞翅、沙丁魚明太子、生啤酒等等，總計七千一百圓。一個人兩千三百六十六圓。佳沙說出這個數字，沙里和眞子便從錢包裡拿出剛剛好的零錢，擺到桌上。等她們拿錢的時候，佳乃從皮包裡取出手機，檢查一下郵件。雖然有幾則郵件，不過都不是約好的祐一傳來的，當然也沒有增尾寄來的信。

◇

約好的十點已過了五分鐘，清水祐一猶豫著該不該傳郵件給佳乃。

車子已經停在東公園前面的馬路上，引擎熄火，就像其他停在林蔭路上、一小時兩百圓的停車格的車子一樣，彷彿已經在這裡擺了好幾天。

儘管旁邊是ＪＲ吉塚站，過了晚上十點，公園旁的馬路已沒什麼車子行經，偶爾轉彎過來的計程車車燈，照亮並排在停車區的車列。

被車燈照亮的每一輛車子，駕駛座都沒有人影。只有恰好停在公園正門前的一輛車子，駕駛座裡浮現出祐一在工地曬黑的臉。

佳乃的確說是「東公園的正門前」。她說和朋友約好一起吃飯，十點就會過來。

祐一想要開車繞公園一圈，不過繞過公園後，要穿過公園後面的小巷子，得花上三分鐘以上。要是佳乃這時從車站走出來，或許會誤會祐一還沒有到。

祐一放開原本要轉動的車鑰匙。他熄掉引擎已經過了五分鐘以上，但穿越三瀨嶺而來的車體熱度仍然從椅座下傳到臀部。山路只存在於鹵素燈蒼白的燈光裡。像要衝進光裡似地踩下油門，甩動後輪，轉過彎道。不管再怎麼追趕，照亮前方的蒼白光團依然往前方竄逃。

每次開車經過夜晚的山路，祐一都會幻想，自己的車子會不會遲早被那塊光團給攫住？被光團攫住的車子，會在一瞬間穿過它，然後前方將是一片未曾見過的光景。不過祐一完全無法想像那會是什麼光景。他試著把以前在電影中看到叫做地中海的歐洲蔚藍大海、或同樣在電影中看到的銀河等情景套進去，卻找不到完全契合的風景。他也試著不要依靠電影或電視看到的情景，而是自己想像，結果瞬間眼前變得一片空白，覺得根本就不可能穿過車燈所製造出來的光團。

祐一閉上眼睛，在眼皮底下回想剛才穿越而來的山路，以及燈火通明的天神市街。距離約定的時間已經過了十五分鐘。就算佳乃現在來了，也無法聊上什麼，不過即使祐一自問想和佳乃聊些什麼，也想不出半句話來。

公園旁的人行道上完全沒有行人。馬路上也沒有來往的車輛。如果有三十分鐘，就可以要佳乃在車子裡幫他舔。當然，佳乃起初一定不願意，可是只要先強吻她，然後揉搓她的乳房……

一下山路，祐一就在路邊的自動販賣機買了一瓶烏龍茶，可能是一口氣喝光的關係，他突然感到尿意。

馬路兩側都不見人影過來。他知道公園的公共廁所就在附近，上次他載佳乃到這裡後，去過那間剛好看到的公廁小便。結果一個年輕男子不知不覺間來到他背後，明明旁邊的小便斗空著，他卻紋風不動地站在原處，直到祐一小解完畢。儘管如此，男子卻又沒有出聲說半句話，祐一匆匆地小解完後，拉上拉鍊，逃也似地奔出公廁。

回去車上的途中，祐一回頭看了好幾次，但是男人沒有出來，讓他更覺詭異了。

打開手機一看，又過了五分鐘。佳乃應該不會放他鴿子，但是祐一感到不安，下車走到外面。

他一直待在車子裡，所以沒有發現，今晚冷得彷彿山上的空氣直瀉下市街一般。他伸了個懶腰，做了個深呼吸，冰冷的空氣卡在喉嚨裡。遠方，天神方向的天空染成了紫色。忽地祐一心想，佳乃是不是打算和自己共渡今晚，直到早晨？因爲自己特地從長崎來見她，她是不是打算和自己去上次的愛情賓館呢？這麼一想，佳乃遲到二十分鐘也是可以理解的了。可是，今晚不能在博多的賓館過夜。因爲明早七點就要上工了。

祐一跨越護欄，確認馬路上沒有人影後，朝公園的樹籬上小起便來。起泡的尿液就像灑在布上，沾濕了樹籬，懶懶地流向自己的腳邊。

◇

「欸，之前在那邊的邂逅橋，不是有幾個男人跟我們搭訕嗎？佳乃，妳還記得嗎？」

沙里在背後說道，佳乃回頭問：「什麼時候？」

三個人離開中洲的鐵鍋餃子店，沿著河面倒映出霓虹燈的那珂川畔，快步趕往地鐵站。

「今年夏天左右。」

沙里站在佳乃旁邊，望向架在明亮河面上的「福博邂逅橋」。

「有這回事嗎？」

「喏，就是從大阪到這裡出差的兩個人啊。」

「那時候他們不是硬塞名片給我們嗎？我昨天找到名片，他們好像是大阪電視台的人耶。」

聽到沙里這麼說，佳乃有些感興趣地反問：「真的假的？是嗎？」

「我想，如果我要轉業的話，就去大眾傳媒工作，所以想跟他們聯絡看看。」

「聯絡在路上搭訕妳的人？」

佳乃對沙里的想法嗤之以鼻。憑沙里畢業的短大，根本不可能在傳媒——而且是電視台——工作。

過橋的時候，沙里改變話題說：「對了，之前在索拉麗亞廣場（SOLARIA PLAZA）旁邊的公園搭訕妳的那個人，現在怎麼樣了？」

「索拉麗亞？」佳乃反問，沙里說：「喏，就是那個從長崎來玩的人啊，開了一輛很炫的車子。」

那是佳乃接下來要去見的祐一。佳乃想要結束話題，「哦」了一聲，瞄了眞子一眼。

事實上，佳乃跟祐一是在交友網站上認識的，不過佳乃騙沙里說是祐一在天神的公園搭訕她的。

在交友網站上認識以後，兩個人以電子郵件往來了約兩個星期後，便約在索拉麗亞的玄關前第一次見面。因爲祐一住在長崎，起初並不知道索拉麗亞廣場這個流行商場。

「你沒來過天神？」佳乃問道，祐一回答：「我開車來過幾次，但沒在街上逛過。」佳乃突然有點懶得去見他，不過前幾天祐一寄來的照片帥得超乎她的預期，於是她把索拉麗亞的詳細位置說明給祐一聽。

當天，佳乃在約定的時間抵達索拉麗亞，看到一個疑似祐一的高個子男人靠在玄關旁的櫥窗上站著。老實說，本人比手機傳送來的照片更是帥多了。

佳乃回想起見面之前，兩人透過郵件與電話交談過的種種內容，忍不住懊悔早知道對方這麼帥，就該正經點應對才是。

她有些心頭小鹿亂撞地來到男子面前，對方似乎也緊張地看著突然走近的佳乃，低聲喃喃自語著。

「咦？什麼？」佳乃反問，男子又低聲說了些話。

佳乃以爲他很緊張，「咦？你說什麼？」她故意撫摸對方的手臂，帶著滿面笑容仰望對方的臉。

「我不太清楚哪裡有好吃的餐廳。」

男子悄聲說。

「隨便哪裡都好啦。」

佳乃笑著回答，男子的表情總算略爲放鬆。

但是，男子那初次見面時以爲是緊張所致的模糊口音，過了一段時間，也依然如故。他會窸窸窣窣、怯聲怯氣地回答佳乃的問題，而且只聽一次絕對聽不清楚他講的話。這似乎不是因爲初次見面緊張，而是他平常講話就是如此。

「跟他在一起，令人很不耐煩。」

佳乃一邊走下通往地鐵的階梯，一邊吐口水似地對兩旁的沙里和眞子說。

「可是他很帥啊。」

眞子依然羨慕地說，佳乃答道：「外表是不錯啦，可是他講話一點都不有趣，而且，喏，我已經有增尾了啊。」

「是啊。……可是，爲什麼男人總是聚集在佳乃的身邊呢？」

聽到眞子的話，原本沉默了一會兒的沙里半帶諷刺地插嘴說：「可是，妳才剛認識增尾，竟然還有興致跟別人約會呢。」

佳乃抓著擁擠的地鐵車廂的皮革拉環，對著倒映在車窗上的沙里和眞子說：「……他開的是改裝過的**SKYLINE GT-R**，個子應該也比增尾高，可是他講話眞的很無趣，而且感覺有點笨笨的。」

「妳跟他見過幾次？」

眞子對著玻璃窗問。

「兩、三次吧。」佳乃一樣對著玻璃窗回答。

「可是，他爲了見佳乃，大老遠從長崎跑來福岡不是嗎？」

「他說只要一個半小時就到啦。」

「那麼快？」

「他開車超快的。」

「妳和他一起兜風過？」

「也不算兜風吧，只是去了百道那裡而已。」

沙里聆聽著兩人對著車窗對話，此時她突然壓低音量，頂了頂佳乃的側腹說：「百道？妳們去了君悅飯店對不對？」

「怎麼可能嘛？」

佳乃故意用一種模稜兩可的口氣說。

事實上，他們去的不是百道的君悅飯店，而是一家廉價的愛情賓館「ＤＵＯ２」，蓋在突出博多灣的海埔新生地上。

第一次和祐一約在索拉麗亞的那天，他們到附近的披薩餐廳用餐。祐一這個人不管做什麼都一副畏畏縮縮的樣子，也不敢叫住忙碌穿梭的服務生，就連服務生送錯料理，也不知所措，不敢抱怨半句。看到祐一那種態度，佳乃一再想起在天神的酒吧一起射飛鏢的增尾。

剛搬進「費莉博多」的時候，佳乃有一段時期迷上了手機交友網站。那個時候她和沙里及眞子還沒有那麼要好，晚上一個人在公寓的房間裡很無聊，她經常有十個以上的網友，彼此交換電子郵件。每個人都想見佳乃。晚上在公寓房間裡打著郵件，回絕這些邀約，讓她覺得自己是一個非常忙碌的女人。雖然事實上，她只是在這個還不熟悉的博多城市的一角裡忙碌地移動拇指罷了。

和沙里及眞子變得熟捻以後，佳乃就沒有獨處的時間可以陪網友了。但是今年十月佳乃認識了增尾，給了他電子信箱，增尾卻遲遲不與佳乃聯絡。佳乃心急之下，忍不住又在那類網站登錄了個人資料。結果過了三天左右，她收到了近百封的郵件。當然，裡面有人直截了當挑明要援助交際，佳乃首先用年齡篩選，接著靠文面的措詞來剔除謊報年齡的人，最後挑選了其中幾個回信。

其中一個就是清水祐一。他送來的信裡，寫著「我喜歡車子」。那個時候，佳乃一直幻想著坐在增尾開的奧迪副駕駛座上。增尾明明沒有來信約她，她卻老是幻想著要和增尾一起去哪裡、在車子裡要聽誰的ＣＤ。或許這就是她會從近百封的郵件裡選中祐一的原因。

在約好的地點第一眼見到祐一的瞬間，佳乃對於在電話及郵件中隨口胡謅的「我現在不想和任何人交往」、「我已經有男朋友了，不過現在處得不是很好」這些話感到後悔。不過漸漸地，祐一畏畏縮縮的態度越來越顯眼，不僅如此，好不容易等到他開口，卻只會沒完沒了地聊車子，老實說，佳乃忍不住在內心嘀咕：「落空了哪。」

事實上，佳乃並不單純只想兜風而已。她想要坐在每個人都羨慕的男人——像增尾圭吾這種人——的車上，瀟灑地穿過博多市街。這麼一想，長崎的土木工人祐一那粗壯的手，看來也並非充滿野性氣味，反而只是鎭日辛苦勞動的工人之手罷了。

佳乃三人搭乘地鐵在中洲川端站出發後的第二站「千代縣政府前」下車。走上狹窄的階梯，從市民體育館後面出來。這不是一座蕭條的城市，但是以縣政府爲中心的這一帶，到了晚上——特別是週末夜晚，就寂靜得彷彿只出現在夢中的城市一般。

「你們約在哪裡？」

走在前面的眞子問道，佳乃猶豫了一下，撒謊道：「呃，吉塚站前面。」眞子和沙里不可能會偷偷跟蹤，只不過佳乃謊稱接下來要去見增尾，不由得心生戒意。

「妳一個人去車站不要緊嗎？」

可能是因爲才剛走過陰暗的公園旁，眞子爲佳乃擔心。

「嗯，不要緊。」

佳乃笑著點頭，「那我們先回去了。」沙里說完迅速彎過轉角。

到與祐一約好的公園正門之前，還得在這條陰暗的道路走上一陣子才行。

佳乃在路燈下有郵筒的轉角和兩人分手後，略爲加快腳步，走上昏暗的道路。轉彎後，原本背後還聽得見兩人往「費莉博多」走去的腳步聲，漸漸地，變得遙遠，不知不覺間，只剩下自己的腳步聲在狹窄的人行道上作響。

已經十點四十六分了。不過，事情只要三分鐘即可解決。祐一特地花時間從長崎過來，雖然有些過意不去，不過那也是祐一堅持無論如何今晚都要把說好的一萬八千圓還給佳乃，這才答應見他的——儘管起初佳乃明言沒時間見面，錢只要用匯的就好。

眞子和沙里也同樣聽著佳乃的腳步聲從背後的公園路上逐漸遠去。道路前方出現了「費莉博多」燈火通明的玄關大門。

「佳乃眞的一下子就會回來嗎？」

眞子聽著背後遠去的腳步聲，回頭望了一下說。沙里聽到她的話，也跟著回頭，只見有如黑白照片的馬路上，孤伶伶地浮現一個紅色的郵筒。

「欸，妳眞的覺得佳乃是要去見增尾嗎？」

沙里忽地冒出這句話來。

「什麼意思？……不然佳乃是去哪裡了？」

眞子還是老樣子，悠哉地偏著頭，納悶地說。

「佳乃跟增尾交往這件事，總覺得讓人無法相信。」

「可是佳乃最近常常出去約會不是嗎？」

「可是我們從來沒見過他們兩個在一起啊。她現在搞不好也只是去便利商店而已。」

沙里這麼說，眞子不當一回事地笑道：「怎麼可能嘛。」

◇

祐一打開車內燈，把後視鏡轉向自己。漆黑的車內，朦朧地浮現自己的臉。

祐一左右轉動脖子，用手指梳整頭髮。他的髮質偏細，柔軟的髮絲在粗壯的指間鬆散地流過。

去年初春，祐一生平第一次染髮。起初他染了幾乎是黑色的深褐色，但是工地的同事沒有人發現，於是他下次便染了更亮一點的茶色，再下次染得更亮，漸漸地變本加厲，一年後的現在，已經變成近乎金髮的顏色了。

也因爲祐一的髮色是慢慢改變的，周圍並沒有人揶揄他的金髮。只有一次，工地主任野坂笑說：「對了，你這頭髮什麼時候變成金的？」或許是每天都在戶外工作，黑褐色的肌膚與金色的頭髮意外地相得益彰，並不會讓人覺得突兀。

祐一的個性絕不喜歡花俏，不過像是去UNIQLO之流的商店買工作用的長袖運動衫時，他總會忍不住伸手去拿起紅色或粉紅色的衣服。開車前往服飾店的時候，他本來打算買黑色或米色這類髒了也不顯眼的衣服，但是一進入店裡，站在五顏六色的運動衫前，他幾乎還是會下意識地挑選紅色及粉紅色的衣服。

反正都會弄髒、反正一下子就髒了——越是這麼想，祐一就越不知怎麼著，忍不住選擇紅色和粉紅色的衣服。

打開祐一房間的老舊衣櫃，裡面堆滿了這樣的運動衫和T恤。每一件衣領都已經磨損，衣襬脫線，布料本身也洗薄了，卻只有色彩異常地鮮艷，給人一種宛如落魄遊樂園的印象。

儘管如此，穿舊的運動衫和T恤吸汗、吸油力特別好。越常穿，越帶給他一種彷彿光裸著身體的解放感。

祐一整理好頭髮，抬起臀部，把臉湊近後視鏡。眼睛有點充血，不過這幾天長在眉間的痘痘已經消失了。

高中畢業前，祐一是個連頭髮都不梳的少年。他並沒有參加運動社團，但是從小每隔幾個月就會去一次固定的理髮店，將頭髮剪短。

大約是他剛進工業高中的時候吧，理髮店的老闆對他說：「你也差不多到了會囉嗦，這裡要剪怎樣、那裡要剪怎樣的年紀了吧。」店裡的大鏡子裡倒映出一個只有個子不斷抽高，卻還沒有蛻變成男人的少年姿態。

「如果你想要特別剪怎樣，儘管告訴我吧。」老闆說。這個老闆自費錄製演歌唱片，還把海報貼在店裡的牆上。

老實說，儘管老闆叫他指示怎麼剪，祐一也完全不曉得要說什麼才好。就算他說把哪裡剪成怎麼樣，就會變成怎麼樣，祐一也一頭霧水。

結果高中畢業後，祐一仍然繼續在那家店理髮。畢業以後，他在一家小型健康食品公司工作，但很快地就離了職，在家裡閒晃。當時因爲高中同學邀約，他到卡拉ＯＫ包廂打工，不過那家店半年左右就倒閉了，祐一接著到加油站工作了幾個月，又去便利商店幾個月，不知不覺間，他已經二十三歲了。

就在那個時候，他進入現在的土木建設公司工作。他的身分不算正職員工，比較接近領日薪的零工，不過這裡的社長算是祐一的親戚，給他的日薪比一般行情更高。

如今他在這家土木建設公司已經第四年了。工作雖然辛苦，但是祐一覺得天晴上工，下雨休息的不安定感，正適合自己。

穿過公園前馬路的車輛越來越少了。剛才一對年輕情侶坐上停在兩輛車之前的車離去，路上一下子恢復寧靜，但似乎能感覺到剛才的嘈雜聲仍留在原地。

就在這個時候，祐一看見佳乃不怎麼著急地從黑暗的公園旁馬路走來。而他正在車內燈底下摳著指甲裡的污垢。

在每隔數十公尺一盞的路燈照耀下，佳乃的身影清晰地浮現、消失，接著又浮現在下一盞路燈下。

祐一輕按喇叭。佳乃被聲音嚇到，一時間停住腳步。

◇

二〇〇一年十二月十日，星期一早上，位在福岡市博多區的「費莉博多」三〇二號室裡，谷元沙里難得在鬧鐘響起來的五分鐘前自然醒來。她早上本來很會賴床，住在鹿兒島市內的老家時，每天早上都要惹得母親大動肝火。離開老家，來到博多生活後，母親偶爾打電話來，第一句話也都是問她：「早上爬得起來嗎？」

早上爬不起來，是因為晚上不容易入睡。由於早上爬不起來，沙里總是會提早上床就寢，可是一進入被窩，閉上眼睛，她就會想起當天在學校和同學說過的話，心想「啊啊，如果那個時候這樣回嘴就好了。」「啊啊，如果那個時候先回教室就好了。」明明也不是什麼大不了的事，她卻會沒完沒了地想個不停。不過，光是這樣也沒有什麼好稀奇的，但沙里原本是在為日常瑣事後悔，到後來卻總是會在不知不覺間幻想起某個情景來。

這個情景很難用一句話來形容。大概是剛進國中的時候開始，這個情景不知不覺侵入了在被窩裡難以入眠的沙里腦中，從此以後，不管沙里再怎麼要自己不去想，在睡前也會想起它來。

她不知道那是什麼時代。是昭和初期，還是更早以前？總之，在那個情景當中，沙里總是被關在一個小房間裡，手中緊緊握著一張女星的照片。有時候是女星穿著洋裝的照片，有時候是報導女星即將主演電影的剪報。沙里不知道那個女星是誰。但是幻想中的自己知道她是誰，雖然不明白理由，卻深深嫉妒著那個女星，恨到幾乎咬破下唇。

小房間裡的格子窗外，有時能看到年輕軍人氣宇軒昂地穿過櫻花行道樹，有時候則是遠遠地傳來小孩子打雪仗的聲音。

在幻想中，沙里總是憤恨不平地心想：「要是能夠離開這裡就好了。」她知道只要能夠離開這裡，就能夠取代那個女星，主演電影。這個幻想並沒有情節，也沒有其他登場人物。但是疑似沙里分身的主角感情，傳進了無法入眠的沙里心中。

在鬧鐘即將響起的時候，沙里從棉被裡伸手按掉它。她覺得好像聽見了沒響的鬧鈴聲。沙里打開枕邊的手機，確認佳乃依然沒有聯絡。

沙里離開被窩，打開窗簾。從三樓的窗戶俯瞰整個朝陽下的東公園。

昨晚，沙里在快十二點的時候打電話到佳乃的手機。她心裡盤算著佳乃應該回來了，沒想到竟無人接聽電話。

電話轉到語音信箱，沙里掛斷手機，走到陽台，望向佳乃就在二樓正下方的房間。燈沒開。如果佳乃和她們分手以後去見了增尾圭吾，然後已經回來，那也未免也太早睡了。

沙里猶豫了一會兒，這次打電話到眞子的手機。眞子很快就接了電話，不過可能正在刷牙，她發出模糊的聲音：「喂？」

「欸，佳乃還沒有回來吧？」沙里問道。

「佳乃？」

「她不是說很快就會回來嗎？可是我剛才打她的手機，沒有人接耶。」

「會不會是在洗澡？」

「可是她房間的燈是暗的啊。」

「那她應該還跟增尾在一起吧？」

眞子似乎顯然不耐煩。沙里姑且同意她的說法：「這樣嗎……」

「她很快就會回來了啦。妳找她有事嗎？」

被眞子這麼一問，沙里說：「也沒什麼事啦……」掛斷了電話。

雖然沒什麼事，不過沙里耳際忽地響起佳乃往黑暗公園走去的腳步聲。平常的話，應該會就這麼忘了，但是淋浴完畢，躺進了被窩以後，沙里還是有些掛意。雖然覺得可能會惹人嫌，但她再次打電話到佳乃的手機。可是這次電源好像切掉了，沒有嘟嘟聲，一下子就切換到語音信箱了。瞬間，沙里腦中浮現增尾圭吾據說位在博多車站前的公寓。沙里覺得很蠢，把手機扔到枕邊。

這天早上，沙里趕到博多車站前的博多營業處上班時，差點趕不上八點半開始的朝會。營業處距離「費莉博多」直線距離約一公里，沙里總是騎腳踏車上下班，不過這天早上她來到公寓的停車場，正要跨上腳踏車時，平常搭地鐵到城南營業處上班的眞子叫住她：「我今天有事要去博多營業處。」於是兩人決定一起搭乘地鐵到公司。

前往車站的途中，沙里問道：「對了，佳乃有沒有聯絡妳？」

「佳乃？她沒回來嗎？」

眞子還是老樣子，以溫呑的口吻反問。

「她沒打我的手機。」

「啊，她會不會是昨天晚上就住在增尾那裡，今天直接去公司？」

不可思議的是，被眞子悠哉地這麼一說，沙里才感覺或許眞是如此。接著兩人也沒怎麼交談，急忙衝進地鐵站。

他們在千鈞一髮之際趕上朝會，會議結束後，營業部長打開狹小接待室裡的電視。部長平常不會開電視，所以在場的職員全都朝那裡望了去。

「三瀨嶺好像發生了什麼事。」

部長打開電視，這麼說道，回頭望向眾人。幾名職員似乎已經知道這件事，在營業處的角落竊竊私語，其他幾個人往電視方向走近。

朝陽從大窗子射進屋內，七夕的裝飾還留在窗邊，好似只有那裡恢復了夏季的熱度。

眞子正在清點紙箱裡剩下的贈品數量，沙里走到她身邊問道：「眞子，妳要買那個唷？不會太貴了嗎？」

「要做新的贈品，所以這個好像可以用三折價買。」

紙箱裡塞滿了一點都不可愛的兔子布偶，是送給顧客的贈品。

「就算送這種東西，也不會有人要買我們家的保險吧？」

聽到沙里這麼說，眞子正經八百地回答：「可是也有人只想要布偶呢。」

就在這個時候，聚集在接待室電視機前的職員中有人出聲叫道：「眞的假的？太恐怖了。」

再怎麼說，那是沒什麼緊張感的悠哉聲音，沙里也不怎麼在意地望向電視機。

平常這個時段應該是當地電視台的八卦節目在介紹市內商店街的特價情報，但是今早櫃子上的電視螢幕上，出現的卻是一個眉頭緊蹙的年輕記者，後面的背景是山路。

「聽說在三瀨嶺發現了屍體耶。」

站在電視機前的其中一人也不是特別對著誰說，回頭這麼出聲道。

然而，其他人像是被他的聲音吸引似地，不在電視機附近的人一個、兩個地站起來，紛紛走向電視機前。

「今早，就在記者前方的懸崖底下，發現了一具年輕女性的屍體。目前警方已經圍起封鎖線無法靠近，不過從這個角度也能看得到陳屍現場，屍體似乎是在相當陡急的懸崖被發現的。」

可能是才剛抵達現場，播報員氣喘吁吁，幾乎是用叫地大聲說道。

沙里忽然有不好的預感，望向一旁的眞子。但是眞子沒有看電視，而是熱中於挑選紙箱裡的布偶。

「喂。」

沙里出聲叫她，眞子以爲沙里在催她拿布偶，把手中最小的一隻兔子遞給沙里。

「不是啦，那個。」沙里有點焦急地抬起下巴比比電視。眞子這才慢慢地望向電視。

「……目前尚未證實死者的身分。據有關人士表示，應該是在今天凌晨遭到棄屍，死後至少經過八到十小時……」

聽到記者說到這裡，眞子轉回視線。沙里有些膽戰心驚地等待她接下來的回答，沒想到眞子僵著一張臉，說出口的竟是：「三瀨嶺不是有幽靈出沒嗎？」完全牛頭不對馬嘴。

「不是啦，喂！」沙里吼道。要是好好說明，眞子應該也會明白沙里的恐懼，可是沙里總覺得不敢說出口。

「咦？什麼？」

眞子又把手伸向紙箱裡的布偶。

「佳乃已經去上班了吧？」

沙里好不容易說出這些，但是眞子好像還不明白她的意思，若無其事地回答：「當然已經去上班了吧。」

「欸，妳聯絡她看看。」

沙里不安地轉向電視機，眞子好像這才意會過來，目瞪口呆地說：「怎麼可能？她一定是從增尾那裡直接去上班了啦。」

沙里還想反駁，但是看到眞子又伸手去翻布偶，才覺得或許是自己多慮了。

「可是如果妳擔心的話，聯絡她看看嘛。」

「可是……」

「那我來打好了。」

眞子不耐煩地從自己的皮包裡拿出手機。

「好像轉到語音信箱了。」

眞子說道，留下訊息：「喂，佳乃，妳聽到留言的話，回電給我。」掛斷電話。

「直接打去營業處怎麼樣？」沙里說。

「她一定去上班了啦。」

眞子嘴裡說著，卻還是按下佳乃上班的天神地區的營業處電話號碼。

「喂，你好，我是城南營業處的安達，請問石橋佳乃在嗎？」

說到這裡，眞子把手機夾在耳邊，又把手伸進紙箱裡。

一會兒之後，眞子直起上半身，開朗地回話：「是。咦？這樣啊。好，是，好的。」

眞子掛斷電話，一臉詑異地望向沙里。

「她沒去上班？」沙里問。

「說她在白板上寫著今天早上會直接去拜訪客戶。應該是之前佳乃說的那個，喏，剛拉到保險的咖啡店老闆吧？」

此時，同樣住在「費莉博多」的仲町鈴香向他們搭話了。沙里心想，若是她不出聲，這個話題或許會就此打住。

眾人紛紛返回工作崗位，原本在數布偶的眞子也準備回去營業處。

「眞恐怖。三瀨嶺那裡，我以前曾經去兜風過呢。」

仲町鈴香盯著報導命案的電視，誇張地發抖說。

雖然負責同一個地區，但沙里等人和鈴香並不要好，可是鈴香卻總是親暱地與她們攀談。

眞子雖然不以爲意，但佳乃特別討厭鈴香，總是渾身不快地說：「我就是看不慣她那種態度。」

「欸，仲町。」

沙里看著電視出聲說。

「妳認識南西大學的增尾圭吾吧？妳知道他的電話嗎？」

聽到沙里的問題，鈴香心生警戒地反問：「增尾的電話？要做什麼？」

「佳乃去他那邊過夜了，打她的手機也聯絡不到人，所以如果妳知道增尾的電話能不能告訴我。」

鈴香不動聲色地聽著沙里說話。

「我和增尾並沒有直接的關係，只是我朋友和他稍微認識。」

「那個人知不知道增尾的電話？」

「我也不曉得耶……」

看到鈴香回答的表情，沙里心想：看樣子她是不會幫忙了。

眞子在一旁漫不經心地聽著兩人的對話，闔上紙箱的蓋子說：「我差不多要走了。」就在這個時候，頭號目擊者的老人出現在電視上，回答著記者的問題。不知怎麼回事，好幾個人看到那畫面而爆笑出聲。

似乎是老人的鼻毛異常過長。不過幸好也使得早晨營業處稍稍緊張的氣氛恢復了原本的悠閒。

「我感覺貨架上的繩子鬆掉了，所以把車子停在那邊的轉角。之後下了車，不經意地往懸崖底下一瞧，發現有個東西勾在樹幹上。再仔細一看，竟然是……。哎呀，眞是嚇死我啦。」

◇

這天剛過早上十點，仲町鈴香來到三越百貨前的咖啡店。她今天和一個客戶約在這裡，感覺似乎能簽到睽違許久的契約。雖然不是保額多高的商品，不過順利的話，或許對方還會把她介紹給表妹夫婦。

距離約定的十點半還有一點時間。鈴香打電話給就讀南西學院大學的朋友土浦洋介。當然，她不是擔心失聯的佳乃。她是想藉此機會看看能不能親近從以前就一直有好感的增尾圭吾。

土浦和鈴香都是埼玉人，兩人是高中同學。土浦高中畢業後，跑到人生地不熟的福岡的私立大學就讀，當時周圍的朋友都笑他：「你幹嘛沒事跑到九州去？」土浦說：「既然要讀大學，我想趁著學生時代的這幾年，在沒有人認識的地方度過。」只有鈴香覺得他的想法很有魅力。

鈴香從東京郊外的短大畢業後，雖然不是追隨土浦才來到福岡的，但是在東京求職不順，疲憊不堪的時候，鈴香確實不經意地想起了他的話。

雖然鈴香晚了兩年來到福岡，不過她與土浦經常見面。儘管他們不是完全沒有肉體關係，不過兩人都不當彼此是男女朋友。

鈴香打電話過去的時候，土浦似乎還在睡覺，聲音睏倦而不耐煩：「欸……喂？」

「你還在睡嗎？」

「鈴香？現在幾點了？」

「已經過十點了。你今天沒課嗎？」

每說一句話，土浦的聲音就越清醒。鈴香簡短地為吵醒他而道歉後，隨即切入正題：

「欸，你不是有一個學長叫增尾圭吾嗎？」

「增尾？」

「喏，上次在天神的酒吧喝酒的時候，他不是也在那裡嗎？你告訴我的啊。」

「哦，增尾學長啊。怎麼了嗎？」

「你知道他的聯絡電話嗎？」

「電話？」

土浦的反問裡帶著一絲嫉妒，鈴香覺得有點爽快。

「我有個女同事好像在跟那個增尾交往，可是她從昨天就聯絡不上，所以我想如果你知道增尾的電話，可不可以告訴我？」

鈴香盡量公事公辦地問道，土浦自我解嘲地回答說：「我不知道耶。他高我一年級，而且他也不是會跟我這種人混在一起的人。」

「那你不知道他的電話囉？」

「不知道。……啊，可是……對了，兩、三天以前，我聽到增尾學長的八卦。聽說他現在下落不明。」

「下落不明？」

「嗯。我想大家應該是說著玩的，可是這幾天他好像不在他住的公寓，也沒有回老家。」

「然後呢？下落不明？」

「會不會是一個人突然去旅行了？喏，他家不是在湯布院還是哪裡經營日式旅館嗎？他是小開嘛，一定很有錢的。」

鈴香曾經在街上偶然和增尾圭吾三次擦身而過。眞的只是偶然，可是當遇見第三次時，她不由得感覺到不可思議的緣分。

由於土浦的口吻實在過於悠哉，鈴香幾乎就要相信「獨自旅行」的說法。

「可是，我同事昨天好像跟他約在附近耶？」

「昨天？所以說他下落不明，也只是大家這樣傳而已。他應該在家裡吧？」

土浦如此斷定，鈴香腦中浮現增尾圭吾和佳乃在床上嬉鬧的景象。

在天神的酒吧看到增尾圭吾的時候，鈴香的確對他一見鍾情。可是，從土浦以及土浦的朋友那裡聽到關於增尾的種種傳聞後，鈴香死了心，認爲增尾畢竟不是她能夠高攀得起的對象。

在「費莉博多」的中庭，從沙里和眞子的對話中得知增尾圭吾和佳乃似乎在交往的消息時，老實說，鈴香感到難以置信。她之前所聽到的關於增尾圭吾的傳聞，像是與地方電視台主播約會之類的，完全符合他全校第一名人的身分，全都十分浮華靡爛。

然而，她們卻說那樣的增尾圭吾正與在「費莉博多」裡也只能算中上的石橋佳乃交往。

◇

沙里上午向主要保戶收完保費，壓抑著焦急的心情回到博多營業處。

她一面拜訪客戶，一面傳了幾次郵件給佳乃，卻都不見回信，休息時間打了電話，也馬上就轉到了語音信箱。

當然，佳乃還不一定發生了什麼事，只是一早在營業處看到三瀨嶺發生命案的電視報導後，她一直感到心神不寧。

沙里一回到營業處，立刻打電話到佳乃上班的天神營業處。她抱著「拜託妳在吧」與「她不可能在」交雜參半的心情，就要按下電話號碼時，卻發現指尖正微微顫抖著。

一名中年女子接了電話，和早上一樣，告知佳乃不在。

「她今天應該是直接到客戶那裡，十一點才會到營業處。咦？可是她好像還沒來呢。」

沙里掛斷電話，環顧午餐時間總是空蕩蕩的營業處。視線前方恰好是營業部長的辦公桌，上面立著一個告知不在的牌子。突然間，沙里靈機一動：「對了，再打一次去天神營業處，詢問佳乃老家的電話好了。」

此時，接待室傳來電視聲。回頭一看，兩、三名職員正專注看著電視。畫面上播出的似乎是三瀨嶺發生的命案後續報導。

沙里被電視聲吸引而走進接待室。腳下高跟鞋叩叩作響，然而竟沒有半個人回頭。直昇機從上空拍攝發現遺體的深谷，記者尖銳的嗓音夾雜在直昇機的隆隆聲中，說明著被害女子的特徵。

「沙里……」

電視機前傳來呼喚，沙里尋聲望去。剛才專注在電視畫面的她，沒注意到眞子也在那裡。

「佳乃有聯絡了嗎？」眞子說。她的表情與其說是在擔心，更像是已經在哀悼了。

沙里搖搖頭，眞子指著電視說：「喏，妳看。」

畫面從深谷轉到描繪被害女子特徵的圖片。不管是髮型還是服裝、體型，都與昨晚道別時的佳乃一模一樣。

沙里抓住眞子的手，將她拉離電視機前。眞子上午在上班的營業處看電視，結果越看越害怕，忍不住跑到沙里的營業處來了。

「是不是該通知一下什麼人比較好？」沙里說。

「通知？要通知誰？」眞子不安地反問。

「先跟營業部長商量看看如何？啊，對了，妳知道佳乃老家的電話嗎？」

「啊，對唷，搞不好她回老家了呢。」

眞子鬆了一口氣似地點點頭，立刻從皮包裡拿出手機。

沙里輪流望著打電話到佳乃老家的眞子，以及電視上的三瀨嶺畫面。

「喂，你好，我叫安達眞子，請問佳乃在家嗎？」

鈴聲持續一陣子後，眞子急急忙忙地開口，並且頻頻瞄向沙里。

「啊，不，我才是，總是受佳乃照顧。啊，不……啊，沒有……啊，是的，不會……」

眞子和對方應答了好一會兒，突然將手機從耳邊拿開，按住通話口說：「怎麼辦？我可以說佳乃從昨天晚上就沒有回來嗎？」然後把手機伸向沙里。

突然被這麼一問，沙里一時答不上話來。她覺得如果不說，就沒辦法進入正題，可是佳乃還不一定發生了什麼事，如果後來佳乃滿不在乎地跑回來，就等於是她們向佳乃老家的父母告狀說她外宿未歸。

「妳就說，佳乃好像說她今天下午要回老家，所以妳才打電話問一下。妳說佳乃或許待會兒就會到了。」

沙里當場想出一個藉口，叫眞子這麼說。眼前的眞子立刻照著沙里的話轉述。聽著眞子的話，沙里也覺得一切都只是她們多心了。

眞子掛斷電話，用溫吞至極的語調說：「佳乃她媽說要是佳乃回家，會請她打電話聯絡我們。」

三十分鐘後，仲町鈴香回到營業處，事態急轉直下。

沙里和眞子之後也持續注意盯著報導命案的八卦節目，猶豫是不是該通知營業部長或警察，或是再等一下，期盼佳乃的歸來，就這樣沒有結論地不停討論。

沙里發現仲町鈴香回到營業處，立刻出聲叫她：

「妳找到知道增尾圭吾電話的人了嗎？」

鈴香看向電視螢幕，並跑了過來。

「聽說增尾這兩、三天不知去向。」

鈴香意想不到的話，讓沙里和眞子不由得面面相覷，異口同聲地說：「不知去向？」

「嗯，當然我不是問增尾本人，而是從增尾的朋友的朋友那裡聽說的，聽說這兩、三天沒有人聯絡得到他，每個人都在找他。可是也不算是失蹤，或許只是一個人到什麼地方旅行了吧……」

「可是！」

眞子叫出聲來。沙里接口說：「昨天晚上他跟佳乃約在那邊的公園啊！」

「還聯絡不到石橋嗎？」

鈴香望著報導命案的電視，這麼問道。

沙里和眞子同時搖頭說：「還沒有。」

「是不是先通知一下什麼人比較好？當然，增尾行蹤不明或許只是誇大其詞的流言，昨天晚上他可能就跟石橋約在那裡見面吧。」

鈴香異於往常，態度顯得相當誠懇，沙里覺得獲得了支持。

「要通知警察嗎？」沙里猶豫地說，鈴香答道：「先告訴石橋那邊的營業部長比較好吧？不過不要打電話，直接去說可能比較好。」

沙里和眞子被鈴香拉也似地離開了營業處。

前往佳乃上班的天神營業處，搭計程車只需要幾分鐘。這裡也開著電視，幾個人一邊吃便當，一邊看著命案報導。

沙里一行人你推我擠地來到天神地區營業部長——寺內吾朗面前。

寺內吾郎本來正坐在椅子上睡午覺，沙里簡明扼要地報告了事情的梗概。當然，她聲明這大半是杞人憂天，而且是不確定的消息。

但是一說到被害人的特徵與佳乃相似，寺內的臉色霎時變了。

寺內吾郎在平成壽險天神營業處擔任部長，已經快滿四年了。自從他經由地區錄用進入公司後，這二十年來義無顧反地全心打拚，最後總算獲得了福岡第二大營業處的部長職位，底下共有五十六名員工。

寺內的腳不太好，走路時拖著右腳有些不良於行，但不至於影響到業務。他在營業處裡行走的時候，看來溫呑緩慢，但在爭取顧客的直覺上卻很敏銳，甚至有傳聞說他在年輕的時候，勾搭可能即將離職的女性職員，接收她們的客戶，才能夠獲得現在的地位。

當上部長後，寺內決心改頭換面。因爲已經沒有必要像過去那般一件契約抽多少佣金地賺錢了，而底下那些比他女兒還要年輕的職員，今後正要進入拚命賺錢的時期，他想成爲她們的好父親。

事實上，他總是聆聽年輕女職員的心聲。也深信越是交談，越能夠締結深厚的羈絆。但是年輕女孩子來找他諮詢的，卻不是人生或戀愛的煩惱，而淨是些「○○色誘我的客戶」、「我被親戚討厭了」等，自己這二十年來已經受夠了的、不想再看到也不想再聽到的煩惱。

即使如此，寺內當上部長後，過去三年來天神營業處的業績大幅地成長。以前的部長由於歇斯底里的性格，常常有許多好不容易進公司的員工，連新人研修期間也熬不過就離職了。但這個業界是靠著員工不斷出門營業來增加新顧客的，所以部長的工作不是開發新客戶，而應該將這些外勤人員捧上天。

福岡地區的春季新職員谷元沙里和安達眞子說，同樣在春季進入公司的石橋佳乃從昨晚便音訊全無，不僅如此，三瀨嶺發現的被害人特徵與石橋佳乃十分吻合——聽到這個報告的時候，寺內首先感到一絲的憤怒。但並非對命案或兇手的憤怒，而是這家天神營業處的信譽可能會受創的憤怒，以及爲了接收石橋佳乃的客戶，員工間或許會發生一場小爭奪戰的憤怒，還有同事可能被捲入命案，沙里和眞子卻毫無緊張感的憤怒。

聽完沙里的話之後，寺內首先打電話到平成壽險的福岡分店。接聽的女職員講話不得要領，寺內忍不住粗聲大罵：「叫總務部長來聽電話就是了！」

從寺內那裡聽完原委，總務部長手足無措地回答：「那、那，還、還是先通知警察……」被害人還不一定就是石橋佳乃，但或許是寺內的口氣聽起來十分篤定，總務部長也不做特別的指示，明顯地表現出盡可能想把事情推給寺內處理的態度。

寺內掛斷電話，仰望呆呆地杵在辦公桌另一頭的三人。

「我接下來要聯絡警察。」他說。「啊、咦？……哦，是的。」三個人不知所措地點了點頭說。

「她不是從昨天就聯絡不上嗎？她穿的衣服不是跟電視上說的特徵很像嗎？」

寺內怒吼似地說。三人彼此瑟縮在一起，害怕地同時點頭。

寺內撥了一一〇，電話轉到了負責命案的單位。可能是最初接電話的女性應對得非常有禮，接下來聽電話的男刑警要求說明詳情的口氣則有點強迫蠻橫。

不過，感覺得到電話的另一頭相當忙亂。不知道是麥克風漏音，還是有兩支以上的聽筒在聽，寺內察覺很多人在聽自己說話。

在警方的指示下，寺內叫了計程車。谷元沙里等三人也要求同行，可是考慮到或許會指認遺體，還是暗自決定一個人先去看看。

抵達警察署，在櫃台報上名字後，寺內很快地被帶到五樓的搜查本部，剛才接電話的刑警出現了。寺內把準備好的職員證和名片交給那個高個子的刑警，然後他被推也似地前往遺體安置所。前往的途中，刑警詢問天神營業處與「費莉博多」的詳細位置。

這場體驗，就像在電視和電影中看到的一樣。房間裡燒著香，刑警有模有樣地掀起蓋在遺體上的淡綠色被單。

沒錯。躺在上面的，是今年春天剛進公司的石橋佳乃。

「沒有錯。」

寺內像要把話呑回去似地說。他一面說，一面驚訝自己竟然能夠這麼自然地說出在電視和電影中聽到的台詞。

「是被勒斃的。」

刑警說道，寺內望向佳乃的脖子。白色的脖子上殘留著紫紅色的瘀傷。

寺內的腦中浮現佳乃在營業處裡談笑的模樣，以及她在朝會開始前急忙衝進來的情景。竟然能夠如此清楚記得五十多名職員中其中一名的長相，本人又再次感到驚訝。

◇

寺內確認遺體的時候，石橋佳乃的父親佳男正待在距離約三十公里外的久留米市內的自家起居間。他稍晚用過午餐後，拿座墊當枕頭躺著休息。

從他躺著的位置，看得見星期一公休的店面。店裡的燈熄著，陽光從入口的玻璃門照進來，用白漆寫在玻璃上的「理容石橋」字樣在水泥地上投下了陰影。

這家店是佳男父親那一代創業的。佳男生下佳乃後不久就繼承了這家店。當時他整天和當地的狐群狗黨搞樂團活動，向父母要錢四處遊玩，後來因爲妻子里子的勸說，他才開始練習怎麼當一個理髮師。佳男的父親在佳乃上小學那年因爲腦溢血而撒手人寰了。也因爲母親早在十年前就已過世，佳男一家三口便從附近的公寓搬回這棟無人居住的家。有時候佳男心裡會想：如果那個時候里子還沒有懷上佳乃的話……。可是就算這麼假設，他也想像不出另一種人生。佳男從小就討厭父親的職業，因爲妻子懷了佳乃，他才心不甘情不願地走上這一行。從某種意義來說，這是他爲了女兒而選擇的工作。然而到了最近，佳男卻清楚地感覺到自己的女兒非常厭惡他這個工作。

佳男漫不經心地望著昏暗的店內，里子從廚房出聲問道：「那孩子會回來嗎？」過中午的時候，佳乃的同事打電話來這麼說。

「反正一定又是要叫我們介紹朋友買她的保險……」

佳男考慮要不要騎腳踏車去西鐵車站接女兒。佳乃一定會不高興，但是反正佳男閒著也是閒著。

警察打電話來的時候，佳男正在打瞌睡。「是、是，是的。對，沒錯。」裡頭傳來里子接電話的聲音，佳男聽到一半，還以爲在作夢。但是他的睡意被里子的叫聲完全吵醒了：「喂，老公！」原本聽來很遙遠的聲音突然在狹窄的家中、而且就在耳畔響起。

佳男翻了個身，里子用手按著話筒，一副要踩上佳男的模樣俯視著他。

「老公……欸，警察打電話來……不曉得什麼事……」

聽到里子斷斷續續的話，佳男爬起身來：「警察？」里子握住無線電話子機的手正微微顫抖。

「警察？什麼事？」

佳男仰起身體，躲開里子伸出來的話筒說。

「欸，你來聽啦。我聽不懂……」

里子的眼睛焦點渙散。她的臉，很明顯地，正逐漸失去血色。

佳男從里子手中搶過話筒，吼也似地接起電話：「喂！」

電話另一頭傳來女人的聲音，雖然口氣不到冷冰冰的地步，但聲音很小，聽不清楚。佳男現在按在耳上的無線電話，是去年佳乃選購的。買來的時候通話中就常有雜音，佳男很不中意，可是佳乃說「電波嘛，難免會有雜音。」所以他忍耐著用了將近一年。但是電話裡的雜音唯獨今天就像耳鳴般響個不停。

「咦？什麼？妳說什麼？」

佳乃被捲入案件，請立刻到署裡確認身分——對方這麼說，佳男彷彿不是在反問她，而是反問礙事的雜音。

掛斷電話一看，里子正癱坐在一旁。她的表情與其說是陷入茫然，更接近絕望。

「喏，走啦！」

佳男拉起里子的手。

「鬼才相信！什麼公司的部長，憑他一個人怎麼可能記得住好幾十個員工的臉！」

里子下身癱軟，佳男硬是拉扯她的手。里子生下佳乃後徐徐變得豐滿的臀部拖行在老舊的榻榻米上。

「她不是說今天要回來嗎！佳乃今天會回來家裡啦！」

◇

寺內在警察署確認完佳乃的身分，下午三點過後聯絡天神營業處。先前營業處的員工目送寺內離開後，都懷著不安的心情等待他回來，以沙里爲中心，眾人圍繞著電視機，忙碌地轉換頻道，尋找著報導命案的節目。

一個職員出聲說寺內打電話回來了，沙里第一個跑過去。眞子望著沙里的背影，不知爲何直覺地心想：「啊啊，佳乃果然被殺了……」

緊接著，接下話筒的沙里發出尖叫：「咦！」電視機前的人都望向眞子，眞子忍不住以微弱得幾乎快聽不見的聲音說：「喏，果然……」

沙里接到寺內的聯絡，一放下話筒，就像觸電似地說個沒完。要交代的事情太多，話好像一口氣從嘴巴裡迸出來似的。

被害人果然是佳乃，她是被勒死的，寺內吩咐在他回來之前，要留在這裡待命——沙里喘息般地說著，眞子看著她，身體幾乎要顫出聲似地猛然哆嗦起來。她知道旁邊有人摟住她的肩膀，問她要不要緊，可是她甚至無法抬頭確定是誰。平常白天的營業處總給人空曠的印象，現在卻突然感覺好狹窄。想深吸一口氣，卻彷彿已被吸光似地，不管怎麼吸，空氣就是進不了身體。沙里在眼前說個不停，眞子卻聽不見她的聲音。每個人都爭先恐後地說著，但看起來就像溺水，只是嘴巴不停地開閉。拜託，誰快點哭出來啊！眞子在心中大叫。如果現在有誰哭的話，自己肯定立刻哭出來。只要哭出來，就能輕鬆呼吸了。

「聽說待會兒警察就要來了！要我們詳細說明昨天是在哪裡及怎麼樣和佳乃道別的！」

沙里的口吻聽來簡直就像在威脅一般，眞子勉強點頭。不知不覺間，她從椅子上站了起來。膝蓋抖個不停。腳底好遠。自己好像站在什麼高得不得了的地方。

眞子覺得佳乃跟沙里本來就有點在勾心鬥角。當然，她們並沒有面對面爭吵過什麼，但是她們卻經常透過眞子，中傷彼此。

比方說，佳乃曾自鳴得意地告訴眞子說她最近在上交友網站，有時候會與網上認識的男生約會，可是卻叮囑她絕對不能告訴沙里，不願意讓沙里知道。眞子覺得只是偶爾跟那種對象見面吃飯，也沒什麼好隱瞞的，可是佳乃雖然樂在其中，卻好像也覺得丟臉，不願意讓沙里抓住她的把柄。

剛搬進「費莉博多」的時候，沙里曾經半開玩笑地問道：「佳乃，妳家在久留米對吧？妳家也姓石橋，難道跟普利司通的董事長是親戚？」那個時候，眞子已經知道佳乃的老家是開理容院的，以爲佳乃會明白否定，沒想到她竟若無其事地答道：「咦？我家？跟他們是遠親啊。」

「眞的假的！」

沙里當然興奮得尖叫。佳乃似乎反而被她的反應嚇到，急忙添了幾句：「可、可是，眞的是很遠很遠的親戚啦。」

沙里一不在，佳乃就對眞子說：「妳絕對不可以告訴別人我家是開理容院的。」眞子一時間想要反駁，可是佳乃當時的表情實在過於凶惡，眞子害怕失去好不容易交到的朋友，微微點頭道：「嗯，我知道了。」

眞子不明白佳乃爲什麼要撒那種謊。三個人好不容易變成好朋友，爲什麼還要撒那種謊？眞子百思不得其解。

雖然不知道正確人數，但是佳乃總是至少同時和四、五個網友保持聯絡。沙里不在的時候，佳乃有時候會讓眞子看那些男生寄來的信。

「喏，超噁的對吧？」佳乃這麼說著，拿給眞子看的郵件裡，的確有不少令人不舒服的信，像是：「謝謝附照！妳長得有超可愛的耶！已經看了一個小時以上說！」

在那類交友網站上認識的男生裡，佳乃實際上應該見過三人——不，四人左右。要和透過郵件認識的男人見面時，佳乃一定會向眞子報告。佳乃從來不說對方幾歲、是做什麼的、長什麼樣子，而是說「他請我在有名的鐵板燒店，請我吃一客一萬五千圓的菲力牛排耶！」「他開ＢＭＷ的車說！」完全只談論本人的附屬品。

眞子總是默默地聽佳乃說這些事。她從來不感到羨慕。眞子就算和初識的人吃飯，也只會將自己搞得緊張萬分，倒不如待在房間裡看書，還比較適合自己的個性。也因爲如此，眞子並不覺得聽佳乃說這些話是件苦差事。她甚至覺得佳乃是在代替她歌頌與自己無緣的青春。

「沙里說，她覺得佳乃昨天晚上去見的不是增尾，可是我還是覺得佳乃是跟那個叫增尾圭吾的人約好見面。」

警方在「費莉博多」的入口大廳進行個別偵訊，眞子如此回答警方的問題。

「……雖然聽仲町鈴香說，增尾圭吾好像幾天前就行蹤不明了。可是我想佳乃若是想見面，應該還是有辦法聯絡得上，或許她有事想找那個叫增尾圭吾的人，所以約昨晚見個面……」

這時候眞子一邊說著一邊有點後悔了。當年輕的刑警說：「關於石橋佳乃小姐，能不能把妳所知道的全部告訴我呢？」眞子忍不住將佳乃跟沙里其實沒那麼要好，還有佳乃有很多網友的事都給說出來了。她擔心因此損害了警方對佳乃的印象。

入口大廳裡，只有年輕刑警和眞子兩人。有時會有穿制服的警官慌張地過來向年輕刑警報告，不過坐在鋪著塑膠蕾絲桌墊的玻璃桌旁的，只有眞子和年輕刑警而已。當然，這是眞子生平第一次和刑警面對面交談。年輕刑警的右眉旁有一道小小的縫合傷口。他手臂的肌肉將西裝撐出皺褶來。

「關於石橋佳乃小姐網友的事，能否說得更清楚一點？」

記得是上個月初的事，那天是星期日，一早就下著冰冷的雨。雨勢雖然不大，但是從眞子居住的三樓陽台望出去，那場雨彷彿奪走了整座城市的聲音。

就在她望著雨景的時候，佳乃來到了房間，邀她去便利商店。眞子總是覺得「不過是去個便利商店，一個人去不就好了？」只是，這種話說出口會傷感情，而且也不是需要謊稱有事來推辭的事。

兩人撐著傘前往吉塚站前的便利商店。正當眞子避開水窪行走的時候，佳乃伸出手機說：「妳看這個。」

螢幕上是一張陌生年輕男子的照片，佳乃說：「我最近在和這個人通電子郵件。」

眞子望向沾到雨滴的液晶螢幕。照片絕對不算拍得很清楚，但上面的男子看起來十分粗獷，皮膚黝黑，鼻梁高挺，注視鏡頭的眼神有些寂寞，帥得讓人忍不住直盯著瞧。

「如何？」佳乃問。「超帥的耶！」眞子坦率地回答。

老實說，眞子甚至覺得如果能夠認識這樣的男生，交友網站也滿不錯的。

聽到眞子的感想，佳乃似乎也感到滿意，故意粗魯地闔上手機說：「可是，我已經不打算再見他了。因爲，喏，我已經有增尾了嘛。」

「不打算再見面……那妳們已經見過面了嗎？」眞子問道。

「上個星期日見過了。」

「咦？這樣唷？」

「喏，上次我不是說我在索拉麗亞前面的公園被一個男生搭訕嗎？」

佳乃說到這裡，眞子「啊」地出聲。

「不可以告訴沙里唷。其實那不是偶然被搭訕，而是我跟他約在那裡。」

「咦，是這樣啊……」

眞子心想，要是認爲在交友網站認識男生很丟臉，不要去不就得了？佳乃明明覺得丟臉，卻又像這般炫耀男人的照片，對於她這樣的個性，眞子實在無法理解。

「臉是長得不錯啦，可是他講話眞的很無聊，跟他在一起也一點都不好玩。而且他還是做粗工的，鄙俗死了。」

收起雨傘，進入便利商店後，佳乃依然講個不停。

眞子並不是要買東西才來的，可是一走進便利商店，她突然想吃甜食了。

「……如果只論床上功夫的話，還不賴啦。」

就在眞子伸手拿草莓布丁的時候，佳乃突然在她耳邊呢喃。

「啊？」

眞子忍不住東張西望。幸好，甜點區沒有客人，兩名店員都在忙著應付寄宅配的老婦人。

「不過他床上功夫眞的很棒唷。」

佳乃小聲地對眞子說，臉上別具深意地微笑，伸手拿起眼前的巧克力閃電泡芙。

「妳的意思是，妳們……已經做了？第一次見面當天？」眞子睜圓了眼睛。

佳乃依序拿起多種口味的巧克力閃電泡芙，「哎唷，就是爲了這個目的才見面的嘛。」

她露出俗鄙的笑容說。

「他眞的好厲害。怎麼說呢，自然而然就會叫出聲來，好像在床上任由他擺佈。手指動作超靈活的，我本來應該是躺著的，不知不覺中卻已經被翻轉過來，手就在我的背後和屁股游移撫摸著。全身彷彿沒了力氣，想使勁用力，卻只見他將手放在我的膝蓋上，結果整個腿都軟了。平常會覺得有點害臊，不太敢叫出聲音來，可是在他面前，卻一點都不害羞。我盡情地叫出聲來。然後啊，越叫自己的身體就越不聽使喚，飯店的房間明明很小，卻覺得好像一個人孤伶伶地被拋在廣大的空間裡。而且這眞的是我第一次那麼瘋狂地舔男生的手指說。」

佳乃不顧場合說出這種不知羞恥的話來。眞子一面注意著周遭，一面聽著她的形容，心裡明明拒絕去聽，腦中卻浮現自己趴在白色床單上想逃開男人愛撫的模樣。她的肌膚感覺到佳乃剛才給她看的照片上男人的手指動作，明明沒見過卻聽見男人對她說：「不用忍耐。」

便利商店外，被雨打濕的街景看來好沉重。佳乃剛才還大剌剌地說著和男人之間的行爲，一結完帳，又說起別的話題，說什麼最近她看了電影《大逃殺》，暴力畫面太殘酷，害她感到不舒服。

「那妳已經不打算跟那個人見面了？」眞子問道。

瞬間佳乃的眼中浮現惡毒的神色，說：「啊，要不然我把他介紹給妳好了。」

眞子急忙拒絕：「不用，不要這樣啦。」剛才她一面聽著佳乃的話，一面想像起情迷意亂的自己，彷彿這一幕佳乃也窺見到了。

眞子隱約覺得，做爲女人，佳乃瞧不起她。確實，眞子到了二十歲都還沒有和男人交往過，她也不像沙里那樣加以隱瞞，會被三人當中經驗最豐富的佳乃看輕，也是沒辦法的事。

但是，過去不管聽到佳乃談論再多男人的事，眞子也從來不會感到自卑。不管是和交友網站認識的男人約會，還是和增尾圭吾後來的發展，眞子都覺得離她很遙遠，就像在看電視連續劇似的，既不羨慕，也不輕蔑。但唯有這次，佳乃的男人侵入了眞子的心。佳乃的男性緋聞，應該聽一聽就算了，但是眞子卻在雨天的便利商店裡，想像被未曾見過的男人愛撫，而且羨慕眞正被愛撫過的佳乃。她深深地輕蔑佳乃，明明有增尾圭吾這個男朋友，卻和交友網站認識的男人見面第一天就做那種事，實在低賤。但是越是輕蔑，眞子就越感到不安，害怕自身也想要變成那種女人。

眞子不是佳乃那種女人，上交友網站只是想要認識男人。話說回來，她也不是沙里那種女人，裹足不前，鬱悶焦急，只會在背地裡咒罵勇於行動的佳乃。

如果可能，眞子想和來自熊本的人結婚，將來在熊本組織一個幸福的家庭。眞子的願望只有這樣，只是一想起被佳乃的男人愛撫的模樣，她深深地感覺到，自己的願望彷彿是爲了遭到摧毀而存在。

「呃……」

右眉旁有一小道縫合傷口的刑警望向眞子的臉。

炎熱的夕照射進入口大廳。自動門似乎有點隙縫，風集中發出詭異的咻咻聲。

除了向眞子問話的刑警外，還有五六名警官，從剛才就在佳乃二樓的房間以及大廳來來去去。

每當佳乃房間的東西被裝箱搬出來，眞子就心想：「啊啊，佳乃眞的被殺了。」可是她無法像剛才接受訊問的沙里一樣號啕大哭。當然，她並不是不難過。只是淚水怎麼樣也流不出來。

「那麼，妳從石橋佳乃小姐那裡直接聽說的，就只有這三個男人是吧？」

聽到年輕刑警的問話，眞子忽地回過神來，點頭說：「呃，嗯，是的。」

「去年夏天左右有兩個，秋末左右有一個。夏天的時候認識的男人，兩個都是福岡人，他們帶石橋佳乃小姐去吃飯，買衣服給她，年齡不詳，不過年紀比石橋佳乃小姐大上許多。」

「是的，沒錯。」

「然後，妳在秋末時分聽說的，是住在佐賀的大學生，偶爾會和石橋佳乃小姐出去兜風？」

「是的，佳乃是這麼跟我說的。」

「沒有其他了嗎？」

「沒有了。我記得比較清楚的只有這三個人。佳乃可能還跟我說過別的，但我不記得了……。當然，若單純信件來往的，應該還有更多。」

眞子一口氣說到這裡，在心裡安慰自己，我是在協助搜查佳乃的命案，不是在說佳乃的壞話。

「呃，還有沒有其他人從石橋佳乃小姐那兒聽說這類事情？」

年輕刑警的手指很長，指甲看起來很健康。不曉得是不是習慣，他把指甲緊按在指腹上，留下深深的爪痕。

「我想佳乃只有對我一個人說。」

眞子答道。

「那麼，恕我再確認一次，妳還是認爲昨天晚上石橋佳乃小姐是去見增尾圭吾嗎？」

刑警深深地嘆了一口氣，眞子用力點頭說：「雖然沙里似乎在懷疑，可是我認爲佳乃眞的是去見增尾圭吾。」

「這樣啊……」

「佳乃會不會是後來被什麼人給帶走了……」

「這方面我們當然也會調查。」

刑警斬釘截鐵地說。眞子垂下頭來，心想自己多管閒事了。

「她眞的是去見那個增尾圭吾了嗎？那傢伙現在又行蹤不明……」

刑警望向寫滿了笨拙字體的記事本。

「……我明白了。不好意思，問了妳這麼多問題。」

刑警突然這麼說，眞子瞬間差點反問：「咦？已經好了嗎？」但刑警不知道眞子的心情，迅速地站了起來，並朝站在玄關口的警官出聲：「喂！」

「呃……」眞子叫住他。

「什麼事？」

「這樣就可以了嗎？」

「啊，是的。不好意思，妳的朋友遭遇不幸，還占用妳那麼多時間。」

眞子走到走廊上，等著下一個被訊問的仲町鈴香，哭紅了一雙眼睛站在那裡。眞子默默地走過她的身旁。

搭上電梯後，眞子心想自己爲什麼不說呢？當然，她認爲這件事與命案無關。佳乃在交友網站認識的男人裡，眞子記得的還有一個。可是，她怎麼樣都無法把這個人的事告訴年輕刑警。她擔心一說出來，好像連自己都會被當成與佳乃同類的女人。在交友網站找男人的女人的朋友。眞子不希望被這麼看待，所以沒有告訴年輕刑警。

然而，她完全不知道，這個判斷誤導了接下來的搜查方向。

第二章　他想見誰？

二〇〇一年十二月十日星期一早上，在長崎市郊外經營解體業的矢島憲夫，彷彿呵護著自己的身子似地，小心翼翼地開著里程數已超過二十萬公里的破舊廂型車，並清著昨晚便不太舒服的喉嚨。

簡單地說，他覺得喉嚨有痰，但是不管再怎麼咳，都咳不出痰來，勉強咳嗽反倒引發了嘔吐，酸澀的胃液擴散在整個口中。

昨晚在床上嘔吐的時候，妻子實千代說：「去漱個喉嚨吧。」可是他老早就試過了，只好胡亂罵道：「啊，可惡，煩死人啦！」

憲夫在平常的十字路口將方向盤打向左方。實千代掛在後視鏡上的交通安全護身符大大晃動著。

這個十字路口的形狀十分詭異，看起來就像巨人建造的大馬路和小矮人建造的小路交會在一起。

如果從寬廣的國道開過來，這個路口看起來完全是直角向右彎的L字型馬路。但是以爲是L字型的彎道，實際上前方還有一條細窄的小路延伸出去，有一座小橋架在與國道平行的水路上。這條水路以前曾經是海岸線，在昭和四十六年塡土掩埋，連接了近海的島嶼。與陸地相連的島上，有一座造船廠的巨大船塢。這是巨人的城市。而過去的漁村被奪走了海岸線，現在依然佈滿了穿腸小路。

憲夫從國道筆直駛進小路，一面在意喉嚨裡的痰，一面以熟悉的動作轉動方向盤，開往小路裡。

左手邊有教堂，彩色玻璃在朝陽底下熠熠生輝。再往小路前方開去，逐漸感覺大海的氣味，此時，清水祐一如往常穿著花俏的運動衫，一臉睏倦地站在原地。

憲夫將廂型車停在他前面。祐一粗魯地打開車門，低沉地打了聲招呼：「早！」然後坐上後車座。憲夫「哦」地簡短應聲，立刻踩下油門。

每天早上，憲夫都會到這裡接祐一，然後到小倉載一個人、前面的戶町再載一個人，像這樣依序載上工人，前往長崎市內的工地。

祐一簡短地道早之後，就像平常一樣沉默不語。「又睡眠不足啦？」憲夫邊踩油門邊問道。

「……反正你昨晚又開車晃到深夜對吧？」

聽到憲夫的話，後視鏡裡的祐一微微抬頭，短促地回答：「沒有。」

憲夫明白早上六點就來迎接，對年輕的祐一來說是一種折磨，可是看到祐一彷彿三分鐘前才剛爬出被窩的一頭亂髮，還有快被眼屎黏住的眼皮，也忍不住想要嘮叨幾句。如果是完全無關的人，憲夫也不會這麼生氣，但是憲夫的母親和祐一的外婆是姊妹，而憲夫的獨生女廣美和祐一年紀相近，是祐一的表姊妹。

從祐一老家的巷子盡頭出來，有一座供附近居民使用的小型停車場。在老舊的廂型車和轎車當中，只有祐一寶貝的白色SKYLINE就像新車般，沐浴在朝陽下。

這雖然是輛中古車，卻要價兩百萬圓以上，是祐一用七年分期付款買下的。

「我跟他說過好幾次，叫他買便宜點的，可是他就是堅持要這輛。不過有輛大車子，送外公去醫院的時候也比較方便啦。」

祐一的外婆房枝這麼說著，露出分不出是高興還是擔心的表情。

房枝與現在幾乎已臥床不起的丈夫勝治之間，生有重子、依子兩個女兒。長女重子現在與丈夫在長崎市經營一家精緻的西點店，兩個兒子在大學畢業後，各自獨立有成。依房枝的說法是「完全不需要操心的女兒」。另一方面，次女依子是祐一的母親，但她卻完全安定不下來。依子年輕的時候在市內一家酒店工作，和店裡的男員工結婚後，馬上就生了祐一。但是祐一上小學的時候，男方跑掉了。依子在無計可施之下，只好帶著祐一回老家，然後將祐一塞給房枝與勝治，一走了之。現在依子好像在雲仙一家大旅館當女傭，但憲夫認爲祐一與其讓那樣的父母帶著到處跑，就結果來說，讓在造船廠工作到退休的外公與外婆養育反倒好。所以當祐一進了中學，房枝和勝治說要收養他時，憲夫是第一個贊成的。

祐一被外公外婆收養後，把原本的姓氏本多改成了清水。

記得好像是隔年的新年，憲夫拿壓歲錢給祐一，半開玩笑地問他說：「如何？比起本多祐一，清水祐一這個名字比較帥氣吧？」結果當時對車子和機車有興趣的祐一說：「不，本田比較帥。」在榻榻米上寫下羅馬拼音的「HONDA」給憲夫看。

回到勉強將巨人國與小人國縫合在一起的十字路口，憲夫等著遲遲不轉成綠燈的號誌。祐一從後車座出聲問道：「舅舅，今天上午就要把護板拆掉了嗎？」

「中午以後也可以啊。全部拆掉的話，大概要花多久？」

「如果留下正面的話，一個小時應該就可以了……」

這個時段，對向車道前往造船廠的車子很多，經常造成塞車，只見每輛車子的駕駛都頻頻忍著哈欠。

號誌轉綠，憲夫踩下油門。可能是因爲踩得太過用力，堆在後面的工具箱「碰」地發出巨大的聲響。

祐一打開車窗，近在咫尺的海潮氣息吹進了車內。

「昨天怎麼了嗎？」

憲夫看著後視鏡問道，祐一的表情突然變得緊張：「爲什麼這麼問？」

憲夫其實不是在問祐一昨天怎麼了，而是想問最近又要住院的勝治身體情況如何，但是因爲祐一反應過度，憲夫只好配合他說：「沒什麼，只是想說你是不是又開車遠行了。」

「我昨天沒出去。」祐一低聲答道。

「你那輛車子一公升可以跑多遠？」

憲夫改變話題，後視鏡裡倒映出祐一不耐煩的表情。

「有十公里嗎？」

「哪跑得了那麼遠？要看路況，能跑個七公里就不錯了。」

雖然口氣粗魯，但是一談論起車子，祐一表情就顯得神采奕奕。

時間才剛過六點，但是前往市區的車流已經出現塞車的徵兆。要是出發再晚上三十分鐘，在進入市區前，肯定會完全陷入車陣之中。

這條路是南北縱貫長崎半島沿海的唯一一條國道，如果循著這座半島朝市區反方向南下，就可以在海上看到化成廢墟的軍艦島，夏天的時候，沿途高濱、脇岬的海水浴場總是擠滿了市民，熱鬧無比，最後則會來到樺島的美麗燈塔。

「對了你外公怎麼樣了？他狀況又變差了嗎？」

憲夫一面從國道開往市區，一面向後車座的祐一問道。

沒有回應，憲夫問道：「……又要住院了嗎？」

「今天下工以後，我會開車載他去。」

祐一望著窗外回答，聲音被風給吹散了。

「幹嘛不講？跟我講一聲，先載你外公去醫院再來工地就好啦。」

憲夫知道八成是房枝叫祐一這麼做，但是他覺得實在太見外，忍不住責備。

「就一樣的醫院啊，晚上去也可以。」

祐一彷彿爲房枝辯解似地說。

祐一的外公勝治罹患嚴重的糖尿病，已經將近七年。可能也因爲上了年紀，不管看病看了多少次，身體狀況都不見改善，憲夫每個月去探病，都感覺勝治的臉色日益蠟黃。

「可是啊，雖說自己的女兒不孝，但是有祐一在家，眞是太好了。要是沒有祐一，光是要接送外公看病，得費上好一番工夫哪。」

最近，房枝只要碰到憲夫，都會傾吐這樣的心聲。實際上，年輕的祐一應該是派上了很大的用場，但是房枝越是這麼說，憲夫就越感覺年輕又寡言的祐一彷彿被老夫婦給緊緊地綑綁住了。不僅如此，祐一的村落裡，住著許多獨居老人和老夫婦，祐一幾乎可以說是唯一的年輕人，所以不只是外公外婆，他也經常受託接送其他老人上醫院，有人拜託他，他也不會抱怨，而是默默地讓他們上車。

憲夫沒有兒子，他把祐一當成兒子看待。所以看到祐一甚至分期付款，也要買下時髦的車子時，也會叨唸個兩句，不過想到祐一好不容易買下車子，卻都用在接送老人去醫院，反而覺得有些不捨。

祐一和其他年輕人不同，祐一不會賴床，工作也很認眞。但憲夫不明白這個年輕人活著到底有什麼樂趣？

這一天，憲夫一如往常依序載著包括祐一在內的三名工人，前往上個月開始動工的長崎市內的工地。

廂型車裡的工人除了祐一，包括憲夫在內，倉見和吉岡的年紀都五十好幾快六十了。早晨前往工地的移動時間裡，他們都會先抽上幾根菸，煙霧與「哎唷，膝蓋好疼。」「哎唷，老婆打鼾吵死人了。」等家常閒話彌漫在車子裡。

不只是憲夫，同乘的倉見和吉岡也知道祐一這人不愛說話，所以現在幾乎都不會去搭理他了。祐一剛進組裡時，他們也會邀他去賭賽船，或帶他去銅座的小酒店，相當照顧祐一，但是就算帶他去賭賽船，祐一也不買賽船券，帶他去小酒店，祐一連首卡拉ＯＫ也不會唱，兩人抱怨說：「最近的年輕人怎麼搞的？帶他們出去玩，卻一點勁兒也沒有。」已經完全不想理祐一了。

「喂，祐一！你怎麼了？臉色怎麼這麼蒼白？」

倉見突然叫道，憲夫忍不住差點踩下煞車。道路即將進入市區，從並排在海岸線的倉庫間，可以看到沐浴在朝陽下的港口。

倉見突如其來的叫聲讓憲夫急忙望向後視鏡，結果安靜得讓人幾乎忘了存在的祐一，一張全無血色的臉正貼在車窗上。

「怎麼了？不舒服嗎？」

憲夫出聲詢問，坐在祐一後面的吉岡說：「要吐了嗎？開窗，快點開窗！」急忙探出身體，想要開窗。祐一無力地推開他的手，悄聲回答：「沒關係，我沒怎樣。」

由於祐一的臉色實在太差，憲夫暫時將車子停在路肩。瞬間，追逐似地緊跟在後的卡車發出尖叫般的喇叭聲竄了過去，廂型車被風壓吹得左搖右晃。

車子一停，祐一連滾帶爬地跑出車外，按著肚子伏在地面乾嘔了兩三次。但是胃裡好像沒有東西可以吐，只是痛苦地喘息著。

「宿醉嗎？」

吉岡從廂型車的車窗探出頭來，朝祐一背後問道。祐一把手按在人行道的石板上，顫抖似地點點頭。

◇

鶴田公紀用指尖略爲掀開被夕陽染紅的窗簾，窺看底下的馬路。從十二樓的窗戶可以一眼望盡大濠公園。兩輛白色廂型車並排在馬路上，剛才還在這個房間的年輕刑警坐上其中一輛。

父母在大學附近買下這戶大廈公寓時，鶴田怎麼也不喜歡這裡的景觀。每當他眺望眼前的景色，就自覺到自己只是個中產階級的闊少爺，一無是處。

床邊的電子時鐘已經顯示五點五分了。四點半過後，刑警粗魯地敲門，鶴田被吵醒，就這樣被刑警盤問了三十分鐘以上。

鶴田在凌亂的床上坐下，喝了一口保特瓶裡的水。水很溫。

刑警突然來訪，直到明白他們是在追查增尾圭吾的行蹤前，鶴田的應對都相當冷淡。他昨天看影片看到凌晨才睡，被糾纏不休的敲門聲吵得怒火中燒，心情也顯露在臉上一覽無遺。年輕刑警年紀和鶴田相仿，他亮出警察手冊說：「我們有事想請教一下。」鶴田心想，八成是外面的大濠公園又出現色狼了吧。

「聽說你和增尾圭吾很要好？」

聽到年輕刑警這麼說，鶴田瞬間以爲圭吾對別人性騷擾了。要不然就是在哪家酒店認識了女孩子，強暴了人家。圭吾的臉浮現在腦海中，那張臉比起性騷擾，更適合強暴這個字眼。

鶴田總算清醒過來，年輕刑警將命案的概梗告訴他。

三瀨嶺。石橋佳乃。遺體。勒殺。增尾圭吾。行蹤不明。

聽著聽著，鶴田腿軟了。圭吾幹下了強暴案遠遠不及的大案子，而且逃亡了。鶴田差點癱坐下去，刑警說：「事情還不明朗。不過如果你知道增尾的行蹤，能不能告訴我們？」

最近圭吾有聯絡嗎？

鶴田輕敲睡昏的腦袋，喚醒記憶。刑警拿著紙筆，靜靜地等他回答。

「呃……」

鶴田察顏觀色似地開口道。

「該怎麼說呢，那傢伙這三、四天都聯絡不上。欸，大家都起鬨說他失蹤了，不過我想他應該是一個人跑去旅行了。」

鶴田一口氣說到這裡，又窺探刑警的臉色。

「嗯，似乎是如此。你最後和他談到話是什麼時候？」

刑警面色不改地問，用筆尖敲打著記事本。

「最後嗎？呃，應該是上星期……」

鶴田回溯記憶。他憶起在電話裡和圭吾交談，卻想不起來那是星期幾的事。

電波很模糊，聲音聽不太清楚。「你在哪裡？」鶴田問，圭吾笑著說：「我現在在山裡。」

也沒什麼重要的事。圭吾應該想知道下星期的課堂考試幾點開始。前天晚上，鶴田在看《神鬼尖兵》（*The Boondock Saints*）這部電影。當他正想跟圭吾說考試的事，電話就斷線了。

鶴田急忙折回房間，查看錄影帶店的收據，告訴玄關的刑警說：「是上星期三。」

圭吾來玩的時候，鶴田偶爾會強迫他看自己喜歡的電影。圭吾對電影沒興趣，不是看到一半睡著，就是半途回去，但是他對鶴田將來要拍電影的夢想感興趣，兩個人經常熱烈討論要一起製作電影。

圭吾常常說要討論電影，晚上邀鶴田上街。但是圭吾雖然把鶴田找出去，卻完全不提電影，而是到處搭訕店裡的女孩。就從男生的角度來看，圭吾長得非常英挺帥俊，總是兩三下就釣到女人。圭吾釣到女人，總算回到鶴田身邊後，就會向女人介紹說：「這傢伙明年就要拍電影囉。」然後隨口說一些「妳可不可以擔綱演出呢？」之類的話，炒熱氣氛。但是圭吾釣到的，幾乎都可說是平凡至極的女人。鶴田回想起有一次他問圭吾爲什麼總是找那類女孩，圭吾便笑著說：「我啊，對那種有點窮酸樣的女人才有勃起欲望。」

年輕刑警說的石橋佳乃這個名字，鶴田有印象。

當然，刑警開頭說「三瀨嶺發現一名女性遺體，死者名叫石橋佳乃」時，鶴田腦中浮現的是一名陌生的女子——或者說，他想到的是曾經在電影中看過的、冷凍保存的白人女性屍體畫面，不過刑警再三提到「石橋佳乃」這四個字，讓鶴田想起約莫三個月前，圭吾在天神的射鏢酒吧搭訕的保險業務員。

那天晚上鶴田也在店裡。他沒有跟大家一起擲飛鏢，縱情嬉鬧，而是坐在吧台角落跟酒保談論艾力侯麥（Eric Rohmer）（註）的電影。

圭吾一行人邀約說：「等一下一起去唱卡拉ＯＫ吧！」石橋佳乃和她兩個朋友卻說「宿

註：法國新浪潮電影大師，影片風格簡樸、自然，也充滿文學與自然氣息。

舍有門禁」而拒絕了邀請，打算回去。當時酒保正堅持說侯麥的《夏天的故事》（*Conte d'Ete*）是他的最佳代表作，而鶴田反駁說：「不，《克萊兒之膝》（*Le Genou de Claire*）才是最棒的。」

圭吾跟著佳乃她們來到吧台，就在鶴田背後向其中一個人說：「告訴我電子信箱嘛。下次一起去吃個飯吧。」

鶴田回頭一看，老實說，那個女的一點都不吸引人。女方很快就說出了電子信箱。

三個女人走上樓梯離開，圭吾輕薄地出聲說：「拜拜，下次見！」目送了她們一會兒。他回來之後，向酒保點了啤酒，把女人寫下電子信箱的杯墊拿給鶴田看。上面寫著「石橋佳乃」四個字。

鶴田之所以會記得這個名字，是因爲電影研究社裡有個學妹叫石橋里乃，名字只差一個字。

圭吾從酒保手中接過啤酒，鶴田對他說：「我認識的石橋要可愛好幾倍哩。」

圭吾好像對鶴田的話不甚在意，指尖撥弄著杯墊笑著說：「可是我就是喜歡剛才那種型的。怎麼說，你不覺得有種變身變不徹底的感覺嗎？學別人拿個LV包包，擺出一副高高在上的樣子，卻有種鄉下大姊的俗氣哪。要是看到有個女人拿著LV包包，穿著便宜貨的鞋子走在農地的田梗上，我一定會受不了立刻撲上去。」

在大學剛認識圭吾的時候，鶴田感到非常不可思議，不明白爲什麼會和興趣、性格完全不同的圭吾如此意氣投合？兩人都生長在富裕的家庭，和其他學生不同，總是悠悠哉哉的。

他覺得如果圭吾是個任性的男主角，自己就是唯一能夠把他操縱在掌心的藝術電影導演。

那是什麼時候去了？鶴田曾經和圭吾一起去長濱的路邊攤吃拉麵。當時圭吾剛買新車，可能一有時間就想開車出去吧。

兩人在生意興隆的小攤子吃著拉麵，圭吾突然問道：「鶴田，你爸會外遇嗎？」

「怎麼了？」

「沒有，只是問一下。」

鶴田的父親福岡市中心擁有許多棟出租大樓，全都是從祖父手中繼承過來的，看在做兒子的鶴田眼中，父親的時間和金錢永遠多得用不完，很難說是個令人尊敬的父親。

「不曉得，我想應該也不是完全沒外遇吧……，不過可能只是跟酒家女玩玩而已吧。」鶴田說。

「這樣啊。」

明明是圭吾提出的問題，他卻一副沒什麼興趣的樣子，把免洗筷折成兩半，丟進還剩下不少的拉麵裡。

「你爸呢？」

鶴田不經意地反問，圭吾喝著老舊塑膠杯裡的水，不屑地說：「我爸？喏，我家從以前就是開旅館的不是嗎？」

「開旅館又怎麼樣？」

「旅館裡不是有女傭嗎？」

圭吾露出別具深意的笑容。

「我小時候看過好幾次呢。我爸把我家的女傭帶進裡面的房間。那到底是怎麼回事呢？那些女人都是心甘情願的嗎？……不，她們一定不願意吧，只是我完全看不出來就是了。」

離開攤子的時候，圭吾對店老闆說：「多謝招待，難吃死了。」

霎時，攤子上的客人全都停下手來。氣氛變得尷尬極了。不過鶴田喜歡圭吾這種個性。事實上，這家攤販確實專門招攬觀光客，價錢貴又難吃極了。

◇

祐一用裝在扁平鋼桶裡的水，專注地清洗手指上的污垢，矢島憲夫一邊抽菸，一邊望著他的背影。

鋼桶是用來攪拌水泥的，即便裡面裝的是清水，洗過的手只要乾掉，皮膚上還是會浮現像蛇一樣的白色斑紋。

時間已經過了黃昏六點，工地的每個角落，各組工人正在收拾準備回家。數台重工機械剛才還在拆卸外牆，現在也安靜地並排在一處。

這棟大樓原本是婦產科大樓，工程已經進入第四天，有三分之二都已拆得面目全非了。碰上這種大工程，憲夫的公司會轉包給下游廠商。憲夫的公司雖然也有一台長十五公尺的長臂重機，但是碰上鋼筋水泥的三層樓建築，光只有一台也不夠，只能轉包給大型解體業者。

祐一用鋼桶的水洗過手後，拿起脖子上的毛巾擦手。「你是不是差不多該去考個重機執照了？」憲夫對他說，把嘴裡的香菸按熄在菸灰缸上。

祐一聽到憲夫的話，回過頭來，沒什麼勁地應了一聲「哦」，接著拿毛巾用力抹起臉來。他越是抹，臉上的污垢越是明顯。

「下個月放你一星期假，去考個執照如何？」

聽到憲夫的話，祐一不知是想去還是不想去，噘起了嘴巴，微微點頭。老實說，憲夫一直在等祐一主動要求去考重機執照，但是不管再怎麼等，祐一都沒有積極的表示。

祐一把橡膠手套等物品收進自己的袋子裡，憲夫對他說：「話說回來，你好多了嗎？」今天早上祐一在車子裡突然臉色大變，差點吐出來，但是到了工地以後，他還是像往常一樣認眞工作。不過憲夫知道，祐一總是自己帶來的便當，根本沒有動到幾口。

「你今天一回去，就要帶外公去醫院吧？」憲夫問。

「大概吃完飯以後。」

祐一在灰濛濛的寒風中抱著袋子站起來，低聲回答。

憲夫照慣例用廂型車載著倉見、吉岡和祐一回去。

行駛在國道上，望著被夕陽染紅的長崎灣，倉見又一如往常喝起杯裝燒酒。

「到家也只要三十分鐘，你就不能忍耐一下嗎？」

憲夫聞到燒酒的味道，忍不住板起臉來。

「我從下工前一個小時就在忍了，哪能再忍上三十分鐘？」

倉見一副聽憲夫在胡說八道似地笑道，把幾乎要溢出杯子的燒酒遞到嘴邊，濃稠的液體沾濕了他濃密的鬍渣。

儘管車窗開著，燒酒和乾燥的泥土味還是混雜在車子裡。

「對了，昨天福岡的三瀨嶺好像有個女孩子被殺了。」

吉岡望著車窗外，突然想起來似地說。

「好像是拉保險的女孩子，碰上那種事，父母親一定很傷心吧。」

倉見有個年紀差不多的女兒，他說完舔了舔被燒酒沾濕的手指。吉岡和女人同居，但沒有結婚，所以似乎無法體會被害人父母的心情，於是他改變話題說：「說到三瀨，以前我開卡車的時候，常常開那條路哪。」吉岡本人雖然沒有詳細說過，不過和他一起住在縣營國宅的女人已經和他同居快十年了，卻還沒有和本來的老公離婚的樣子。

「祐一，你不是也常去三瀨嶺兜風嗎？」

吉岡問道，坐在最後面的祐一將視線從窗外拉回車內。他的表情倒映在後視鏡裡。

前往市區的對向車道開始塞車了。男人們在造船廠工作了一整天，開的車成群結隊地排列在馬路上。沐浴在夕陽下的男人們，表情看起來有點凶神惡煞。

「欸，你常去三瀨嶺兜風對吧？」

因爲祐一不回話，吉岡再次追問。

「三瀨那裡……我不太喜歡。晚上經過那裡感覺很恐怖。」

祐一低聲回答。不知爲何，這句話殘留在開車的憲夫耳底。

依序放倉見和吉岡下車後，憲夫開往祐一家。

車子從國道駛進狹窄的小路裡。窄得屋子門牌都快擦撞到車外後視鏡的道路，一路蜿蜒朝漁港而去。塡海造陸，海岸線幾乎都被奪走後，小漁港勉強苟延殘喘，裡面還停泊著數艘小型漁船。港灣內被堤防包圍，風平浪靜，只有繫住漁船的繩索偶爾會想起來似地發出傾軋聲。

漁港周圍有幾座拉下鐵門的倉庫。乍看之下以爲是漁業倉庫，但裡面其實安置著被稱爲「飛龍」的競賽用小舟。

這地區流傳著划龍舟（註）的習俗，每年一到夏天，都會舉行分區較勁的龍舟大賽。數十名男子共同划槳的景象十分勇壯威武，每年都會吸引眾多觀光客來到此地。

「你明年也要參加龍舟比賽吧？」

憲夫正巧看見鐵門半掩的倉庫，向祐一問道。祐一把袋子抱在膝上，已經準備要下車了。

「練習什麼時候開始？」

憲夫看著後視鏡問，祐一答道：「跟以前一樣。」

祐一上高中以後，第一次參加划龍舟大賽時，憲夫正好擔任地區隊長。

練習的時候，祐一不像其他的少年，沒有滿嘴抱怨，只是默默地划槳，但是練習起來卻不知分寸，最後划到手掌都磨破了，結果在大賽當天完全派不上用場。

那之後已過了將近十年，祐一每年都會參加龍舟大賽。如果問他：「你喜歡划龍舟嗎？」

註：日本長崎地方每年六月皆會舉行划龍舟競賽，是傳自中國的風俗。

他會回答：「也還好。」可是每年一練習，他總是搶先第一個到倉庫報到。

「我去看一下好了。」

憲夫在祐一家前停下車子，這麼說道，關掉車子引擎。

已經準備下車的祐一瞄了憲夫一眼。

「你今天幾點要帶外公去醫院？」憲夫又問。

「吃完晚飯。」

祐一一樣低聲呢喃，下了車子。

憲夫跟著祐一進入玄關，聞到一股家中有病人的特殊氣味。雖然有祐一一起生活，但是這個家裡住的原本就是老夫婦，才踏進一步，憲夫就覺得色彩從視野中剝落了。祐一脫掉的紅色運動鞋雖然骯髒，卻是唯一一塊鮮艷的色彩。

「阿姨！」

祐一急匆匆地走過走廊，憲夫有點目瞪口呆地望著他，並朝裡頭出聲叫道。

脫鞋子的時候，他聽到房枝問祐一：「哎呀，憲夫來了嗎？眞難得。」

「姨丈等一下要去醫院是嗎？」

憲夫脫掉鞋子，來到走廊，原本好像待在廚房的房枝走出來說：「之前好不容易才出院，又要住院了。」她拿起掛在脖子上的手巾擦著濕漉漉的手。

「嗯，我聽祐一說了……」

憲夫毫不拘束地經過走廊，打開勝治休息的房間紙門。

「姨丈，聽說你又要住院了？不過家裡還是比醫院舒服吧？」

紙門一開，隱隱飄來一股排泄物的味道。路燈投射在榻榻米上，與老舊榻榻米上閃爍的日光燈交疊在一起。

「去了醫院，就說想回家，帶他回家，又說醫院比較好，真是拿這個老頭子沒辦法。」

房枝說著，重新點亮日光燈。勝治在被窩裡發出混濁的咳嗽聲。

憲夫在勝治的枕邊坐下，粗魯地掀開棉被。感覺很硬的枕頭上，躺著勝治滿是斑點的臉。

「姨丈。」

憲夫出聲，伸手放上勝治的額頭。不曉得是不是自己的手心太熱，勝治的額頭冰得讓他全身一顫。

「祐一呢？」

勝治喉嚨帶痰地問道，推開憲夫放在額頭上的手。

正好此時傳來祐一上樓梯的聲音，整棟屋子都震動了起來。

「不可以什麼事都麻煩祐一啊。」

憲夫不只是對床上的勝治，也對站在背後的房枝說。

「我們又沒有老是麻煩祐一。」

房枝在日光燈下噘起嘴說。

「啊，我不是那個意思啦。只是，祐一也是個年輕人啊，要是只顧著照料老頭子老太婆，會娶不到老婆的。」

憲夫故意用開玩笑的口氣反駁說。房枝原本有些動怒的表情稍微緩和下來。

「可是啊，說老實話，要是沒有祐一，我連幫老頭子洗澡都沒辦法啊。」

「去請家庭照護不就好了？」

「說得那麼簡單，你知道請他們來一趟要多少錢嗎？」

「很貴嗎？」

「當然啦，那邊岡崎家的婆婆啊……」

房枝說到這裡，勝治從被窩裡吼道：「吵死啦！」接著難過地咳了起來。

「對不起啊，對不起啊。」

憲夫輕輕拍打棉被，站了起來，推著房枝的背離開房間。

廚房的砧板上擺著一條新鮮的黃尾鰤。漆黑的血在濕淋淋的砧板上擴散開來。黃尾鰤眼睛望著天花板，嘴巴半開，像在傾訴著什麼。

「對了，昨天祐一回來得很晚吧？」

憲夫若無其事地朝著拿起菜刀的房枝背後問。他想起祐一今早在前往工地的途中臉色大變，跳下車子，難過地乾嘔的情景。

「不曉得哪。他出去過嗎？」

「好像難得宿醉了。」

「宿醉？祐一嗎？」

「今天早上他臉色蒼白……」

「哦？可能是去哪裡喝酒，還是開車出去了吧。」

房枝握著經年使用的菜刀剖開黃尾鰤的魚身。接著菜刀「喀滋、喀滋」地切斷骨頭。

「你帶條黃尾鰤回去給實千代吧。今早漁會的森下先生送來的，家裡只剩下祐一吃不了那麼多。」

房枝握著菜刀回頭，指著餐桌底下。一滴水從潮濕的菜刀滴落黑得發亮的地板。

憲夫望向餐桌底下，保麗龍箱裡裝著一隻黃尾鰤。

憲夫把房枝送他的黃尾鰤連同保麗龍箱搬到玄關，然後從旁邊的樓梯走上二樓。上樓後的第一道門，就是祐一的房間。

憲夫覺得敲門怪不好意思的，於是只「喂」了一聲，就擅自開了門。

可能是要去洗澡，祐一穿著內褲站在面前，差點撞上打開的門。

「要去洗澡嗎？」

憲夫望著祐一的上半身說。他的上身就像一層薄薄的皮膚包裹在肌肉上頭。

「……洗澡，吃飯，去醫院。」

祐一點點頭，就要離開房間。憲夫閃到一邊，讓祐一出去。

憲夫本來想要一起下樓，但是他瞄見房間地板上掉著一本冊子，上面寫著「起重機執照」。

「哦，你打算去考嘛。」

沒有回答，已經下樓的腳步聲變得更響。

憲夫不經意地走進房間，撿起地上的小冊子。祐一走下樓梯的腳步聲這次朝著走廊逐漸遠去。

憲夫在扁塌的座墊上坐下，環顧整個房間。老舊的土牆上貼著幾張汽車海報，上面的膠帶已見泛黃，地板上也到處堆放著汽車雜誌。

老實說，這個房間除了這些以外，什麼也沒有。既沒有年輕女孩的海報，也沒有電視或收音機。

房枝有一次還說：「祐一的房間不在這裡，是在他的車子裡。」看了這個房間，便知道房枝說得並不誇張。

憲夫扔下本來想要翻閱的小冊子，拿起放在矮桌上的薪水袋。這是憲夫上星期發給祐一的，但是他一拿起來，就知道裡面空空如也。

信封旁有張加油站收據。憲夫原本不打算看，可是還是不經意地拿了起來。五千九百九十圓的金額底下印刷著佐賀大和這個地名。

「昨天啊。」

憲夫念出收據上的日期。話一出口，他立感到納悶，「可是他不是說『昨天我沒出遠門』嗎？」

◇

房枝把黃尾鰤的頭從砧板挪走。流理台響起沉沉的「咚」地一聲，原本嘴巴半開、面朝自己的魚頭滑進了排水口。

房枝聽見走廊上有腳步聲經過，回過頭去，看見祐一穿著內褲，從桌上捏了一片魚板叼著，正往浴室走去。

「憲夫回去了嗎？」

房枝朝著他的背後問。

祐一嘴裡嚼著魚板，回過頭來，默默地指著自己的房間。

「在你房間做什麼？」

「不曉得。」

祐一偏著頭，打開浴室的門。木框上鑲了一整塊玻璃的門，就像塊薄薄的白鐵片似地大幅度彎曲，發出刺耳的聲響。

家裡沒有脫衣間，祐一當場飛快地脫下內褲，顫抖著身子衝進浴室。白色的臀部如殘像般晃了過去。

門再次關上，「砰」地一響，感覺玻璃幾乎要震碎了。

房枝重新拿好菜刀，開始將黃尾鰤切成生魚片。

正當她把味噌溶進鍋裡的時候，響起下樓梯的腳步聲，憲夫的聲音傳來：「阿姨，我要回去了。」房枝沒有離手，應道：「哦，有空再來啊。」

做工不是很密實的玄關門發出「喀啦啦」的聲響，關上門時幾乎整個屋子都在震動。憲夫的腳步聲遠去消失之後，頓時只剩下廚房裡鍋子燉煮的聲音。

好安靜——房枝心想。雖然臥病在床，但家裡還有勝治在，雖然上了年紀，但自己也在。不僅如此，正年輕的祐一就在近處洗澡，這個家卻寂靜得恐怖。

房枝聞著味噌香，朝浴室的祐一問道：「聽說你今天早上宿醉？」祐一沒有回話，取而代之地，響起了人從浴缸裡起站起來的水聲。

「你去哪裡喝酒了？」

沒有回答。潑水的聲音傳了過來。

「你不是開車出去嗎？喝酒危險啊。」

房枝已經不指望回答了。

鍋子即將沸騰，房枝把火關掉，將沾了魚血的砧板浸到水裡。

房枝擺好黃尾鰤的生魚片，將黃昏時先炸好的魚肉泥一起擺上餐桌，好讓祐一一洗完澡就可以吃。打開電鍋一看，飯已經煮得鬆鬆軟軟，濃濃的蒸氣瀰漫在寒冷的廚房裡。

勝治生病以前，房枝每天早上都要煮上三杯米，黃昏再煮五杯米。她甚至覺得自己這十五年來，爲了塡滿兩個男人的胃，成天都在洗米。

祐一從小就很愛吃飯。只要給他一片醃蘿蔔，就可以輕鬆吃上一碗飯。他就是這麼愛吃剛煮好的飯。

他吃進去的東西全都化成了骨肉。從進中學的時候漸漸抽高，房枝甚至覺得他每天早上一起床，身材就變高了一些。

自己煮的飯菜讓一個少年成長爲一個堂堂男人，這讓房枝感到驚奇，也令她讚嘆。

也因爲沒能生下男孩子，房枝察覺到在養育孫子的過程中，有種養育女兒時無法體會到的女性本能。

當然，起初房枝也會對祐一的親生母親——次女依子有所顧忌。但是當依子拋下還是小學生的祐一和男人跑掉以後，房枝雖然爲女兒的不忠嘆息，卻也覺得充滿了幹勁，心想這下子可以親手養育祐一了。當時房枝即將年滿五十歲。

被男人拋棄後，依子帶著祐一來到這個家，當時祐一看起來已經不相信自己的母親了。

嘴上雖然會「媽媽、媽媽」地撒嬌，但是他的眼早已不再看著依子了。

當時房枝曾經背著依子，偷偷拿年輕時的照片給孫子祐一看，然後半帶玩笑地問他：

「外婆比媽媽還要漂亮對吧？」

房枝自以爲是在開玩笑，但她發現當自己從櫃子裡拿出蒙塵已久的結婚典禮相簿時，竟有些緊張。

祐一看著外婆拿出來的照片，沉默了片刻。

房枝俯視他小巧的後腦勺，突然覺得自己做了什麼見不得人的事。

房枝忍不住闔上相簿，都年紀一大把了，卻羞紅了臉說：「外婆哪裡漂亮了嘛，啊，羞死人了，羞死人了。」

房枝坐在勝治枕邊，把內衣褲和盥洗用具收進住院用的提包裡。這個合成皮的提包是勝治第一次住院的時候買的，當時想說只會用上一次，所以買了便宜貨，但是幾次住院出院下來，提包的縫線都已經綻開了。

「茶啊香鬆什麼的，我明天再帶過去。」

房枝對勝治說。勝治的喉嚨好像乾了，發出聲音嚥下唾液。

「祐一已經吃飯了嗎？」

勝治花了很長的時間翻身，爬也似地離開被窩，把身子挪近房枝送來的晚餐托盤。

「有黃尾鰤的生魚片，你要吃的話，我去拿。」

勝治看到晚餐只有燙青菜和清粥，嘆了一口氣，房枝急忙說道。

「我不要生魚片。不管這個，妳要記得拿給醫院的護士啊。」

勝治以微微顫抖的手握住筷子。

「拿？拿什麼？」

「還有什麼？當然是錢啊。」

「錢？又說那種話。都什麼時代了，沒有護士會收那種東西的。」

房枝就像平常一樣，不當一回事，她覺得勝治——或者說男人的這種陋習，實在教人受不了。好面子是沒關係，可是他們卻以爲拿來充面子的錢會憑空掉下來。

「都什麼時代了，就算收了錢，人家也不會對你特別照顧。人家是在盡自己的本分，你拿錢給人家，人家反而會覺得你在瞧不起他們。」

房枝說到這裡，「嘿咻」了一聲，站了起來。最近要是不小心，站起來的時候，膝蓋就會感覺到一陣疼痛。

勝治蜷著背，扒著稀飯，而房枝望著他。看著勝治的背影，她突然想起前年死了丈夫的岡崎婆婆的話。

「年金每兩個月匯進來一次的時候，我就會忍不住想：『啊啊，那個人已經死掉啦。』」

起初聽到這段話的時候，房枝心想：原來岡崎婆婆也是愛著自己的老公的。但是看著勝治搞壞身體，日漸衰弱的模樣，她發現那段話其實有著完全不同的意義。也就是說，只要夫婦其中一個人過世，生活費也會跟著少了一半。

祐一洗完澡，盤坐在椅子上扒飯。他可能肚子很餓，連味噌湯也沒倒，一片黃尾鰤生魚片就能讓他配上兩三口白飯。

「有白蘿蔔味噌湯啊。」

房枝說道，拿起還倒放著的碗，幫他盛滿味噌湯。

湯一遞過去，祐一便接了下來，雖然很燙，卻也津津有味地出聲啜飲著。

「外婆是不是一起去比較好？」

房枝坐在椅子上，向祐一問道。祐一的下巴沾了一粒米。

「不用。把外公帶去五樓的護士站就行了吧？」

祐一把芥末醬溶進九州獨特的甜味生魚片醬油裡。

「七點開始，那邊的公民會館又有聚會了。喏，就是健康食品的說明會。……啊，外婆沒有要買，只是想，去聽聽看也不用錢嘛。」
房枝從熱水瓶裡把熱水沖進茶壺。熱水瓶好像快沒水了，按了兩三次，發出「噗咕噗咕」的刺耳聲響。
就在房枝想要加水而從椅子上站起來的時候，原本津津有味地吃著生魚片和炸魚泥的祐一突然「嗚」了一聲，按住嘴巴。
「怎麼了？」
房枝急忙繞到祐一背後，用力拍打他寬闊的背。
房枝本來以爲他是喉嚨嗆住了，沒想到祐一推開房枝站起來，按著嘴巴往廁所衝。
房枝怔在原地。
廁所很快就傳來嘔吐聲。房枝急忙聞聞餐桌上的生魚片和炸魚的味道，但是當然沒有腐壞。
一陣難過的乾嘔聲之後，祐一臉色蒼白地走了出來。
「你怎麼了？」
房枝想要細看祐一的臉色，祐一卻推開她的肩膀，睜眼說瞎話地說：「沒怎樣。……嗆到而已。」
「什麼嗆到……」
房枝撿起掉在地上的筷子。眼前就是祐一的腳。祐一才剛洗完澡，不可能覺得冷，那雙腳卻微微地抖個不停。

儘管嘴裡嘮叨個沒完，勝治還是爬起來換衣服，讓祐一開車載到醫院。停車場就在短短五十公尺外，又不是走不過去，勝治卻叫祐一把車子開到玄關來。祐一雖然一臉不耐，卻還是乖乖地開。

祐一把袋子扔進後車座，勝治不高興地坐進已經歸回原位的副駕駛座。祐一繞到駕駛座，房枝對他說：「如果護士長不在，負責外公的是一個叫今村的護士。」

祐一白色的車子與古老民家櫛比鱗次的陰暗小巷格格不入。車子裡亮著不曉得是音響還是收音機的微弱燈光，看起來就像一群不合時節的螢火蟲。

房枝關上副駕駛座的車門，車子很快地發動。一瞬間，車子的引擎聲蓋過了遠方起伏的浪濤聲。

房枝目送車子穿過小巷離去，隨即回到廚房，收拾善後。整理完之後，她關掉各處的電燈，踩著拖鞋前往公民會館。

風很冷，但海面風平浪靜。月光照亮繫留在港內的漁船，風有時吹動頭上的電線，發出聲響。

碼頭上孤零零地豎著幾盞路燈，房枝看見了同樣正前往公民會館的岡崎婆婆，加快了腳步。

月亮照耀的小漁港碼頭上，一個老太婆悠哉行走的背影看起來相當詭異，也有些滑稽。

「岡崎婆婆，妳也是現在要過去嗎？」

房枝來到她身邊，出聲說道。岡崎婆婆正用購物車代替拐杖行走，她停下腳步，抬頭說道：「哦，房枝太太啊。」

「上次拿的中藥妳喝了嗎？」房枝問。

岡崎婆婆慢慢地走出去，答道：「喝了，身體好像有好一點呢。」

「就是啊。我也是半信半疑，可是喝過之後，隔天早上身體好像舒服多了呢。」

約一個月前開始，町裡的小型公民會館舉辦了一連串健康講座，是由製藥公司所主辦的活動。聽說總公司在東京。

房枝沒什麼興趣，只是婦女會會長她們邀約，所以房枝每次都會參加。

走在碼頭上，全身的關節曝露在渡海而來的寒風中，處處作痛。漁港獨特的海潮氣味混合在寒風裡，撫搔著凍得快要失去感覺的鼻子。

房枝為了盡量不讓推著購物車的岡崎婆婆直接吹到寒風，刻意走在靠海的一側。

「對了，下次可不可以拜託祐一買個米呢？妳們家去買東西的時候順便就行了。」

公民會館出現在前方時，岡崎婆婆說道。

「哎呀，怎麼不早說呢？前陣子我才叫祐一去買呢。」

房枝扶著岡崎婆婆的背，走進通往公民會館的小巷子。

「也是可以請那邊的大丸商店配送啦，可是那邊十公斤的米賣到四千圓以上，配送還要加收三百圓呢。」

「有人會在大丸商店買東西嗎？十公斤四千圓？叫祐一開車到對面的量販店去，半價就買得到囉。」

岡崎婆婆踏上石階，房枝抓住她的手。老太太用力握住房枝的手腕，爬上樓梯。

「我也知道啊。可是我們家不像房枝太太家有年輕人，可以開車去買米啊。」

「幹嘛那麼見外呢？這點小事，隨時說一聲就是了啊。反正我們家也是拜託祐一去採買的。別說什麼順便了。」

不長的階梯盡頭處就是公民會館，它的門面就像座神社。在屋內的日光燈照射下，有個影子正俯視著這裡。

「米還有剩嗎？」房枝問道。岡崎婆婆爬上最後一階，不安地呢喃說：「還可以再撐個四、五天吧。」

「明天我就叫祐一去買吧。」

此時，公民會館傳來像要蓋過房枝聲音的話聲：「是岡崎婆婆跟清水太太吧？歡迎歡迎。」

望著這裡的人影，是在健康講座中擔任講師的醫學博士堤下。有點胖的堤下話才說完，人就跑了下來。

「上次的中藥妳們喝了嗎？」

聽到堤下的話，岡崎婆婆勉強挺直了背，露出高興的笑容。

堤下推著她們進入公民會館，附近的居民已經集合在這裡，各自擺了座墊坐著談笑。

房枝拿了自己和岡崎婆婆的兩張座墊過來，在擔任婦女會會長的早苗旁邊坐下，聆聽早苗和岡崎婆婆說話。兩人已經交換起感想，說喝了上次拿的中藥，晚上睡覺的時候，腳都不會冰冷了。

堤下很快地用紙杯裝了熱茶拿來。房枝惶恐地接下托盤上的紙杯說：「哎呀，不好意思，竟然麻煩男人做這種事。」

「外婆，我沒有騙妳吧？喝了那個中藥，洗完澡身體還是一樣暖呼呼的，對吧？」

堤下撫著岡崎婆婆的肩膀，在她旁邊坐下。

「眞的暖呼呼的。你給我藥的時候，我還一直覺得你在唬我呢。」

岡崎婆婆大聲說道，大廳裡笑聲此起彼落：「就是啊，眞的。」

「我爲了哄騙婆婆們，辛辛苦苦地挪動我這雙短不溜丟的腳，大老遠跑來這種地方呢！」

堤下坐著，伸長他的短腿前後搖晃，他的動作惹來哄堂大笑。

這座公民會館約一個月前開始舉行健康講座，這位中年醫學博士堤下每次都會傳授六十歲以上的高齡者管理健康的方法。

房枝起初是因爲婦女會會長邀約，才心不甘情不願地過來，但是堤下就像這樣，會拿自己的缺點當笑點，插科打諢地說明，非常有趣，房枝今天甚至過了中午就在期待晚上來臨了。

「喏，那我們差不多開始吧。」

堤下站起來，對分散在大廳各處的老人們說道。裡面有些老先生似乎在晚餐中喝了燒酒才來，一張臉紅通通的。

「今天我們要講的是血液循環。」

堤下響亮的聲音傳遍大廳。大家望著堤下走上小講台，表情就像期待著落語家（註）登台開講似地，臉上充滿了笑容。

講台旁邊，掛著一面最近只在龍舟大賽時才會使用的大漁旗。

◇

晚間的醫院流動著獨特的空氣。不只是沉重、寂寞。當然也絕非開朗、愉快。

這天晚上，金子美保在候診室的長椅坐下，攤開從病房裡拿出來的雜誌瀏覽。

時間還不到八點，掛號櫃台的燈已經熄滅，候診大廳昏暗的日光燈下只有老舊的長椅並排著。

這裡非常狹窄，令人無法想像白天有超過百人以上的病患在這裡候診。

人群離開之後，晚上的候診大廳裡留下來的只有老舊的長椅，以及地板上用各色油漆畫出來的箭頭，指示通往各病房樓層的方向。

粉紅色箭頭通往婦產科。黃色箭頭通往小兒科。藍色箭頭通往腦外科。

昏暗的日光燈下，只有色彩繽紛的箭頭顯得十分華麗，格格不入。

偶爾，住院病患會快步穿過大廳，到外面抽菸。因爲一到九點，這裡的正面玄關就會上鎖，到時候就沒辦法去吸菸區了。有人推著點滴架出去，有人一手拿著尿袋出去，有人撐著

註：落語近似於中國的單人相聲。

拐杖，有人坐著輪椅，每個人都爲了抽上今天最後一根菸而外出。可能是住在同一間病房，一名中年男子和青年聊著棒球，走了出去。坐輪椅的女子一邊用手機和丈夫講電話，一邊離開。

每個人帶著各自的疾病和傷口，前往曝露在寒風中的室外抽菸區。

往候診大廳裡一看，白天一整天都開著的大型電視機前放了一台嬰兒車，一個頭髮染成紅色的老太婆今晚也孤零零地坐在那裡。她也沒有特別做什麼，只是偶爾想起來似地搖搖嬰兒車，溫柔地對裡頭的男孩說：「嗯？怎麼了？」

嬰兒車裡坐著一個小兒痲痺的男孩。男孩的體型已經有點太大，不適合坐在嬰兒車裡了，他扭曲的手腳從裝飾著蝴蝶結的嬰兒車裡伸了出來。

每天晚上一到這個時間，老太婆就會來到這裡。她來到這裡，對不會回話的男孩說話，撫摸他痛得扭動不已的身體。

美保心想，可能病房裡全都是年輕的母親吧。雖然不知道是什麼原因，不過全是年輕母親的病房讓人待不下去，染了紅頭髮的老太婆才會帶著這個男孩，每天晚上來到這裡。

美保聽著住院病患前往抽菸區的腳步聲，還有老太婆安撫嬰兒車男孩的聲音，翻閱著雜誌。

這本雜誌是放在醫院活動中心裡的女性雜誌，已經過期兩個月了，不過美保還是從報導歌舞伎演員和女星結婚消息的彩頁開始，一頁一頁地仔細閱讀。

就在她翻到約三分之一頁數的時候，負責的護士急急忙忙地從電梯裡走出來，「哎呀，金子小姐。」護士出聲招呼，美保點頭致意。

護士走過來，望向雜誌，一臉糾結地說：「在病房裡連雜誌都不能好好讀呢。」

「不是，沒那回事。只是一整天都待在病房裡，實在很悶……」

「今天早上諸井醫生跟妳說過了吧？」

「是的。醫生說明天的檢查結果沒問題的話，星期四就可以出院了。」

「太好了。和剛住院的時候相比，妳判若兩人呢。」

約兩個星期前，美保連續三天高燒不退。她雖然發了燒，但是店好不容易才開張，不能休息，只能勉強硬撐著工作。一天她突然感到一陣眩暈，昏了過去，幸好當時有個熟客在場，立刻叫了救護車。

檢查之後，她被診斷爲疲勞過度。醫生還說她差點染上肺炎。雖然那只是一家小餐館，但是美保實在太勉強自己了。

好不容易開店，卻短短兩個月就歇業。美保覺得太不走運了。

護士離開後，又走到候診室角落，和那個老太婆說話。

「阿守眞好，總是有奶奶陪著。」

護士溫柔地對嬰兒車裡的男孩說話，她的聲音迴響在寂靜夜晚的候診大廳。近處的自動販賣機馬達「嗡」地低吟起來，彷彿在回應她的話。

美保闔上雜誌，從長椅上站起來，想要回去病房。這個時候自動門打開，冷風吹了進來，美保以爲是抽完菸的人回來了，不經意地望過去。

一個高個子、染金髮的年輕人扶著緩步行走的老人，走了進來。穿舊的粉紅色運動服，與他的金髮意外地相稱。

金髮青年幾乎只盯著腳邊看。可能是爲了讓老人走得輕鬆一些，可以看出他伸進老人腋下支撐的手臂使了相當大的勁。

美保漫不經心地望著兩人，先走到了電梯前。她按下上樓鍵，門立刻開了。

她想等那兩個人從入口慢慢走過來。她在裡面按著開門鍵，兩人的身影從大柱子後面出現了。

就在這一瞬間。

美保急忙鬆手，也不管可能會刺傷指頭，使盡全力按下旁邊的關門鍵。

電梯門無聲無息地關上。門完全闔上的前一刻，美保看見正要抬頭的金髮青年的臉。

沒有錯。攙扶著老人的青年，就是清水祐一沒錯。

那已經是兩年前的事了，當時美保在性愛按摩店工作，祐一幾乎每天晚上都來光顧，指名美保服務。

那家店位在長崎市內最大的鬧區，才剛開幕不久。一樓有電玩中心，大馬路的對面有河川流過。打扮成護士或女高中生的脫衣舞店女郎會站在河畔的大馬路上招攬客人，就是這樣一個地區。

祐一這個客人並不會要求做什麼特殊行爲，但是美保最後等於是爲了逃離祐一，才辭掉店裡的工作。總歸一句話，美保覺得祐一很恐怖。至於哪裡恐怖，兩人明明是在那種店認識的，祐一卻正常過了頭，這讓美保漸漸地感到恐怖。
美保在五樓下了電梯，東張西望地回到病房。前來探病的人都已經回去了，左右各有三張病床，只有美保的病床沒有拉上簾子。
美保走回自己的床位，隨即拉上簾子。隔壁的床上，吉井老婆婆似乎已經睡著了，聽得見她的鼾聲。
美保在簾子包圍的床鋪坐下，告訴自己：「沒有什麼好怕的。對，沒有什麼好怕的。」
她記得，清水祐一第一次來到店裡，是某個星期天。
這家店在週末從早上九點開始營業，這個時段因爲容易揑造出門的理由，有很多已婚的客人。
這天早上，在店裡待班的除了美保以外，還有另一名女子，美保記得她是從大阪來的，年紀已經三十五以上了。
經理就像平常一樣，讓客人在等候區選好小姐後，來叫美保。美保當時才剛出勤，她急忙換上橘色的性感長袍睡衣，前往包廂。
約有五間的包廂排成一列，美保打開最裡面的一道門，約一坪大的房間裡，正杵著一名高個子的男人。
美保面帶微笑，自我介紹，推著似乎很尷尬的年輕人，讓他在小床坐下。
在這個時間來的客人，多半都會先辯解一番。最常見的是「昨晚徹夜加班，我連覺也沒睡，就直接來這裡了」。對美保來說，這些理由根本無所謂，但是男人可能覺得起個大早跑來這種地方的自己很窩囊吧。

祐一在床上坐下，對著狹窄的室內左顧右盼。這簡直像在不打自招，說他是第一次來這種店。

美保依照店裡的規定，邀他到淋浴間去，祐一一臉不安地說：「我已經洗過澡了……」

祐一看起來也不像那種想要讓女人摸他骯髒身體的客人，事實上，祐一的頭髮散發出洗髮精的香味。

「可是店裡這麼規定的。不好意思唷。」

美保拉著祐一的手，經過狹窄的走廊，前往淋浴間。

說是淋浴間，其實就是一間小小的浴室，兩個人一起進去的話，身體自然會接觸在一起。

美保叫祐一脫衣服，用指尖試了試蓮蓬頭的水溫。

回頭一看，祐一下半身穿著一條內褲，眼睛在狹窄的室內到處游移，好像不曉得該往哪裡看才好。

「你都穿著內褲洗澡嗎？」

美保對祐一微笑，祐一猶豫了一下，一口氣脫下內褲。卡在內褲鬆緊帶上的陰莖一彎，彈在小腹上，發出聲響。

最近美保接的都是一些上了年紀的客人。幹這行不能挑客人，但是老實說，連續碰上光是要讓對方勃起就累得滿身大汗的客人，就算美保以爲已經看開了，還是會忍不住對自己的人生感到厭倦。

美保拉著祐一的手，讓他站在微溫的蓮蓬頭底下。熱水從肩膀流到胸口，淋濕了祐一高高勃起、看似幾乎發疼的陰莖。

「今天工作休息？」

美保在海棉上搓出泡沫，爲祐一刷背，順口問道。祐一全身緊繃，她想盡可能舒解他的緊張。

「難道你還是學生？」

美保沖洗他背上的泡沫說，祐一總算回話了：「不是，我已經在工作了。」

「你在運動嗎？肌肉好發達唷。」

美保也不是特別感興趣，只是爲了串場，稱讚祐一的身材。

祐一幾乎沒有開口，只是目不轉睛地盯著美保撫摸自己身體的手。眼神相當認眞。

美保想要觸摸他沾滿泡沫的陽具，祐一立刻縮腰逃走。祐一的陰莖隆隆顫動，彷彿只要一碰，就會無法忍耐地射精出來。

「不用害羞，這裡就是做這種事的店嘛。」

美保半好笑地微笑說，於是祐一從美保手中搶過蓮蓬頭，沖掉身上殘餘的泡沫。

美保用乾毛巾幫祐一擦乾身體後，讓他先回房間去。店裡規定，用完浴室後一定要用毛巾擦乾水滴。

打掃完後，美保回到包廂，祐一腰上纏著浴巾，抱著自己的衣服，正呆杵在原地。

「你住在這個鎮上嗎？」美保問。

她以前從來不會過問客人的隱私，但這次卻自然而然問出口來。

祐一猶豫了一下，說出一個美保從未聽過的郊外小鎮的名字。

「我半年前才剛搬來這裡，不太清楚呢。」

聽到美保的話，祐一的表情有些沉了下來。

美保推著祐一，讓他在床上躺下。一拿掉浴巾，彷彿要朝天吶喊的陰莖便露了出來。

老實說，美保以爲祐一只會來這一次。從浴室回到包廂後，祐一短短三分鐘就射精了。剩下的時間還夠幫他再做一次，但儘管美保這麼提議，祐一卻匆匆穿上衣服，離開房間了。

就算他是第一次來這種店，看來一點都不盡興，而且他彷彿連美保用面紙幫他擦掉射出的體液都等不及，直到最後一刻看起來都很拘束。

然而兩天以後，祐一又出現在店裡，連小姐的名簿都不看，就指名要找美保。

美保被經理叫去包廂，祐一似乎較習慣了些，坐在床上等著。今天和第一次不同，是平日的晚上，店裡相當忙碌。

「哎呀，眞高興你又來了。」

美保露出應酬的笑容，祐一微微點頭，把手裡的紙袋遞給她。

「這是什麼？」

美保疑心裡面會不會放了什麼奇怪的道具，警戒地收下紙袋。

拿到紙袋的瞬間，美保差點尖叫出來。因爲出乎意料之外，紙袋竟是溫的。

她差點就要把紙袋扔出去，祐一低聲地說：「是肉包。這家的肉包很好吃。」

「肉包？」

美保好不容易拿好差點扔出去的紙袋。

「要給我？」

美保問，祐一微微點頭。

雖然以前也不是沒有客人送禮物給她，但是送食物——而且還不是餅乾或巧克力，而是熱騰騰的食物，這還是頭一遭。

美保一臉驚訝，祐一便問：「妳不喜歡肉包嗎？」

「不，我喜歡。」美保急忙回答。

祐一從美保手中拿過紙袋，放在膝上打開。一瞬間，他好像在找醬油碟子，但是性愛按摩店只有約一坪大的包廂裡，不可能會有那種東西。

紙袋一打開，連窗戶都沒有的包廂裡立刻充滿了肉包的香味。薄薄的牆壁另一頭傳來男人下流的笑聲。

後來，祐一每隔不到三天就會到店裡來。

經理說，碰到美保休假，祐一也不會指名要別的小姐，而是垂頭喪氣地回去。

老實說，美保不知道祐一到底覺得自己哪點好，才會一直來找她。祐一第一次來的時候，她也只是照慣例服務，並沒有做什麼讓祐一特別高興的事。不，反而淋浴完後，祐一短短三分鐘就射精，還逃之夭夭似地離開包廂了。

然而兩天之後，祐一卻若無其事地來到店裡，甚至帶了件手禮「肉包」給美保。兩人在性愛按摩店狹小的包廂床上，吃著還熱呼呼的肉包。

對話也不投機。不管美保問什麼，祐一都只是低聲地問一句答一句，從來不會主動提出問題。

「剛下班嗎？」

「嗯。」

「公司在附近嗎？」

「工作的地方不一定。是工地。」

祐一一定都會先回家，洗過澡、換過衣服之後再來店裡。

「這裡有浴室啊，直接過來就好了嘛。」

美保這麼說，祐一卻不吭一聲。

這天吃過肉包之後，美保帶他到淋浴間去。祐一已經不像第一次那樣戰戰兢兢了，但是美保用沾了泡沫的手要撫摸他的陽具時，他還是會立刻把腰閃開。

祐一每次選的，都是最受歡迎的「四十分鐘・五千八百圓」。扣掉淋浴時間，兩個人能夠獨處的時間還不到三十分鐘，但是反過來說，只要有這點時間，就足夠做完客人想做的事了。

如果時間有剩，大部分的客人都會要求第二次。每個人都很貪心，要求做滿所有的時間。但是祐一淋浴結束、兩三下就射精之後，就算美保伸手過來，他也不讓她碰自己的陽具，而喜歡讓美保枕在他的手臂上，一起眺望天花板。

祐一是個很輕鬆的客人。次數一多，美保自己也習慣了，有時候枕在祐一的手臂上，還會忍不住打起瞌睡來。不知不覺間，她甚至把自己的身世告訴沉默寡言的祐一。

繼肉包之後，祐一接著買了蛋糕過來。祐一每次過來，都會買些食物，在狹窄的包廂裡一起吃。美保漸漸習慣後，只要祐一過來，她都不會先帶他去淋浴，而是端出冰紅茶或咖啡。

美保記得，大概是祐一第五次還是第六次過來的時候，一天假日的午後，他帶了親手做的便當來。

美保期待著祐一又像平常一樣帶了什麼過來，接下他遞出來的紙袋，結果裡面裝了一個雙層便當盒，上面有史努比的圖案。

「便當？」

美保忍不住驚訝地叫道，祐一難爲情地打開便當蓋。

第一層裝著煎蛋、香腸、炸雞塊和馬鈴薯沙拉。打開下面一層，裡面裝滿了白飯，上面仔細灑滿了顏色不同的香鬆。

拿到便當盒的時候，美保頓時以爲祐一有女朋友，這是祐一的女朋友爲他做的便當，而祐一把它拿來給自己。但是美保問：「怎麼會有這個便當？」祐一卻難爲情地垂下頭去，小聲地說：「或許不是很好吃……」

「……這該不會是你做的吧？」

美保忍不住追問，祐一掰開免洗筷，塞進她的手裡。

「炸雞是昨天晚上外婆炸好，沒吃完的……」

美保呆然注視祐一。祐一就像個等待考試結果揭曉的孩子，等著美保動筷。

美保已經聽說祐一和外公外婆三個人住。她盡量不想去知道客人的私事，所以當然也沒有再繼續深究。

「這真的是你自己做的？」

美保用筷子夾起煎得軟綿綿的煎蛋。放進嘴裡，一陣微甜擴散開來。

「我喜歡加糖的煎蛋。」

祐一辯解似地說，美保回答：「我也喜歡甜的煎蛋。」

「那個馬鈴薯沙拉也很好吃。」

這裡並不是春天的公園。這裡連道窗戶也沒有，堆滿了面紙盒，是性愛按摩店的包廂。

這天開始，祐一每次來店裡，都會親手做便當來。

美保也是，只要祐一詢問，她就會坦率地把自己排班的日子告訴他，還說「九點左右肚子最容易餓了」，不知不覺間，她依賴起祐一的便當來了。

「也不是跟誰學的，不知不覺就會做了。我也喜歡看外婆切魚，可是收拾起來很麻煩……」

祐一看著美保穿著花俏的性感睡衣吃便當，這麼說道。

事實上，祐一做的便當非常好吃。「再做上次的羊栖菜來嘛。」美保要求的情況也多了起來。

吃完便當後，祐一喜歡讓美保枕在他的手臂上，一起睡覺。

本來的話，規定應該要讓祐一去淋浴的，但美保漸漸地即使違反規定也不以爲意了。

美保說著當天菜色的感想，撫弄著祐一的陽具。明明有收錢，美保卻有點覺得這是對祐一便當的回報。

「你從來不會邀我在外頭見面呢。」

鬧鈴響起，通知時間還剩下五分鐘。美保的手還插在祐一的內褲裡，祐一的手則忙碌地搓揉著美保的乳頭。

「平常的話，一旦變成熟客，都一定會要求下次在外頭見面。」

祐一沒有回話，於是美保再次追問。她一問，祐一搓揉乳頭的手便突然停了下來。

「如果我說的話，妳會在外面跟我見面嗎？」

聲音充滿殺氣。祐一彷彿不是在用嘴巴說話，而是用手指說話似地，雖然不痛，但美保知道自己的乳頭被緊緊捏住了。

美保翻動身體下床：「才不會呢。怎麼可能嘛。」祐一用力抓住她的手。

「我只要在這裡見面就好了。」祐一說。「這裡的話，不必被人打擾，永遠兩個人在一起，不是嗎？」

「什麼永遠，才四十分鐘而已。」美保笑道。祐一一臉嚴肅地說：「那我下次選一小時的。」

美保起初以為他在開玩笑。但是不管怎麼看，祐一的眼神都是認真的。

◇

到了熄燈時間，護士前來關掉病房的照明。

美保躺在床上盯著天花板，回想著祐一的事。病房的燈一熄，她立刻溜出床上。只有最靠近入口的病床還點著燈，昏暗的病房裡，彷彿只有那裡的時間仍在流逝。布簾從內側透光出來，隱約映出讀書的人影。在讀書的是一個就讀市內短大的女孩，似乎從小就腎臟不好，膚色看起來很暗沉，但笑起來非常可愛，看得出她是在全家的關愛下成長。

美保小心不讓拖鞋踩出聲響，離開病房，前往電梯間。橘色的膠帶在走廊上延伸出去，指示浴室和廁所的方向。

美保搭上擔架也推得進去的大電梯，有種不是自己在下降，而是整棟病房大樓在上升的錯覺。

一樓的候診大廳裡，老太婆依舊安撫著嬰兒車裡的小男孩，四周同樣寂靜無聲，只有自動販賣機在作響。

事到如今，美保也不是想和祐一說什麼。她也明白自己最後等於是踐踏了祐一的心意，根本沒有臉去見他。或許是因為住院了將近兩星期，卻幾乎沒有半個人來探病，美保變得軟弱了。

即使如此，美保還是想向剛才攙扶著老人來到這裡的祐一說些話。她也覺得如果被她殘酷地拋棄的祐一能夠親口告訴她「我現在和一般的女孩子在交往，過得很快樂。」她就能夠原諒當時的自己。

自己只是祐一在性愛按摩店認識的女人，祐一卻甚至爲她租了一間小公寓，想要和她同居。

美保漫不經心地望著老太婆哄著嬰兒車裡的男孩，她忽地望向美保說：「這裡很安靜，讓人感到心神安寧呢。」兩人在這裡已經見過好幾次了，但這還是老太婆第一次對她說話。

美保因爲接下來要去見祐一而緊張，身體有些緊繃，她像被拉住似地走近老太婆。

這是她第一次在近處看到嬰兒車裡的男孩。遠遠地看也能夠大致想像得出來，但是男孩的身體扭曲得比想像中的更嚴重，微弱的斜視渙散地四處游移。

「阿守。」

美保撫摸男孩子細瘦的手臂。

一旁的老太婆似乎驚訝美保爲何會知道男孩的名字，露出吃驚的表情。

「剛才護士小姐這麼叫他。」

美保連忙說明，老太婆一臉高興地說：「阿守眞受歡迎呢，每個人都認識阿守唷。」她撫摸男孩汗濕的額頭。

「聽說像這樣摸摸他，就不會那麼疼了。」

老太婆說著，撫摸男孩子頹然無力的肩膀。自動販賣機微弱地出聲呻吟。

儘管有很多話可說，不知為何，美保卻說不出口。美保坐在老太婆身邊，學著老太婆撫摸男孩子伸出嬰兒車的手和腳。

就在這個時候，電梯門打開，祐一走了出來。他沒有帶著老人，雙手插在牛仔褲口袋裡，板著一張臉。

祐一瞄了這裡一眼，但是好像沒有注意到美保，立刻別開視線，走了出去。

「清水！」

祐一的背影慢慢地往上了鎖的入口走去，美保鼓起勇氣叫道。

祐一頓時停下腳步，警戒似地回頭。

美保從長椅上站起來，筆直地注視著祐一。

剛才還在撫摸的男孩子的腳微微碰上美保的大腿。男孩擺動著雙腳，像在要求她多摸一會兒。

視線對上的瞬間，祐一全身顯得虛脫無力。美保忍不住伸出手去。但是，兩人之間的距離就算伸出手去，也觸摸不到彼此。

美保急忙走近祐一。她看到祐一的臉色轉眼間越來越蒼白。

「你、你還好嗎？」

美保抓住祐一的手。她剛才還在撫摸男孩子纖細的手臂，兩者不同的觸感瞬間讓她起了雞皮疙瘩。

「我剛才看到你帶外公進來，所以在這裡等。」美保說。

一瞬間，她甚至感覺祐一或許不是送那個老人過來，而是他自己生病了。

「我們到那裡坐一下吧？」

美保拉扯祐一的手，他卻像要逃躲似地閃開身體。

「事到如今，我也不是想要向你道歉還是怎樣。都已經是兩年前的事了……。只是，那麼久沒見到你，總覺得好懷念……」

美保彷彿要拉開意外縮短的距離，如此說道。祐一變得蒼白的臉上逐漸恢復血色。

「對不起，突然叫住你。」

美保向他道歉。

我現在在和普通的女孩子交往，過得很好。美保只是想聽祐一這麼說，才出聲叫他的。可是祐一一看到自己，卻霎時臉色蒼白。

看來，祐一還沒有原諒自己。美保以爲已經過了那麼久的時間，應該不要緊了，所以才輕易地出聲叫他，但是美保這才深切感受到這只是背叛的一方一廂情願的想法。

「我還有事……」

祐一難以啓齒似地說，望向入口。美保順從地放手，道歉說：「嗯，對不起，耽擱你了。」

美保並不是期待祐一還留戀自己。可祐一的態度也太冷漠了。

祐一逃也似地走出醫院。月光照亮了祐一前往停車場的身影。他應該只是走去附近的停車場，美保卻覺得他彷彿走向更遙遠的地方。如果夜晚的另一頭還有另一個夜晚，他正前往那裡。

祐一的背影消失在停車場。宛如從未有過這場睽違兩年的再會，他一次也沒有回頭。

◇

三瀨嶺發生命案已過了三天。

這一天，電視的八卦節目也爭先恐後地報導三瀨嶺的命案。

無論轉到哪一台，熟悉的主播和記者都站在隆冬嶺上的影像背景前，糾結著表情述說對犯人的憎惡。

八卦節目的報導大致上的內容如下：

一名在福岡市的人壽保險公司上班的二十一歲女性遭人殺害，被棄屍在三瀨嶺。

死者當晚十點半左右，在公司承租的公寓附近與兩名同事分手後，前往步行約三分鐘的地點會見男友，就此失去聯絡。

目前警方將死者的男友——二十二歲的大學生——列為重要關係人，進行搜索，但根據其朋友供稱，該大學生這三、四天都下落不明。

電視畫面上，除了報導命案經過的字幕以外，還附上嶺上蕭瑟的影像，來營造出慘遭殺害的被害人之不幸。相反地，以「校內最受歡迎的風雲人物」、「駕駛高級進口車」、「獨居在福岡黃金地段的高級公寓」等字眼報導失蹤大學生的資料時，則使用天神及中洲一帶的熱鬧畫面。

來賓似乎都認為犯人九成九就是這名失蹤的大學生，觀眾也都清楚地感覺到他們的立場。

在福岡市內的升學補習班擔任講師的林完治，也不顧手裡塗了橘子果醬的土司會冷掉，就這麼直盯著電視螢幕看。

下午三點，再不出門上課就要遲到了，但是林完治卻遲遲無法從椅子上起身。兩天前，林完治和今天一樣，睡到中午過後起床，接著打開電視。他就是那個時候得知這件命案的。

起初他只是看著電視，悠哉地喃喃自語說：「哦？三瀨啊？」但當畫面上映出被害人的照片時，正在喝橘子汁的他嗆住了喉嚨。

畫面上的被害人的確是林完治三個月前在手機網站上認識的女孩。不過她不叫石橋佳乃，而自稱米亞。

林急忙確認手機上的紀錄。以時間來看，郵件還留著的可能性不大，但她寄來的信勉強還有一封留著。

「上次謝謝你請客！我玩得好開心。可是我上次也跟你提過了，我下個月就要調到東京去了，可能沒辦法再見面了。真是太沒緣了，對不起唷。謝謝你，拜拜。米亞。」

林完治的手機裡留著的，是她寄來的最後一封信，簡而言之就是「不要再聯絡了」的分手信。以前交換的大量郵件早已刪除，但是林很清楚地記得他和石橋佳乃——米亞見面的那一天。

兩人約在福岡巨蛋飯店的大廳，那裡有成排的長椅圍繞著大廳，幾乎全被攜家帶眷的客人給占據，擠得水洩不通。

米亞比約定的時間晚上十分鐘左右出現，她本人比之前寄來的照片看起來更要遜色一些，不過看在四十二歲且單身的林眼中，還是可愛得像隻瓢蟲。

米亞完全肆無忌憚，當場拿出收據，要求林支付她前往飯店的計程車錢。米亞嫌路遠，是林叫她搭計程車來的，但是米亞連聲招呼也沒有，劈頭就要錢的行爲，讓林深刻感受到兩人是在有條件下見面的。

「我沒什麼時間。」米亞這麼說，所以林省略原本預定要去的咖啡廳，直接開車載她到附近的賓館去。

對林來說，這也不是第一次的經驗，所以他拿出事先說好的三萬圓，立刻就在狹窄的床上辦起事來。

米亞應該也不是第一次做這種事。她一拿到錢，立刻脫掉衣服，只剩下內衣之後說：「欸，點個飲料好不好？」然後打電話到櫃台。

米亞豐滿的胸部底下肋骨浮現，但小腹已有了柔軟的贅肉。

米亞坐在床上打電話給櫃台的模樣，看起來就像個貨眞價實的妓女。林從來沒有看過眞正的妓女，但他卻有這種感覺。

在床上，米亞似乎很樂在其中。肌膚和性器的熱度也不像是爲了錢而裝出來的演技。

林心想：裝妓女的女人和裝清純的妓女，哪邊比較煽情呢？不管是哪邊，一樣都是女人，但他總覺得兩者還是有著極大的不同。

八卦節目對三瀨嶺命案的專題報導已經結束，林完治總算把手裡的吐司放回盤子。他只咬了一口，上面留下清晰的齒痕。

曾經發生過一次關係的女人，被人給殺害了。這三天以來，林的腦袋雖然能夠理解這件事，心情上卻無法釋懷。

如果要比喻的話，就像第一次看到國中同學在地方電視台擔任主播時，「那種女人也可以上電視啊？」那種半嘲笑、半欽羨的心情。但是米亞並不是當上了主播。米亞被人掐死，丟棄在嚴寒的山上。

犯人一定是跟自己一樣的男人。米亞在手機交友網站上認識了和自己一樣的男人，而那個人碰巧是個殺人魔。

林不曉得他是在自我正當化還是在自我矮化。當然，我沒有殺人，但是被殺的是我見過的女人，而那個女人八成是被我這種男人給殺掉的。

或許犯人是把她當成裝妓女的女人了。如果犯人把她當成裝清純的妓女，或許就不會萌生殺意了。

上課快遲到了，林關掉電視，一邊繫領帶，一邊走向玄關。

就在這個時候，玄關傳來敲門聲。林以爲是宅配不巧送來了，冷冷地應聲，結果打開門一看，兩名身穿西裝的男子像要擋住去路般地堵在門口。

「請問是林完治先生嗎？」

一瞬間，林不曉得是哪一個在說話。兩個人都三十歲左右，都理一樣的平頭。

「呃、啊，是的……」

林口中回答，心裡馬上明白對方是爲了那宗命案而來的。在電視上得知那宗命案後，他就覺悟到這天遲早會來臨。只要調查米亞的手機，應該兩三下就能查到自己的名字。

「我們有點事想要請教……」

簡直就像兩人同時說話。「是的，我明白。」林靜靜地點頭，「啊，我不是那個意思。」他急忙接著說，然後問道：「是三瀨的命案對吧？」

兩人對望一眼，以銳利的眼神望過來。

「我認識那個女孩。可是，我和這次的命案完全無關。」

林請兩名刑警入內，關上門。狹窄的玄關口鞋子雜亂堆放，三個體格壯碩的男子爲了不踏到鞋子，以奇妙的姿勢站著。

「我一直在想警察應該會來。只要查查手機什麼的，馬上就會知道了吧？呃，怎麼說，就是那個女孩有哪些朋友之類的……」

林流暢地回答。得知命案以後，他爲了預防萬一，一直在盤算到時候該怎麼說。理平頭的兩名刑警默默地聆聽他的話，偶爾對看幾眼。他們的臉上面無表情，也不曉得究竟是不是相信林的陳述。

「大概三個月前，我們透過電子郵件認識，只約會過一次。僅此而已。」林說。

打著圓點圖案領帶的刑警苦笑說：「約會？」

「這、這應該不犯法吧。她已經是成年人了，我們是在彼此同意下見面的……。而、而且錢也是，那只是正好股票賺錢，給了她一點零用錢而已……」

林說得口沫橫飛。一名刑警抽身避開，腳底踏到骯髒的運動鞋。

「哎，不用那麼慌。」

刑警尋找新的立足點，制止林說。

林仰望兩名高個子刑警，猜想他們是不是已經問過好幾個像自己一樣見過她的男人了。

「關於零用錢的事，以後再說吧。還有，我們得事先聲明，光從手機號碼，是無法得知郵件的對話內容的。」

刑警說到這裡，總算拿出警察手冊，在林的眼前晃了一下。

「上個星期天，你人在哪裡呢？晚上十點左右的時候。」

打著圓點花紋領帶的刑警不知爲何，一邊捏著眉毛一邊問。

林在內心呢喃「好，終於來了」，深深地吁了一口氣。

「那天我在工作。我在補習班擔任講師，上完課是十點半，後來我和同事在做寒假補習的課程表，一直到快一點，然後一起去了附近的居酒屋，三點半才離開店裡。回家之前，我繞去附近的錄影帶出租店，借來的錄影帶還在這裡。」

不到十分鐘就全部講完了。刑警面帶笑容，和他道別之後離開，林不由得腿軟癱坐原地。

直到說出星期天的不在場證明前，林都還能夠無所畏懼，但是當刑警說「因爲事關殺人命案，我想我們會去向你的同事求證」，林幾乎是哭求似地說：「這份工作我做了二十年了，那樣會對我的立場造成相當大麻煩的。能不能請你們私下調查呢？例如說去問居酒屋的老闆，或是用不同的藉口去問我的同事……」

刑警們也沒有答應說好，只是曖昧地應答，然後回去了。他們看來沒有懷疑自己，但是也不像會爲自己的未來設想。

林告訴刑警的，全都是千眞萬確。但是他沒想到實話實說竟是如此困難。早知如此，乾脆說謊還比較簡單。

總之先去補習班吧。總之先認眞工作吧。萬一事到臨頭，再拚命道歉，說不會再重蹈覆轍就是了。而且有件事他絕對能對天發誓：他從來不曾對來補習班上課的小學女生有性方面的興趣。

林雖然說得出話，卻無法從癱坐下去的地方站起來。

雖然刑警沒有告訴他正確的人數，卻說他們已經見過幾名與被害人有關係的男子。

爲了打發時間登錄交友網站，在上面認識的女子突然死了，和她認識的男人全都陷入走投無路的境地。自己也是，但是應該沒有人是爲了想殺她才跟她見面的。然而她卻被殺了。

如果想成是有個妓女碰到壞客人，慘遭殺害，或許還有那麼一點老套的故事性在裡面。但是被殺害的不是妓女。雖然隱瞞不說，但死者是個腳踏實地拉保險的年輕女子。一個假裝成妓女，卻不是妓女的女子。

在賓館的狹窄客房裡，林稱讚佳乃說「妳的身體好軟」，於是佳乃穿著內衣褲，自豪地彎腰前屈給他看。

「我以前是新體操社的。以前身體更軟呢。」

脊椎浮現在白肌底下。望著林的笑容，完全沒有料想到自己三個月後即將被殺。

◇

同一天上午，距離福岡約一百公里的長崎市郊外，清水祐一的外婆房枝正按著疼痛的膝蓋，把從每週來一次漁港的攤販卡車買來的蔬菜放進冷藏庫裡。

茄子很便宜，房枝一口氣買了十條，想要醃漬保存，可是事後才想起祐一不太喜歡醃茄子而後悔不已。

她以爲一千圓應該足夠，沒想到總共竟要一千六百三十圓。老闆算她便宜三十圓，可是錢包裡的錢一下子就變得少得可憐。房枝原本估計這個星期都不必去郵局領錢的。

這天房枝也預定要搭巴士去市內的醫院給住院的丈夫勝治探病。雖然去探病他就不高興，但不去他又要抱怨，所以房枝非去不可。雖說住院有保險支付，不必花錢，但每天的巴士錢卻怎麼樣也省不了。

從附近的巴士站坐到長崎車站前，單程要三百十圓。在車站前換車，坐到醫院前要一百八十圓。每天往返的話，來回就要花上九百八十圓。

房枝總是盡量把一星期的菜錢壓在一千圓以下，每天九百八十圓的巴士錢對她來說，就像住進溫泉旅館受人服侍般，奢侈得教人心虛。

房枝把蔬菜放進冷藏庫，從塑膠罐裡拿起一顆梅干塞進嘴裡。

「大嬸！在嗎？」

這個時候，熟悉的男聲從玄關口傳來。

房枝吮著梅干，來到走廊一看，派出所的巡查正和一名陌生男子站在門口。

「哎呀，現在才吃早飯嗎？」

微胖而和藹可親的巡查進到屋子裡。

房枝從嘴裡拿出梅干籽，巡查問道：「我剛才聽說了，大叔又住院了是嗎？」

房枝把梅干種子藏在手心裡，望向巡查身旁的西裝男子。男子被太陽曬黑的皮膚看起來很堅硬，垂下的手指感覺特別短。

「這位是縣警早田先生。說他有事要找祐一。」

「找祐一？」

房枝反問，梅子的香味在嘴巴裡擴散開來。

平日在派出所喝茶聊天的時候從來沒有放在心上，此時巡查腰上的手槍卻蹦進房枝的眼簾。

「上個星期天晚上，祐一有沒有出門去哪裡？」

巡查坐在玄關平台上，勉強扭轉身子詢問背後的房枝。站在一旁的刑警急忙按住他的肩膀，一臉嚴肅地制止說：「我來發問。」

房枝彷彿依偎坐在平台上的巡查似地跪坐在他旁邊。

「哦，沒什麼啦，聽說在福岡的三瀨嶺被殺的女孩子，好像是祐一的朋友。」

儘管刑警制止，巡查卻兀自向房枝說個不停。

「什麼？祐一的朋友被殺了？」

房枝跪坐著，身體往後仰起。瞬間她的膝蓋猛然作痛，房枝呻吟起來：「痛痛痛……」

巡查急忙抓住房枝的手，把她拉起來：「看，等會兒又站不起來了。」

「祐一的朋友，是中學的同學嗎？」房枝問。

祐一高中念的是工業高中，所以房枝以爲是祐一中學時的同學，那麼就表示是這附近的女孩被殺了。

「不是中學的同學，是最近交的朋友。」

「最近？」

房枝聽到巡查的話，吃驚地叫道。祐一雖然是自己的孫子，但他身邊絲毫沒有女人的影子，教人擔心。別說是女人了，祐一連要好的男性朋友也只有寥寥可數的一兩個而已。

「不是說由我來發問嗎？」穿西裝的刑警好像受不了嘴巴輕浮的巡查，板起臉孔說。

「請教一下，上個星期天……」

刑警以高壓的口氣問道，房枝不等他說完，回答說：「星期天，我想祐一在家。」

「哦，果然在嘛。」巡查好像鬆了一口氣，又插嘴說道。

「其實在過來這裡之前，我們在外面碰到岡崎婆婆。祐一出門的時候不是都開車嗎？岡崎婆婆家就在停車場旁邊，她以前就常常說不管是車子開出去還是開回來，聲音都聽得一清二楚。所以我們就問岡崎婆婆，結果她說星期天的時候，祐一的車子一直都在。」

巡查滔滔不絕地說著，房枝和刑警都沒法子插嘴。房枝看見刑警嚴厲的眼神略爲滲出一絲柔和的色彩。

「叫你閉嘴是聽不懂嗎？」

刑警警告大嘴巴巡查。但是和剛才不同，他的語氣帶著一點親暱。

「我和老頭子都睡得很早，不太清楚，可是我覺得星期天祐一應該都在房間裡。」房枝說。

「岡崎婆婆這麼說，住在一起的外婆也這麼說，一定不會錯的啦。」

巡查不是對著房枝說，而是告訴刑警似地重複道。

「呃，其實……」

刑警接著巡查的話似地，終於開始說明。房枝非常介意握在手裡的梅干籽。

「在福岡的三瀨嶺發現的女子，她的手機通話記錄裡有妳孫子的手機號碼。」

「祐一的？」

「不只是妳孫子的而已，那個女子交遊相當廣闊。」

「那女孩子是這附近的人嗎？」

「不是，她不是長崎人，是福岡博多人。」

「博多？祐一有博多的朋友啊。我完全不曉得。」

刑警可能覺得仔細說明會被房枝頻頻打斷，於是一股作氣地說明了案件。祐一已經被視爲當天晚上在家，刑警的口氣感覺上像是在爲突然的造訪道歉。

過世的女子名叫石橋佳乃，二十一歲，在博多擔任保險業務員。她在當地的朋友、同事、玩伴中人面很廣，光是案發前一週，她就和將近五十個對象通過電話和電子郵件。其中似乎也包括祐一。

「妳孫子最後傳郵件給那個女孩，是命案四天前，而那個女孩是在隔天傳郵件給妳孫子。不過後來她也和將近十個人聯絡過。」

房枝聽著刑警的話，想像遭到殺害的年輕女孩的長相。她光是聽到那個女孩交遊廣闊，就深深覺得這事與祐一沾不上邊。發生恐怖的命案應該是事實，但是她怎麼樣就是無法把祐一與這件事連結在一起。

刑警的說明大致結束後，房枝隱約想起憲夫的話。

憲夫說命案發生的隔天祐一宿醉，在前往工地的途中突然吐了。房枝心裡頓時恍然大悟。那天早上祐一已經透過電視還是其他管道得知這個女孩被殺的消息。他會突然嘔吐，就是失去朋友的悲傷所致。

房枝養育了祐一將近二十年，這是她的直覺。

刑警好像在趕時間，說明原委之後柔聲說：「總而言之，大嬸不必擔心啦。」

房枝一點都不擔心，但她溫順地點頭說：「這樣啊。」
「祐一幾點會下班回來？」
刑警問道，房枝回答：「平常都是六點半左右。」
「那如果還有什麼事，我們會再聯絡。今天就先告辭了。」
刑警說道，房枝姑且站起身來，鞠躬說「辛苦了」。嘴上雖然說會再聯絡，但刑警似乎沒那個意思。
目送刑警離開後，附近的巡查又在平台上坐了下來。「哎呀，嚇到了對吧？」他裝出滑稽的表情說。
「我當初聽到祐一變成關係人的時候也嚇死了。可是接到電話當時，岡崎婆婆正好在派出所，所以我就問她車子的事，結果岡崎婆婆說祐一星期天沒有開車出門，所以我馬上就放心了。哎呀，其實啊，這話只對大嬸妳一個人說唷，好像已經知道兇手是誰了。只是，哎呀，總是得確認一下嘛。」
「哎呀，已經知道兇手是誰了？」
房枝誇張地露出鬆一口氣的模樣，添了一句說：「說祐一跟住在博多的女孩子是朋友，我也完全無法想像呢。」
「哎唷，祐一也是年輕男孩啊，沒辦法嘛。那個女孩子好像在交友網站上面認識了很多人。」
「什麼叫交友網？」

「啊，簡單地說，就像筆友那樣啦。」

「咦，我完全不知道祐一在跟博多的女孩子通信呢。」

房枝想起手掌裡還有梅干籽，總算把它扔到外頭去。

◇

柏青哥店「仙境」唐突地出現在街道旁。沿海的縣道大大地向左彎去，接著便突然冒出一個庸俗且巨大的招牌，前方立著一棟模仿白金漢宮而建的寒酸店鋪。廣大的停車場圍繞著店鋪，門口造型模仿巴黎凱旋門，入口處站著一尊自由女神像。

任誰來看，這都是一棟醜惡的建築物，但是與市內的柏青哥店相比，掉出鋼珠的機率高出許多，所以週末自不用說，就連平日，偌大的停車場也停滿了車子，宛如群聚在砂糖旁邊的螞蟻。

二樓的吃角子老虎機前，柴田一二三把剩下的幾十枚硬幣塞進投幣孔裡。他看中的機台已經被先來的客人占去，不得已選了眼前這台，決定手裡的硬幣用光後就不玩了。

約三十分鐘前，一二三傳郵件給祐一。

「我現在在仙境，下工以後要不要過來？」他信才傳出去沒多久，立刻就收到簡短的回信：「好。」

一二三和祐一是童年玩伴，以前一二三和父母與祐一家住在同一區，但是國中即將畢業的半年前，父母將小小的家和土地賣掉，現在一家人住在市內的出租公寓。

原本的土地鄰近海埔新生地，位在海岸線消失的漁港附近，當然不可能賣到多好的價錢，但是當時一二三的父親賭博欠債，房子土地遭到抵押，一家人形同連夜潛逃，搬到了現在三坪兩房的公寓。

搬家以後，一二三還有聯絡的朋友只剩下祐一，他們現在依然有來往。

就算在一起，祐一也完全不會說笑，絕對不是個有趣的人。一二三也明白這點，卻不知道爲什麼，一直和他交往至今。

大概是三年前的事吧，一二三載著當時的女朋友到平戶兜風回來，車子突然拋錨了。一二三沒錢叫ＪＡＦ（日本自動車連盟），聯絡了幾個朋友，但他們不是推說很忙，就是說不關他們的事，每個人都冷漠極了。在這當中，唯一一個帶著拉車繩索過來幫忙的就是祐一。

「不好意思啊。」一二三道歉說。

祐一面無表情地綁著繩子說：「反正我也只是在家睡覺。」

因爲總不好讓女人坐在被拖行的車子上，一二三叫她坐上祐一車子的副駕駛座。

祐一把車子拖到認識的維修廠後，在那裡迅速與兩人道別。女人目送祐一的車子離去，一二三試探地問：「他人滿不錯的吧？」結果女朋友笑道：「他在車子裡連一句話也不說，跟他道謝，也只是冷冷地點頭『哦』一聲……我都快悶死了。」事實上，祐一就是這樣一個人。

剩下最後十幾枚硬幣的時候，吃角子老虎機開始中獎了。

一二三環顧熱鬧的店裡，尋找送咖啡的迷你裙店員。

他轉身望向入口的時候，正好看見祐一從螺旋階梯走上來。一二三舉手示意，祐一馬上注意到他，穿過狹窄的通道走來。

祐一剛從工地回來，穿著骯髒的深藍色縮口褲，外頭同樣披著一件深藍色的工程外套，但外套的衣領裡頭露出一截亮粉紅色的運動服。

祐一在旁邊坐下，打開似乎在一樓買來的罐裝咖啡。

他從口袋裡抽出一張千圓鈔票，默默地開始玩起隔壁的機台。

祐一一靠近，一二三就聞到他的味道。和夏天不同，不是汗臭味，而是灰塵味，或者說水泥味，總之是廢墟裡會有的那種氣味。

「你知道三瀨嶺發生命案嗎？」

祐一轉眼間就輸掉了一千圓，他突然開口說。

「好像有個女生被殺呢。」

一二三頭也不回地答道。祐一來到旁邊以後，他的手氣突然好了起來。

發問的明明是祐一，他卻一如往常，沉默著。

「聽說那個女的好像在交友網站釣了不少男人。今天電視有報。」

一二三按著按鈕，接著說道，於是祐一問道：「很快就會查到嗎？」

「查到什麼？」

「……」

「犯人嗎？」

「……」

「很快就會抓到了啦。只要調查電信公司，馬上就知道那個女生跟誰通過電話了。」

直到此時，一二三都尚未正眼瞧上祐一一眼，逕自說個不停。

打了三十分鐘的吃角子老虎後，一二三和祐一離開店裡。最後一二三輸了一萬五千圓，祐一輸了兩千圓。

太陽已經西下，強烈的燈光打在停車場上。濃濃的影子從兩人腳邊延伸而出，偶爾和停車格的白線交叉在一起。

一二三和祐一不同，對車子完全不感興趣，開的是一輛便宜的小轎車。車鎖一打開，祐一立刻坐進副駕駛座。

一二三忽地仰望天空。海潮聲彷彿自天而降地傳來。平常這時候，應該看得到滿天星斗，今晚卻只見金星閃爍。一二三心想可能會下雨。

一二三開車駛過沿海的縣道，前往祐一家，嘴裡抱怨著遲遲找不到工作。

事實上，今天上午一二三也在職業介紹所度過。他一面確認有什麼徵人啓事，一面邀約已經認識的年輕女職員說：「下次一起去喝一杯吧？」結果沒有找到工作，邀約也遭拒絕。不過由於整個上午都泡在職業介紹所，一二三有了一種樂觀的心情：「只要想找，工作到處都有。」

收音機的曲子結束，新聞快報節目開始了。首先報導的就是三瀨嶺的命案。

祐一坐上副駕駛座後就一語不發，一二三開口說：「說到三瀨啊……」

原本正望著外頭的佑一，在狹窄的車子裡略縮起身體似地回過頭來。

「……你還記得嗎？喏，之前我跟你說過，我在那裡看到過幽靈。」

一二三旋轉方向盤，駛過一個急轉彎。由於反作用力，祐一的身子緊緊地挨在車門上。

「喏，之前我去博多的公司面試回來，一個人經過三瀨嶺時，車燈突然熄掉了。我嚇了一跳，馬上停車，重新發動引擎，結果副駕駛座冒出一個渾身是血的男人。你還記得嗎？」

一二三催趕著慢吞吞地騎在路中間的CUB機車，瞄了祐一一眼。

「當時眞是把我嚇死了。引擎無法發動，副駕駛座又坐了一個渾身是血的人，我想我當時一定是邊尖叫邊轉鑰匙的。」

一二三說著，被自己的話逗笑了。祐一用下巴比比前面的CUB機車說：「快點超車。」

那天晚上，一二三是在晚上八點過後開過山嶺的。他在博多接受一家忘了是什麼公司的面試，失望地心想八成不會被錄用，於是直接前往天神的色情按摩店。若要比較，比起準備面試，他傾注在挑選色情按摩店的心力更要大多了。

總之一二三在色情按摩店爽快了一次，吃過拉麵以後，開車前往三瀨嶺。

當時才剛過八點，山路前方卻沒有半輛車子，也沒有對向車輛交會而過。老實說，被車燈照得白蒼蒼的草叢和樹林看起來鬼魅極了，一二三後悔不已，心想早知如此，就不要小氣，開高速公路回家了。

他試著在孤單一人的車子裡高聲歌唱，轉移注意力，沒想到聲音反而一下子就被周圍的森林吸收殆盡。

在漆黑的山中，車燈可以說是生命線，然而就在快要來到山嶺頂端的時候，車燈開始變得不對勁。一二三一起初以爲是自己眼花了。

下一瞬間，一條黑影倏地竄過閃爍的車燈。一二三急忙踩煞車，拚命地抓住震動的方向盤。

就在這個時候，車燈完全熄滅。擋風玻璃前方是一片宛若失明的黑暗，引擎雖然還啓動著，但是圍繞車子的森林裡卻傳來刺耳的蟲鳴聲，越來越響。

車子裡冷氣明明開得很強，汗水卻猛然噴出。與其說是流汗，更像是全身浸在溫水當中。

就在剎那間，車體陡地猛然一震，引擎熄火了。此時，一二三感覺到副駕駛座有東西。恐怖會讓人的視野變得狹窄。無法轉頭。無法看旁邊。他只能盯著正前方看。

一二三想要重新發動車子，引擎卻不聽使喚。一二三尖叫出聲。他知道旁邊有什麼。可是他不知道那是什麼。

「……好難過。」

副駕駛座突然傳來男人的聲音。一二三用尖叫掩住耳朵。引擎點不著。

「……已經不行了。」

一旁傳來男人的聲音。一二三抓住車門，想要逃出外面。

瞬間，窗玻璃倒映出一個渾身是血的男人。男人正目不轉睛地盯著這裡。

◇

玄關傳來聲響，房枝瞥了時鐘一眼，急忙把之前茫然注視的褐色信封塞進圍裙口袋裡。信封上寫著「內附收據」。

房枝坐在椅子上，伸手轉開瓦斯爐，重新加熱燉石狗公魚。

「打擾了！」

就在這個時候，一二三開朗的聲音傳了過來，房枝站起來，「哎呀，一二三也來了嗎？」她邊說邊走到走廊去。

一二三很快地脫了鞋，推開祐一走進來，跑到廚房說：「外婆，什麼味道好香唷！」

「你還沒吃飯吧？馬上就準備好了，跟祐一一起吃吧。」

聽到房枝的話，一二三高興地頻頻點頭：「好哇好哇。」

「你們去打柏青哥嗎？」

房枝蓋上鍋蓋。

「沒有，吃角子老虎。可是手氣爛斃了。又輸錢了。」

「輸了多少？」

房枝問道，一二三用手指比出「一萬五千圓」。

祐一和一二三一起回來，這讓房枝的心情稍微輕鬆了些。她知道發生在三瀨嶺的命案與祐一毫無關係，但是黃昏的時候，她下意識地對刑警撒謊說「祐一星期天沒有出去」，而儘管實際上祐一與命案眞的無關，她卻有點耿耿於懷。

那天晚上，祐一確實開車出門了。只是既然岡崎婆婆作證說祐一沒有出門，那麼祐一就算有出門，時間應該也不長。以前祐一送勝治去醫院的時候也是，就算祐一的車子一兩個小時不在，那個老婆婆也會說祐一沒有出門。

「一二三，你星期天的時候也跟祐一在一起嗎？」

房枝確定祐一上了二樓後問道。

一二三看著鍋裡的燉石狗公魚，納悶地問：「星期天？我沒有跟祐一一起啊……。哦，他會不會是去維修廠了？他好像說過車子的零件又要換了。」一二三一邊回答，一邊把手伸進鍋子裡。

「不可以偷吃。馬上就準備好了。」房枝拍打他的手。一二三老實地把手縮回去，這次又打開冰箱問：「有沒有生魚片？」

房枝先幫一二三準備了飯菜，把黃昏時摺好的衣物拿到二樓的祐一房間去。

她一開門，躺在床上的祐一便冷淡地低聲說：「我馬上下去了。」

房枝把拿來的衣物收進老衣櫃的抽屜裡。

這個衣櫃從祐一跟母親搬來這裡的時候就在使用了，抽屜的把手是熊臉的形狀。

「今天有警察來家裡。」

房枝故意不看祐一，一邊放進衣物一邊說。

「聽說你在福岡有個女生的筆友？你應該已經知道了，喏，那個女生星期天過世了不是嗎？」

說到這裡，房枝才轉頭看祐一。祐一只抬起頭來望著這裡。他面無表情，看起來像是在想什麼其他的事。

「你知道吧？那個女生，喏……」

房枝再次追問，祐一慢慢地掀動嘴巴說：「我知道。」

「你見過那個女生嗎？還是只有通信？」

「問這幹嘛？」

「就是說，如果你們見過的話，至少也該去參加一下人家的喪禮啊。」

「喪禮？」

「是啊。如果只有通信，就不必盡到這種禮數，可是如果見過的話……」

「我們沒見過。」

祐一的襪子底部對著房枝，上面有個手指形狀的污痕。祐一目不轉睛地盯著。他的視線就彷彿房枝背後站了什麼人似的。

「雖然不曉得是誰幹的，但這世上真有人這麼殘忍呢。……警察說已經知道兇手是誰了，那個人現在到處跑路，警察拚命在找他。」

聽到房枝的話，祐一倏地起身。他的體重壓得床架的鐵管吱咯作響。

「警察說已經知道兇手是誰了？」

「好像。派出所的警察說的。可是兇手不知道逃到哪裡去了，到現在都還沒抓到。」

「是那個大學生嗎？」

「大學生？」

「喏，電視不是報導了嗎？」

聽到祐一窮追不捨的口氣，房枝獲得了確信：「啊啊，這孩子果然知道命案的事。」

「警察真的這麼說嗎？那個大學生是兇手？」

祐一問道，房枝點點頭。她不知道祐一和被殺的女孩有多親，但她瞭解祐一對兇手的憎恨。

「很快就會抓到了。逃不了多久的。」

房枝安慰他說。

祐一從床上站起來，一張臉漲得通紅。房枝心想祐一可能相當憎恨兇手，但看起來更像是在為知道兇手是誰而鬆了一口氣。

「對了，你上個星期天去哪裡了？你晚上出去了吧？」

「星期天？」

「你又去汽車維修廠了吧？」

房枝以斷定的口氣說，祐一點點頭。

「警察來問了。說他們問過那個女生全部的朋友。岡崎婆婆說你沒出去，我也不是要撒謊，不過我也跟警察說你沒出去。開車出去一兩個小時，對岡崎婆婆來說不算出門哪。啊，你要洗過澡再吃飯吧？」

房枝自顧自地這麼說道，也不等祐一回答，離開了房間。她走下樓梯，回頭仰望二樓。忽地，她想到丈夫勝治搞壞了身體，不斷地住院出院，現在自己能夠依靠的只剩下祐一了。長女雖然是親生女兒，卻從來不回家給父親探病，至於祐一的母親次女，更別奢想能夠依靠了。

房枝走下樓梯，從圍裙口袋裡掏出一只信封。裡面裝著一張收據。

商品款項　中藥一組　合計　¥263500

在公民會館擔任健康講座講師的堤下說：「如果到我市內的事務所，中藥我可以算你們便宜一點。」於是房枝昨天到醫院給勝治探病後，半帶好奇地繞過去看看。

她沒打算要買的。每天往返醫院和家裡，房枝疲憊不堪，她只是想去聽聽堤下的笑話而已，沒想到卻被好幾個粗魯凶暴的年輕男子團團包圍，被硬逼著簽下契約書了。

她哭著說現在手上沒錢，男人便把她強押到郵局。房枝實在太害怕，連呼救都不敢。在男人們監視下，她只能將唯一僅有的一點存款提領出來。

第三章　她邂逅了誰？

佐賀市郊外，位於國道三四號沿線的西服量販店「若葉」裡，馬込光代正透過櫥窗玻璃，眺望著穿梭雨中的車輛。

這條街道被稱爲佐賀快速道路，交通量絕不算少，但或許是因爲周圍景色單調，會讓人錯覺彷彿不斷重複看到幾分鐘前看到的情景。

光代是這家「若葉」的店員，負責二樓的西裝部門。

直到約一年前，她負責的還是一樓的休閒服飾部門，但是店長笑吟吟地對她說：「休閒服飾比較多年輕客人，還是要讓年紀相近的店員來服務，品味也比較相近嘛。」隔週開始，光代就被調到二樓的西裝部門了。

如果理由只是年齡，光代也會反駁個幾句，但如果是「品味」問題，那就沒辦法了。在佐賀市郊外的西服量販店工作，被說和裡面的休閒服飾部門品味不合，老實說那還眞是恭維。

店裡也有販賣年輕人取向的「流行風」牛仔褲及襯衫。但是「流行」和「流行風」總是不太一樣。例如說，光代以前曾經在博多的名牌精品店看到跟店裡的襯衫很像的花樣。雖然同樣是馬的圖案，但是自家店裡的馬莫名大了一號。

自家店裡的馬可能是因爲大上了那麼幾米厘，整件襯衫看起來品味就變得相當糟糕。

像住在附近的中學生，都很喜歡來買這些馬襯衫。他們總是規矩地戴著黃色安全帽，踩著座墊很低的腳踏車，高高興興地抱著衣服回家。

雖然這和店長要她調換部門時的心情完全矛盾，但是光代目送中學生騎過國道回家的背影，總是忍不住想出聲對他們說：「沒錯沒錯，只不過是馬大了一點，那又怎麼樣嘛！抬頭挺胸地穿上那件襯衫吧！」

這種時候，光代會忽地心想：其實我並沒有那麼討厭這個城鎮嘛。

「馬込！要不要休息了？」

突然有人出聲，光代回頭一看，賣場主任水谷和子圓滾滾的臉從衣架上探了出來。

如果從窗邊望進來，無數的西裝彷彿如浪濤般席捲上來。

平日——而且是雨天的上午——是不會有客人上門的。雖然偶爾會有客人急忙衝進來買喪服，但今天這一帶似乎沒有喪事。

「今天也帶便當嗎？」

水谷從西裝衣架迷宮裡走出來問道，光代笑道：「最近我的娛樂就只有做便當而已。」

因爲店裡太過清閒，平日從上午開始，店員就輪流休息用午餐。偌大的店裡共有三名店員。在平日，客人多過店員的情況實在不多。

「冬天的雨眞討厭呢。到底要下到什麼時候？」

水谷走過來，站在光代旁邊把臉湊近玻璃窗。鼻子的呼氣噴了上去，一小塊玻璃變得有些霧白。店裡雖然開了暖氣，但沒有客人，總讓人覺得寒冷徹骨。

「妳今天也是騎腳踏車來的吧？」

水谷問道，光代望向底下被雨淋濕的廣大停車場。那是店裡與隔壁速食店共用的停車場，目前停了好幾輛車，不過全都在靠速食店那一側，放在這一側柵欄的只有自己的腳踏車，彷彿孤伶伶地忍耐著冬季的寒雨。

「要是回去的時候雨還沒停，坐我們的車子回去吧。」

水谷說道，拍拍光代的肩膀後，走向收銀台。

水谷今年要滿四十二歲了。她的丈夫比她年長一歲，是市內一家家電商場的店長，下班後，總是開車來迎接妻子。水谷的丈夫看起來溫厚老實，總是稱呼結縭二十年的妻子「小和」，感覺很可愛。兩人之間育有一子，就讀大學三年級。水谷說兒子是「繭居族」，總是擔心不已，但是仔細聽她敘述情況後，才知道根本沒那麼嚴重，只是她的兒子不愛出去玩，喜歡待在房間玩電腦罷了。兒子已經快二十歲了還沒有女朋友，所以水谷才使用「繭居族」這種「流行」詞彙來說服自己和世人接受。

光代也不是在爲水谷的兒子說話，不過就算外出，這座城鎮也沒有什麼好玩的。如果連續三天外出，一定會碰到昨天遇見的人。事實上，這個城鎮就像不斷地重複播放錄影畫面。比起這種小鎮，透過電腦所連結的寬廣世界一定更要刺激多了。

這一天，用完稍早的午餐後，直到黃昏的休息時間前，總共有三組客人。其中兩組是上了年紀的夫婦，丈夫看起來對新襯衫毫無興趣，妻子則不甚在意顏色和花樣，只專注於比較價錢，並把襯衫放在丈夫的胸口比對。

就快休息的時候，來了一個年約三十出頭的男客。店裡的方針是客人詢問之前，店員盡量不要打擾，所以光代站在稍遠處，看著男子打量衣架上的西裝。

即便站在遠處，光代仍然注意到男子無名指上戴著結婚戒指。

「這地方根本就沒有適婚期的好男人嘛。」雙胞胎妹妹珠代說。「就算有好男人，也全都結婚了。」

事實上，在市內工作的朋友們也都異口同聲地這麼說。不過幾乎所有朋友都已經結婚，所以他們的口吻和單身的妹妹有點不同，是：「雖然想介紹給妳，可是○○先生已經結婚了……真可惜。」

光代不記得何時拜託過朋友介紹對象給她，可是明年即將滿三十歲的單身女郎要在佐賀活下去，需要相當的毅力。

高中時要好的三個朋友都已經結了婚，有了孩子。裡面甚至有人的孩子今年就要上小學了。

「呃，不好意思。」

正在挑選西裝的男客突然出聲。手裡拿著深米色的西裝。

光代靠過去，笑著問道：「請問要試穿嗎？」男子指著掛在天花板上的海報問道：「這邊的西裝也是上面貼的兩套三萬八千九百圓嗎？」

「是的。這區的西裝全部都是。」

光代笑著帶領他到試穿室去。

男子個子相當高。穿好後，男子拉開布簾走出來。或許他平常在做什麼運動，穿著這條最近流行的窄版長褲，大腿的肌肉顯得相當醒目。

「會不會有點緊？」

兒。

男子望著鏡子問道。

「最近的設計大部分都是這樣的。」

量褲管長度的時候，光代在男客面前蹲下。她忽然聞到一股奶味，或許男子家中有嬰

眼前是男子的一雙大腳。雖然穿著襪子，但指甲的形狀還是浮現出來，又大又堅硬。

光代心想，已經在多少男人面前這麼蹲過了？老實說，起初從事這一行的時候，覺得量褲管的姿勢有如屈服在男人腳下，令她非常厭惡。

一蹲下去，眼前就只剩下男人們的腳。骯髒的襪子、新穎的襪子。粗壯的腳踝、細瘦的腳踝。長襪子、短襪子。

男人的腳看起來非常凶暴，也非常堅固、牢靠。

光代才二十二、三歲的時候，曾經有一段時期心懷奇妙的幻想，覺得她摺褲管的男人當中，或許有她未來的丈夫。現在想想實在好笑，但那時候她是眞心這麼期待，總是一邊調整褲管長度，一邊仰頭，不管面對什麼樣的客人，都會幻想上面那張臉就是她未來的丈夫，正溫柔地俯視著蹲在腳邊的自己。

如今回想，她覺得那時期是第一次有想婚的念頭。只是，不管再怎麼摺褲管，朝上仰望，也不會有未來的丈夫的臉。

入夜後，冬雨依然下個不停。

光代鎖上收銀台，四處關掉廣闊的賣場電燈，進入更衣室，水谷已經換好便服，對她說：「雨下得這麼大，沒辦法騎腳踏車吧？坐我們的車回去吧。」

光代望著倒映在更衣室鏡子裡的倦容，答道：「那就麻煩了。」但她心裡煩惱著，如果坐水谷的車回去，明天早上就得搭巴士來上班了。

從員工通行口出去外面一看，大雨正敲打著廣大的停車場。店鋪後面，欄柵另一頭休耕的田地裡，傳來潮濕的泥土味道。

幾輛車子激起水花，穿過快速道路。「若葉」巨大的招牌被強烈的車燈一照，反射在潮濕的地面上，夢幻地蕩漾著。

一陣喇叭聲響起，光代尋聲望去。水谷已經坐上丈夫的車子，車子正慢慢地朝這裡駛來。

光代也不撐傘，從屋簷下衝了出去，嘴裡說著「不好意思」，坐進後車座裡。雖然只有短短幾秒鐘，卻還是被雨滴沾濕了後頸，冰得痛人。

「辛苦了。」

水谷的丈夫戴著深度近視眼鏡這麼說道，光代則回禮說：「每次都麻煩你，眞不好意思。」

光代居住的公寓蓋在水路遍佈的田地一角。雖然才剛落成沒多久，但外觀就是一副「反正遲早要拆掉，隨便蓋蓋就好」的模樣，被冬雨打濕的外觀看起來比平常更加寒愴。

水谷夫婦就像往常一樣，送她到公寓前。光代一走出後車座，運動鞋就陷進泥濘裡。

光代在雨中目送水谷夫婦的車子離去後，踩起泥水，衝進公寓樓梯。公寓雖然只有兩層樓高，但可能是四周只有田地，一走上樓梯，便好似來到觀景台一般，周圍的景致遍覽無遺。潮濕的泥土氣味又乘著冷風撩動鼻腔。

光代打開二〇一號室的門，燈光從裡面透了出來。

「咦？妳不是說今天工商會有飯局嗎？」

光代脫下被泥土和雨水弄濕的運動鞋，朝裡面說道。妹妹珠代的聲音伴隨著暖爐的汽油味傳了過來：「那是自由參加，我沒去。」

珠代在作爲客廳的三坪大房間裡，正用毛巾擦著頭髮。她似乎也被雨淋濕了。暖爐應該才剛打開，房間裡非常寒冷，只聞得到濃濃的汽油味。

「以前我超討厭給男人倒酒的，可是現在卻變成我要讓年輕女孩子給我倒酒了，總覺得很不自在……」

不知道這是不是沒有參加飯局的理由，珠代在暖爐前抱怨說。

「妳買了什麼回來嗎？」光代朝她的背影問。

「沒耶。下雨嘛。」

珠代把濕掉的毛巾丟過來。

「冰箱裡還有什麼？」

光代用濕毛巾擦著脖子，打開狹小的廚房裡的冰箱。

「妳又給水谷姊載回來嗎？」

「嗯。腳踏車放在店裡，明天得坐巴士去上班。」

冰箱裡有半顆高麗菜，還有一點梅花豬肉。光代決定把這些拿來炒一炒，再煮點烏龍麵，關上冰箱門。

「喂，裙子會皺掉唷。」

光代提醒珠代說。她穿著濕衣服直接就坐在榻榻米上。

「可是啊，明年就要滿三十歲的雙胞胎姊妹，像這樣一起津津有味地吃著烏龍麵，好嗎？」

珠代把昆布絲片（註一）攪在麵裡面呢喃道，光代撒著七味粉，叮嚀她：「可能有點煮過頭囉。」

「這要是在以前，例如昭和時代，肯定會被鄰居投以異樣的眼光。」

「爲什麼？」

「這種年紀的女人，而且是雙胞胎姊妹，住在這種公寓裡，世人才不會放過我們呢。」

珠代用橡皮筋綁起長髮，出聲吃著烏龍麵。

「而且還取這種像漫才師（註二）的名字。附近的小學生一定會把我們說成『雙胞胎魔女』，議論紛紛的。」

不曉得到底是不是說認眞的，珠代一邊抱怨，嘴裡不停地吃著烏龍麵。

「雙胞胎魔女啊……」

註一：將昆布浸在醋裡，加壓之後在表面刻絲的加工食品。具有黏性。
註二：類似中國的雙口相聲藝人。

光代半覺得好笑，卻也莫名的憂心起來，但即使如此，還是吃著烏龍麵。

房租四萬兩千圓，兩房附廚房餐廳。說兩房附廚房餐廳是好聽，但其實就是兩間三坪大的房間用紙門隔開而已。除了光代姊妹以外，其他住的全都是有稚齡小孩的年輕夫婦。

兩個人從當地的高中畢業後，在鳥栖市的食品工廠就業。雖說是雙胞胎姊妹，也沒有必要在同一家工廠工作，只是面試過幾家公司以後，兩人都只被那家工廠錄取。

兩人都在生產線工作。工作了約三年左右，換了不少位置，不過眼前總是有幾十萬個杯麵在跑。

妹妹珠代最後受不了而先辭職了。她到附近的高爾夫球場當桿弟，但是沒多久就傷到了腰而辭職，後來進入工商總會當職員。珠代辭掉桿弟工作的時候，光代也被食品工廠解雇了。因爲人員縮編，工廠縮小規模，最先被裁掉的就是光代這些高中畢業的女工。

透過工廠的斡旋，她被介紹到西服店當店員。光代不擅長服務客戶，但她的立場沒辦法主張什麼擅長不擅長的。

光代轉業到三四號沿線的西服店時，姊妹倆租了現在住的公寓。珠代說「待在老家，依賴父母，會結不了婚。」光代形同是被她強拉出去的。

她們姊妹倆原本就很要好，所以公寓生活過得相當融洽。囉嗦的雙胞胎姊妹離開家裡，父母也很高興，心想這下子總算能夠準備爲兩人的弟弟、也是家中的長男準備娶妻了。事實上，兩人搬出去後的第三年，弟弟就和高中同學結婚了。弟媳比光代、珠代年輕三歲，才二十二歲。結婚典禮時，弟弟的朋友們前來參加，有好幾個都已經抱著嬰兒出席了。典禮在平凡無奇的郊外紀念會館舉行。

「欸，妳知道今天工商會的女孩問我什麼嗎？」

光代吃完烏龍麵，在廚房洗碗的時候，珠代躺在電視機前說。

「『馬込姊，妳今年聖誕節有什麼計畫？』被十九歲的小朋友這麼問，叫我這個二十九歲的老小姐怎麼回答嘛？」

電視上正在介紹減肥方法，珠代跟著抬起腿來。

「可是妳上次不是說聖誕節那星期要請年假去旅行嗎？」

「可是聖誕節幾個女生一起去什麼『本州四國聯絡橋巴士旅行』，不是太淒涼了嗎？……啊，對了，姊要不要一起去？」

「才不要哩。每天都在一起了，連放假也要跟妳去旅行，光想就覺得累。」

光代在海綿上加倒了一些洗碗精。

廚房裡貼了一張年曆，是附近的超市送的。除了回收大型垃圾的日子以及自己的休假日外，沒有任何預定。

聖誕節啊……

光代揉出泡沫，低聲呢喃。這幾年，光代聖誕節都回老家過。弟弟結婚後沒多久就生了兒子，生日恰好就在聖誕夜，光代總是拿這個名目，帶禮物回家。

不知不覺間，海綿握得太用力，泡沫沿著橡膠手套流了下來。光代就這麼呆呆地望著，於是泡沫從橡膠手套流到手肘上，慢慢地凝聚，最後滴到堆滿髒碗盤的洗碗槽裡。被泡沫沾濕的手肘好癢。她覺得手肘的癢彷彿逐漸擴散到全身。

◇

祐一像要確認床架如何傾軋一般，一次又一次翻身。

晚上八點五十分。要入睡還嫌太早，但是這幾天祐一都想盡可能早點進入夢鄉，所以一洗完澡，吃完晚餐，眼睛還炯炯有神，人就鑽進被窩裡了。

就算上床，也不可能睡得著。像這樣一次又一次翻身當中，祐一逐漸在意起枕頭的味道，被磨擦著脖子的棉被絮給弄得心浮氣躁。

當他意識到時，手已經在把玩著陽具了。在被子底下變硬的陽具就像照在側臉上的紅外線電暖爐一樣灼熱。

命案之後已經過了九天。

電視的八卦節目一路報導到被列爲重要關係人的福岡大學生依然下落不明後，這幾天完全沒有再提到三瀨的命案。

就像派出所巡查悄悄告訴房枝的，警察應該還在搜索那個下落不明的大學生。後來警方再也沒有聯絡祐一，或找他問話。祐一彷彿完全從搜查線上消失一般，什麼事都沒有。

一閉上眼睛，那天晚上穿過三瀨嶺時的觸感又在手中復甦。方向盤握得太用力，好幾次差點在彎道上打滑。車燈照亮樹叢，煞白的護欄逼近眼前。

祐一又翻了個身，彷彿告訴自己「快點睡吧」，把臉埋進發臭的枕頭裡。枕頭有一股汗水、體味和洗髮精混合在一起的味道，令人心情煩躁。

就在這個時候，扔在地上的長褲裡傳來收到電子郵件的響音。祐一覺得總算可以從入睡的強迫症被解放，立刻伸手取出手機。

他以為八成是一二三寄來的，但寄信者欄上卻出現一個陌生的電郵地址。

祐一爬出床鋪，盤坐在地板上。就算在隆冬時節，他也習慣只穿一條內褲睡覺，背對紅外線電暖爐的背部被照得發燙。

「你好。還記得我嗎？兩個月前，我們曾經交換過電子郵件一陣子。我住在佐賀，是雙胞胎姊妹的姊姊，那個時候跟你一起聊了很多燈塔的事，不曉得你還記得嗎？突然寫信給你，不好意思。」

祐一讀完信後，搔了搔被紅外線直射的背後。雖然只有短短幾十秒，但皮膚已經燙得彷彿快灼傷了。

祐一盤著腿移動到榻榻米上。一旁的長褲和運動服纏在腿上一起移動。

祐一記得寄信的女人。大約兩個月前，祐一在交友網站上登錄電郵信箱後，收到了五、六封郵件，這個女人就是其中之一。兩人交換了一陣子郵件，但是祐一一開口邀她去兜風，她就突然再也不回信了。

「好久不見。怎麼會突然想到要寫信給我呢？」

手指自然而然地動了起來。平常說話的時候，腦中想到的詞句在說出口前，一定會在某個地方卡住，只有像這樣打郵件的時候，腦中想到的話才能順暢地傳遞到指尖。

「你還記得我嗎？太好了。其實也沒什麼事，只是突然想寫信給你。」

女人很快回信了。祐一想不起她的名字，不過就算想起，那一定也是假名。

「最近還好嗎？之前妳說要買車，已經買了嗎？」祐一回信。

「沒有。還是老樣子，騎腳踏車上下班。你呢？有沒有碰到什麼好事？」

「好事？」

「交了女朋友之類的。」

「才沒有呢。妳呢？」

「我也是。欸，後來你還去了其他新的燈塔了嗎？」

「最近完全沒去。週末也只是在家睡覺。」

「這樣啊。欸，你上次不是推薦我一個很漂亮的燈塔嗎？在哪裡去了？」

「妳說哪裡的燈塔？長崎的還是佐賀的？」

「長崎的。你說燈塔前面有座小島，上面有觀景台，可以用走的到那裡。還說那裡的夕陽美得教人想哭。」

「哦，那個的話，是樺島的燈塔。離我家很近。」

「有多近？」

「開車十五到二十分鐘吧。」

「這樣啊。你住的地方很不錯呢。」

「這裡才不是什麼好地方呢。」

「可是離海邊很近吧？」

「海邊就在附近。」

祐一打好「海邊就在附近」送出郵件的瞬間，窗外傳來浪濤在防波堤上碎裂的聲響。入夜以後，浪濤聲變大了。浪濤聲鎮夜響個不停，慢慢地滲入睡在小床上的祐一全身。

這種時候，祐一總覺得自己彷彿變成了岸邊的流木。彷彿快要被波浪攫住，又沒被攫住，好像快要被打上沙灘，又上不了沙灘。永遠永遠，流木都只能夠在沙灘上不停地翻滾。

「佐賀也有漂亮的燈塔嗎？」

回信很快就寄到了，祐一回道：「佐賀也有啊。」

「可是是在唐津那邊吧？我住在市內。」

送過來的郵件，每一個字都帶著聲響，未曾聽聞的女子聲音清晰地傳進耳中。

祐一回想起開車經過好幾次的佐賀風景。佐賀與長崎不同，是一塊平坦之地，讓人容易鬆懈下來，單調的街道無止境地延伸著。前後都沒有山。既沒有陡急的坡道，也沒有鋪石板的小巷。只有新鋪的柏油路筆直伸展著。

道路兩側林立著書店、柏青哥店和大型速食店。每一家店都備有寬廣的停車場，許多車子停駐其中，然而風景當中卻唯獨不見人影。

忽地，祐一心想，現在與自己通信的這名女子，每天都走在那座城鎮裡。這是非常理所當然的事，但是祐一只知道透過車窗看到的景色，卻不知道走過那座單調城鎮時，沿路風景會是如何。不管再怎麼走，風景都不會改變。宛如慢動作般的景色。彷彿永遠都不會被打上岸的流木所看到的景色。

「我最近都沒有和別人說到話。」

祐一望向手邊，手機螢幕上正這麼寫著。不是對方送來的，而是自己的手指無意識中打出來的句子。

祐一當下想要刪除，卻在後面加上一句「只是工作和回家而已」，猶疑了一會兒，仍然送出去了。

至今爲止，祐一從未感覺寂寞。他不曉得什麼叫寂寞。但是這天晚上起，他覺得現在寂寞得不得了。祐一心想，所謂寂寞，或許就是冀望有誰來聆聽自己說話的心情吧。過去，他從未想要向他人傾訴。可是現在的他有。他想要邂逅能夠聆聽他傾訴的人。

◇

「珠代！我今天可能會晚點回來。」

光代在被窩裡聽著妹妹珠代在紙門另一頭準備上班的動靜，猶豫著要不要說，終於在珠代到玄關穿鞋的時候說了出來。

「盤點嗎？」

珠代的回應從玄關傳了過來。

「呃……嗯。啊，不是，不是盤點，今天我休假……。反正我有點事，會晚點回來。」

光代從被窩裡爬出來，打開紙門，探頭往玄關說。珠代已經穿好鞋子，手正抓著門把。

「有事？什麼事？大概會幾點回來？不用準備妳的晚餐嗎？」

珠代連珠炮似地問，卻似乎沒什麼興趣，她打開門，一隻腳已經踏了出去。

「妳要起來的話，我們就不鎖囉？討厭死了，幹嘛星期六還要上班嘛！」

珠代不等光代回答，關上了門。光代朝關上的門叫道：「路上小心！」

多虧了珠代打開電熱毯，爬出被窩的手掌和膝蓋都暖烘烘的。光代拿起月曆，觸摸著藍色的二十二這個數字。

仔細想想，從那天起，自己就未曾在店裡生意最忙的週末請連假了。

距今約一年半前的黃金週（註），光代準備到博多的高中朋友家住，請了沒用掉的特休。朋友的丈夫那個週末要回老家參加法事，所以兩個人計畫可以盡情聊通宵。光代也一直想抱抱朋友已經兩歲大的兒子。

前往天神的巴士站位於佐賀車站前。

那天光代騎著腳踏車，在十二點半過後抵達車站，再過十幾分鐘，前往博多的高速巴士就要發車了。正當光代排隊買票的時候，朋友突然打電話來：「對不起，小孩好像發燒了。」這時候才接到聯絡，實在教人生氣，但是既然孩子生病，也不能勉強。光代索性放棄買票，離開隊伍，有些嘔氣地回到公寓。

註：日本四月底到五月初有一連串國定假日，稱為黃金週。

就在她回到公寓，煩惱著該怎麼度過這白白浪費的特休時，看到了新聞，得知原本要搭乘的那輛高速巴士被一名年輕男子劫持了。

一直開著沒看的電視畫面上出現新聞快報的時候，光代以爲又是哪個遭監禁了好幾年的少女被發現而嚇了一跳。那個事件就是如此駭人，令她難以忘懷。

但是電視上播出的卻是巴士遭人劫持的新聞。光代頓時放下心來，下一秒鐘「咦？」地大叫。

畫面上出現了剛才差點搭上的高速巴士的名稱。

「咦？咦咦？」

光代在無人的房間裡驚叫連連。她急忙轉台，有一台恰好播放特別節目，實況報導遭到劫持的巴士畫面。

「騙人、騙人……」

她沒打算叫出聲，卻不自覺地叫了出來。

直昇機的攝影機捕捉到高速駛過中國自動車道的巴士。畫面上，螺旋槳的隆隆聲與記者興奮的尖叫聲重疊：「啊啊，危險！又超過一輛卡車了！」

就在這個時候，扔在桌上的手機響了起來。博多的朋友打來了。

「妳現在在哪裡？」

朋友劈頭就問，光代回答：「我、我沒事。我在家、在家。」

朋友似乎也從電視上得知消息。她心想光代應該掉頭回家了，但是一想到萬一光代搭上了那輛巴士，便擔心不已，於是急忙打電話過來。光代緊緊握住手機，眼睛直盯著電視畫面。巴士加快速度，驚險地穿過好幾輛不知情的車子。

「啊啊，我本來要搭這輛巴士的。我本來應該在這輛巴士裡面的……」

光代盯著電視口中念念有辭。

朋友放心掛斷電話後，光代仍舊無法從電視上移開視線。

記者說明高速巴士正確的出發時刻與路線。毫無疑問地，就是那輛本來應該搭上的巴士。就是光代在售票口排隊時，停在外頭的巴士。是那輛排在前面的大嬸、排在後面的活潑女高中生們搭上去的巴士。

光代聚精會神地看著實況轉播巴士劫持案的畫面。

記者頻頻嘆道完全無法得知車內的情況，光代想要對他大叫：「可是排在我前面的大嬸和後面的女孩子坐在裡面啊！」

螢幕上播出的畫面，是一個勁兒地開過高速公路的巴士車頂。儘管如此，光代卻覺得自己彷彿就坐在車上。她看得見流過車窗外的景色。巴士中央走道另一側的座位上，排在售票處隊伍前的大嬸正一臉蒼白地坐著。稍遠的前方座位上，排在自己後面的女孩子們正肩靠著肩，悄聲啜泣著。

巴士維持著極快的車速，一輛接一輛超過黃金週全家出遊兜風的車子。

光代非常想從靠走道的座位移到靠窗位。就算歹徒吩咐不許看，她的視線還是忍不住飄向前方。駕駛座旁邊站著一個年輕男子，手上拿著刀子。他偶爾會拿刀子切開座墊的海綿，莫名奇妙地大吼大叫。

「巴士！巴士似乎要進入休息站了！」

聽到記者的嘶吼，光代赫然回神。

巴士早已遠遠地超過目的地天神，從九州道進入中國道了。

巴士在警車引導下，在休息站的停車場停了下來。光代分明透過電視看到這個畫面，視點卻不知爲何是在巴士裡，看著包圍在車窗外的大批警察。

「裡、裡面好像有人受傷了！有人被刀子刺傷，受了重傷！」

記者的聲音與空曠的停車場畫面重疊。

如果往旁邊望去，彷彿就能看到胸口被刺傷的那個大嬸。光代知道她是在客廳裡看著電視畫面，卻還是怕得無法轉動脖子。

從小，光代就不覺得自己「幸運」。世上有各式各樣的人，如果這些人能夠分類爲「幸運」和「不幸」，那麼她毫無疑問地屬於後者，就算在後者的集團中再分類，還是會被歸爲「不幸」的那一類。她活到這把歲數，一直如此深信不移。

因爲正好請了特休，又因爲和那天一樣是個假日，忌諱的記憶又再度復甦了。

光代想要轉換心情，打開窗戶。房間裡溫暖的空氣倏地流到外面，沐浴在冬陽中的寒風撫過身體，吹進房間。

光代打了個哆嗦，大大地伸了個懶腰，做了個深呼吸。

如果分類，她一定會被歸在不好的那一類。這就是自己。光代一直如此深信不疑。可是那時候我並沒有搭上那輛高速巴士。在最後一刻沒有搭上那輛巴士的我，一定是生平第一次被分到好的一邊了。

回過神時，光代正思考著這件事。眼前是一片寂靜的田園風景。

光代開著窗，在陽光下看著手機。她打開郵件信箱，上面留著截至昨晚已經交換過幾十封的信件記錄。

三天前，光代鼓起勇氣寄出郵件，而自稱清水祐一的男子親切地應對。三個月前的一個晚上，光代難得參加公司的飯局，喝得醉醺醺以後，半帶好玩地第一次上了交友網站。她不太懂怎麼使用，從新登錄的名單裡挑選了住在長崎的清水祐一。

之所以挑選長崎，是因爲如果選住在佐賀，有可能碰上認識的人，福岡的話又太都市，而鹿兒島和大分太遠。理由就這麼簡單。

三個月前，對方說「我們見個面吧」後，光代不敢再回信了。

三天前，光代其實也完全沒意思要和對方見面。只是那天晚上，就算是透過郵件也好，她想在睡前找個人說說話，如此而已。然而兩人卻持續通信了三天之久。光代一點見他的意思也沒有，不知不覺中，卻想見他想得要命。

光代不知道他的哪個部分讓她如此想念，但是和他通信，光代就能夠是那天沒有搭上那輛巴士的自己。她沒有任何確信，但是她覺得如果這次鼓起勇氣，就可以永遠不必搭上那輛巴士了。

光代在射入房間的冬日陽光中，重新閱讀男子昨晚最後寄來的信。

「那明天十一點，佐賀車站前見。晚安。」

字句很簡單，看起來卻閃耀無比。

今天，我就要搭上他的車子去兜風了。要去看燈塔。要兩個人一起去看面海而立的美麗燈塔。

◇

日暮天黑，就打開日光燈。這日常理所當然的行爲，石橋佳男現在卻感到極爲特別。暗下來的話就開燈。很簡單。但是要進行這麼簡單的行爲，人卻要先感受到非常多的事。

首先眼睛要感覺光線變暗了。暗下來的話，就會不方便。如果有亮光，就不會不方便。想要亮光，打開日光燈就行了。要打開日光燈，只要從榻榻米上站起來，拉一下繩子就行了。只要拉那條繩子，這裡就再也不黑暗、也不會不方便了。

佳男在昏暗的房間裡，目不轉睛地盯著頭上的繩子。只要站起來就行了，他卻覺得日光燈的繩子遙不可及。

事實上，房間裡很暗。可是佳男也沒有在做什麼，就算陰暗，他也不覺得不方便。既然不會不方便，就沒有必要開燈。既然沒有要開燈，就沒必要站起來。

結果，佳男又在榻榻米上橫躺下去。房間裡滿是香的味道。剛才佳男才對妻子里子說：「開個窗怎麼樣？」

「……好。」

一早就癱坐在佛壇前的里子雖然回了話，但已經過了十幾分鐘，她卻一點也沒有要從座墊上站起來的跡象。

昏暗的房間另一頭，同樣是沒開燈的理容店店面。卡車穿過大馬路，風壓偶爾會把單薄的店門震得喀噠作響。豎起耳朵傾聽，甚至聽得見香和蠟燭燃燒的滋滋聲。

獨生女佳乃的守靈夜和喪禮結束後，已經過了幾天了？佳男覺得好像才剛帶著哭叫不休的里子從殯儀館回來，也覺得好像半年前就已經和佳乃道別完畢了。

喪禮在筑後川旁的紀念會館舉行，有許多人參加。親戚、左鄰右舍、佳男和里子的朋友也都爭相幫忙。當然，佳乃的同學和同事也來了。直到最後一晚都與佳乃在一起的兩名同事獻花的時候，撫摸著佳乃冰冷的臉頰，也不顧周圍的目光，大聲號泣：「對不起，對不起，我們不該讓妳一個人去的，對不起。」大家應該是為了佳乃而來的，卻沒有半個人談論佳乃的事。沒有一個人提到佳乃為什麼會變成這樣。

紀念會館外來了好幾架電視攝影機。當然也有警察，記者彼此打聽搜查狀況，對話從弔唁客口中一個傳過一個。

當天晚上與佳乃約好見面的大學生至今下落不明。有警察說雖然無法斷定，但如果那個大學生正在逃亡，那麼他一定是犯人不會錯。

「連個大學生都抓不到，算什麼警察！」

佳男哭聲中帶著怒吼。有空來這裡上香，倒不如更努力去找！無處發洩的憤怒，讓佳男渾身止不住地顫抖。

守靈那晚，大姑等人從岡山趕來，勸佳男說：「我知道你很難過，但還是得睡一下。」幫他在會場休息室鋪了床。

佳男根本睡不著，但他心想如果在這裡睡著，或許這一切都會變成一場夢，於是拚命閉上眼睛。

紙門另一頭，親戚朋友低聲交談著，偶爾啤酒開罐聲，還有咀嚼米果的聲音混雜其中。從紙門另一頭傳來的對話裡，得知妻子里子仍然守在祭壇的佳乃身邊，不肯離去，一有人對她說話，她就放聲大哭。

老實說，佳男很想一睡了之。女兒都被殺了，卻只能夠在這種河邊落魄的紀念會館裡，默默等待聽說興趣是蒐集卡通公仔的年輕和尚抵達，他覺得自己實在既窩囊又沒用，不甘心極了。

不管怎樣拚命閉上眼睛，就是無法隔絕紙門另一頭傳來的悄聲議論。

「可是，這話只能在這裡說，要是那個大學生是兇手，那佳男兄他們可能還會安慰點吧。你想想看，如果兇手是警察說的什麼『交友網站』認識的男人，那可怎麼辦？電視說，佳乃就是在那裡認識男人，還跟人家拿錢花用呢。」

「佳男睡在那裡呀！」

有人壓低音量制止大姑等人的對話。雖然暫時中止了，但是沒多久又有人戰戰兢兢地舊話重提。

「可是如果那個大學生不是兇手，他又何必躲呢？」

「說的也是。會不會是佳乃跟別的男人拿錢被發現，所以跟大學生吵架了？然後吵得不可開交……」

與理容店相通的廚房吹來了冰冷的風。佳男躺在榻榻米上，伸長腳去關上紙門。依舊昏暗的房間門一關上，變得更加漆黑陰暗了。

「里子……」

佳男無力地呼喚佛壇前的妻子。「……嗯。」彷彿現在才說出五分鐘前叫她的回應似地，里子應道。

「晚飯要不要叫外送？」

「……好啊。」

「打電話給來來軒吧。」

「……嗯。」

儘管應聲，里子卻沒有要行動的跡象。里子一早就坐在佛壇前不肯離去，佳男覺得這好像是他今天第一次和妻子好好地講到話。

佳男沒辦法，從榻榻米上站起來，拉扯日光燈的繩索。燈管閃爍了幾次後點亮，照亮老舊的榻榻米，還有他剛才拿來枕頭的座墊。矮桌上堆著葬禮回禮的小盒子，上面擺著殯儀館的帳單。

「今後可能還會有人到府上上香，到時候可以拿來回禮。」殯儀館人員如是說。

佳男從矮桌轉開視線，打電話到來來軒，叫了兩碗蔬菜拉麵。接電話的是熟識的老闆，應對卻非常生硬不自然：「啊！石橋先生？啊，好好，我馬上送去。」

佳男掛斷電話，又聽見佛壇那裡傳來里子吸鼻涕的聲音。不管怎麼哭，眼淚似乎就是流不乾。不管怎麼吸，不甘心的心情就是吸不盡。

「里子。」

佳男又蹲到榻榻米上，朝著趴在佛壇的里子背後說。

「妳知道佳乃跟那個大學生交往嗎？」

命案發生以後，佳男感覺這是他第一次提到女兒的名字。聽到佳男的問話，里子趴在原處，一聲不吭。她可能又哭了，哭泣的震動使得架上的蠟燭晃個不停。

「佳乃不是別人說的那種女孩。她才不會那麼隨便就跟男人……」

佳男說著，聲音抖了起來。當他發現時，淚水已經滑下臉頰。里子趴在佛壇上放聲哭泣。就像佳乃小時候一樣，咬緊牙關哭泣。

「我不會放過那個男的。我絕對不會放過那個男的。不管誰說什麼，我都不會放過他。」

發不出聲。佳男用力嚥下卡在喉嚨的這段話。

記不起什麼時候的事了。佳乃就像平常一樣，星期天晚上打電話回家，和里子聊個不停。電話在佳男洗澡前打來，洗完澡後電話還在講，至少聊了一個小時以上。

佳男洗澡出來，把烏龍茶加在燒酒裡，打開電視，漫不經心地聽著兩人對話。「爸跟媽認識的時候，是誰先跟誰告白的？」「爸玩樂團，很受女生歡迎，媽是怎麼追到爸的？」女兒佳乃淨問些教人聽了難爲情的問題，里子卻也正經八百地一一回答。

平常的話，佳男一定會吼道：「電話不要講那麼久！」但是碰上他們在聊這種話題，佳男也不曉得該如何開口，結果酒卻越喝越快。

里子終於掛斷電話，佳男佯裝不知情地問：「在講什麼？」里子一臉高興地答道：「佳乃說她有喜歡的人了。」

佳男一時焦急心想，佳乃交男朋友了？但是女兒會爲這種事打電話找母親商量，還詢問父母親認識的情況，讓他覺得憐愛。

「在交往了嗎？」佳男冷冷地問。

「哎唷，還沒到那種地步啦。喏，那孩子從以前不就那樣嗎？會在喜歡的男生面前逞強。該說是固執還是不坦率呢？……可是，這次聽她說的感覺，好像是眞的喜歡。她說著說著還差點哭出來呢。可是眞是可愛呢，有了喜歡的人，不敢找朋友商量，竟打電話回來找媽媽……」

佳男沒有回話，喝乾杯裡的燒酒，里子補充說：「……我是沒有問得很清楚，不過對方家裡聽說在湯布院還是別府開高級旅館，是獨生子呢。」

佳男想起約半年前，他參加理容工會的員工旅行，去了湯布院時看到的城鎭。他們住的是廉價旅館，但是外出散步時，看到一家非常高級的老字號日式旅館，正巧年輕貌美的老闆娘就站在門前。雖然佳男等人穿著別家旅館的浴衣，老闆娘卻親切地招呼他們。佳男等人說：「湯布院的空氣好清新。」老闆娘便笑著說：「歡迎下次再來。」

那天晚上，里子在廚房洗碗，佳男看著她的臀部，不知不覺間想像起佳乃穿著和服，站在那家老字號旅館前對著他微笑的模樣。佳男苦笑，覺得這幻想也太心急了，但是想像自己的女兒成爲旅館老闆娘，感覺也挺不賴的。

佳男望著里子哭倒在佛壇前，再一次口中念念有辭：「我絕不原諒……」如果時光能夠倒流，他眞想回到那天晚上，從講電話的里子手中搶過話筒，對著佳乃大叫：「不要跟那種男人扯上關係！」

做不到的自己教人氣結。悠哉地想像女兒和服打扮的自己教人氣憤、窩囊、無可奈何。

◇

這幾天以來，鶴田公紀每一回神，總是在想著增尾圭吾的事。

警察在命案翌日來訪之後，再也沒有聯絡，鶴田只能透過電視和報紙得知後來的發展。

要好的同學殺了女人逃亡了。化成文字一看，感覺好像被捲入了什麼波瀾壯闊的故事裡，但是鶴田的日常生活卻過得極爲平凡，他就像這樣關在能夠俯瞰大濠公園的房間裡，看著《死刑台與電梯》（*Elevator to the Gallows*）或《大國民》（*Citizen Kane*）等自己喜歡的電影。不僅如此，睡前他一定會換成色情片，好好地打上一槍。

同學殺了人逃亡的現實，簡直就像自己寫的三流腳本，他覺得這種平凡無奇的劇情就算拍成電影，應該也一點都不有趣。可是增尾殺了女人逃亡這件事，並不是自己寫的蹩腳劇本。

案發以後——不，案發前也是一樣，鶴田完全沒去學校。學校現在恐怕正爲了增尾的事鬧得沸沸揚揚，熱鬧得宛如校慶前夕吧。

增尾本來就是眾人矚目的焦點，有人喜歡他，也有人討厭他，不過觀眾總是自私的，不耐煩地只想快點看到結局。

後來鶴田每天打電話到增尾的手機。可是電話從來沒有接通過。

鶴田再次深切感受到，對自己而言，增尾圭吾是連接自己與世界的唯一橋樑。

仔細想想，不管是學校、朋友還是女人，這些事全都是增尾告訴他的。也因此鶴田得以沉浸享受大學生活的錯覺裡。

增尾現在在哪裡？

他一個人怕得要命嗎？

他以爲逃得掉嗎？

鶴田心想既然遲早要被捕，希望增尾能夠以像他的風格被逮捕。他不希望他事到如今還跑出來自首。他希望增尾能逃到最後一刻，被眾多的警察包圍，在強烈的探照燈照射下，吼叫著自己寫不出來的台詞，轟轟烈烈地自我了斷。

一回神，鶴田發現自己正邊看著色情片的口交場面，邊想著這些事。黑夜不知不覺已經過去，朝陽照進凌亂的房間裡。鄰近的大濠公園傳來鳥叫聲，與畫面中女人發出的舌頭咂咂聲重疊。

鶴田趁著口交場面很快地打完一槍，把髒掉的面紙扔進垃圾桶，拉起褪到一半的內褲。可是，增尾幹嘛殺人？

不管怎麼想，鶴田都想不出增尾殺掉那個女人的理由。相反地，要是那個女的殺了薄情的增尾，那還可以理解。以某種意義來說，這的確是很符合增尾風格的人生。

鶴田拿起搖控器，關掉仍在口交的女人影片，一面被朝陽照得瞇起眼睛，一面將全部的窗簾拉上。他拜託父母幫他裝了遮光窗簾，即使在白天也能將房間變成黑夜。一想到這是父母的錢，他就忍不住生氣，但是只要能夠壓抑住這股怒意，就能換得高品質的遮光窗簾。

鶴田躺在床上，想起父母親老是在算錢的嘴臉。夫妻倆一起按著計算機，似乎以爲存款簿越看錢就會變得越多。

鶴田也沒有天眞到覺得錢是身外之物。但他覺得這世上有比錢更重要的事物，如果找不到它，就沒有活下去的動力。

不知不覺鶴田打起瞌睡來。回過神時，手機正在玻璃小几上響著。一瞬間，他想要置之不理，手卻下無意識地伸了出去。

「喂？」

手機另一頭傳來熟悉的男聲。

「呃、喂！」

鶴田不由得坐起身來。

「不好意思，你在睡覺？」

手機裡傳來的，毫無疑問地是增尾的聲音。

「增尾？你是增尾吧？」

雖然才剛醒來，鶴田卻忍不住大叫，痰卡住喉嚨，以致嗆咳起來。

「不、不要掛啊！」

鶴田只說了這句，用力咳了幾下，吐掉卡在喉嚨裡的痰。因爲過於激動而不小心踏到色情片的盒子，馬上被踩扁了。

「喂？增尾？你、你……還好嗎？」

鶴田問道。他想問的事多得數不清，情急之下卻只說得出這句話。

「……嗯，我還好。」

手機另一頭傳來增尾精疲力盡的聲音。

◇

時間剛過早上六點，增尾圭吾以爲鶴田肯定還在睡覺，沒想到他竟然接了電話。

他也不是不希望鶴田接電話，但事實上一聽到鶴田的聲音，增尾才發現到自己正祈禱著：「不要接。」

這裡是名古屋市內的一家三溫暖。鋪滿紅色地毯的走廊盡頭有一間漆黑的小憩室。公共電話就擺在走廊角落。一旁放著販賣滋養強壯劑等營養品的自動販賣機，五個按鍵裡，有三個顯示已經售完。

「你真的不要緊嗎？」

鶴田的聲音又從聽筒傳來。明明才剛醒來，他的聲音卻緊張無比，讓增尾深刻感覺到現在的處境。

「你現在在哪裡？」

鶴田的聲音突然變得柔和。增尾不由得用力握緊話筒。

如果打回老家或公寓或許可能會遭警方追蹤，但鶴田的手機不可能也被監聽，只是，鶴田那聽來異常溫柔的聲音，讓增尾覺得他好像正在什麼人面前演戲。

增尾用力按下電話掛勾。

通話中斷，幾枚十圓硬幣掉落退幣口。聲音在寂靜的走廊迴響。增尾回頭。走廊上沒有人，柱子的鏡子上倒映出穿著淡藍色浴袍的自己。

增尾把話筒放回掛勾，突然介意起，公共電話的話筒怎麼這麼重？

他打電話給鶴田，並不是特別想說什麼，也不是想要打聽警方搜查的情況。這幾天以來，他沒有和任何人說過一句話。即使在三溫暖和商務旅館的櫃台，對於對方的問題，他也只是以點頭、搖頭來應對。他剛才向鶴田回答「嗯，我還好」的時候，覺得好久沒有聽到自己的聲音了。

增尾走過鋪著紅色地毯的走廊，回到小憩室。遮光窗簾的另一頭又傳來一整晚折磨著增尾的鼾聲。打鼾的人睡在增尾的躺椅旁邊。增尾好幾次都想把他踢起來，可是每次他都硬是忍下來，心想要是在這種地方引發糾紛，被店家報警就完了。寬廣的大廳裡並排著將近五十把躺椅。其中一把合成皮破裂，海綿蹦了出來，這張椅子就是增尾現在能夠自由的空間。

進入昏暗的三溫暖小憩室，不知是否多心，有股動物的騷味竄過鼻頭。

就算在三溫暖裡逼出汗水，再進入浴室把身體洗得一乾二淨，但有這麼多男人齊聚一堂，還是會散發出這種臭味吧。

增尾僅靠著緊急逃生口的燈光，走向剛才還躺在上面的躺椅。每張躺椅上都有個疲倦的男人，以不同的姿勢沉睡著。

有人把眼鏡擱在額頭上睡覺，有人靈巧地用一條小毯子蓋住全身。還有張大嘴巴，仍然不停地打鼾的隔壁男人。

增尾大大地咳了一聲，再度裹上還留有體溫的毯子，躺了下去。然而，不管是咳嗽還是用力翻身，就是止不住隔壁男人醜惡的鼾聲。

即使如此，一閉上眼睛，腦裡就浮現鶴田在電話另一頭狼狽萬分的表情。

爲什麼會想打電話？爲什麼會打給鶴田？

他以爲鶴田會把他救出現在的困境嗎？

增尾越想越覺得可笑。不管是在校內還是校外，他都算是交遊廣闊。可是這種時候，他卻想不出可以打電話的對象。

大家經常聚集在自己身邊。增尾也自覺到這一點。可是聚集而來的全都是些疲弱沒勁的傢伙們，他雖然與他們來往，卻打從心底瞧不起他們。

增尾聽著隔壁男子打個不停的鼾聲，用力閉上眼睛，要自己就算勉強也得睡一會兒。一用力閉上眼睛，記憶有如擠水果般地受到擠壓，就算百般不願意，他還是憶起了那天夜裡偶然在東公園前碰到石橋佳乃的情景。

我爲什麼要爲了那種女人到處逃亡，在這種鬼三溫暖聽著陌生男人刺耳的鼾聲？增尾越想越惱火。

話說回來，爲什麼會在那種地方碰上那種女人？如果當時能忍一下尿意，回去公寓的話，就不會落到這步田地了。

那天晚上，增尾的心情的確很煩躁，煩到最後跑去天神的酒吧喝了一頓酒。原來他打算就這麼回去公寓，坐上了停在路邊的車。從酒吧開回大廈根本不用五分鐘，他卻莫名地心浮氣躁，就這麼開車亂晃。

當時喝醉了。事到如今，他已經記不得經過哪些地方，怎麼跑到東公園去的了。

總之他心裡煩悶不堪。但他也不曉得究竟爲什麼煩悶，這更讓他心煩意亂了。

比方說，他的腦中浮現好幾個女人的臉，只要打通電話，立刻就可以讓他上床發洩。但是那天晚上他懷抱的是更凶暴的欲望，例如咬破彼此的皮膚，搞得鮮血淋漓般，那種猙獰的欲望。

現在想想，增尾覺得或許不是想上女人，而是想和男人互毆。可是就算現在察覺，也回不到那天晚上了。

增尾在博多街上開了將近兩小時，因為喝多了酒，感到尿急。眼前出現有如森林一般的東公園，心想公園裡一定有公共廁所，於是便停下車子。

公園旁的路邊停車格裡三三兩兩地停著幾輛車子。或許開了一陣車子，增尾醉意也完全清醒了。

他走下車，發現前方有個年輕男人正站著小便。路燈照亮了男人染成金色的頭髮。

增尾跨過護欄，走進漆黑的公園內。他一下子就找到公共廁所了。

增尾衝進廁所，在骯髒的小便斗裡撒出帶著酒臭的尿液，突然聽見馬桶間裡傳來奇妙的喘息聲。

他覺得噁心，但也不能中途停止小便。

就在這個時候，廁所門打開了。增尾嚇了一跳，身體一縮，撐開拉鍊的手指沾到了小便。

走出馬桶間的是一個年齡相仿的男人。男人以令人生厭的眼神看著增尾。他立刻發現對方是哪種人了。也因為喝醉了酒，增尾對著就要走出去的男人笑道：「要我讓你舔嗎？」男子停下腳步，嗤之以鼻地說：「哼，是你來舔吧？」

增尾頓時火冒三丈，但是就算想撲上去揍人，他也還在小便途中，動彈不得。

增尾總算小解完，跑出公廁尋找年輕男人。孤伶伶的幾盞路燈使得公園裡更顯黑暗。增尾瞪大眼睛尋找男人，但不管是草叢還是步道上，都遍尋不著男人的身影。譏笑別人，反而遭到嘲笑，增尾不甘心極了。原本應在寒風中縮瑟的身子此時氣憤得幾乎要燃燒起來。

他覺得要是找到男人，狠狠地揍上幾拳，或許就能發洩今晚的鬱悶。打上幾拳，被反打幾拳，流上一些鼻血，或許這莫名其妙的煩躁就會消失無蹤了。

結果增尾離開公園的時候，還是沒有找到溜掉的男人，他一邊咂嘴，一邊跨過公園的護欄。

橘黃色的路燈照亮了柏油路。就在此時，他看見一名女子從馬路另一頭走了過來。可能是和誰約好了，女子邊走，邊一輛輛確認停在路邊的車子。

增尾跨過公園護欄，從草叢跳出人行道。恰好停在女子和增尾之間的車子「叭」地按了一下喇叭。

尖銳的喇叭聲響徹公園旁的柏油路。

女子被喇叭聲嚇了一跳，停下腳步。先注意到增尾的是女方。增尾看見女子被路燈照出陰影的臉上瞬間湛滿了笑容。

女子立刻跑了過來。長靴踩過人行道的聲音彷彿被吸進了黑暗的公園裡。

女子跑過來的途中瞄了一眼按喇叭的車子，卻沒有放慢腳步。就在她通過那輛車旁的時候，增尾發現那名女子就是在天神的酒吧認識後，頻繁寄信給他的石橋佳乃。

「增尾！」

女子叫道，增尾姑且舉起一隻手回應。但是他也在意按喇叭的那輛車子，往那兒一看，點亮車內燈的駕駛座裡浮現出一個年輕男子的臉。雖然不是看得很清楚，但是從髮色來看，似乎是剛才站在路邊小便的男人。

佳乃不理會應該是約好見面的男人，反而跑到增尾身邊來。

「你在這裡做什麼？」

雖然路上昏暗，增尾仍清楚地看得出佳乃臉上的喜色。

「小便。」

佳乃幾乎要撲上來似地跑過來，增尾往後退了一步。

「眞巧。我們宿舍就在這公園後面哩。」

對方明明沒問，佳乃卻指著黑暗的公園告訴他。

「你開車來的嗎？」佳乃東張西望。

「啊，嗯。」

增尾曖昧地回答，很介意在近處的車子裡直盯著這裡看的金髮男子。

「可以嗎？」

增尾抬起下巴比了比那輛車子，結果佳乃一副這才想起來的模樣，回過頭去。「哦，」她不耐煩地皺眉歪嘴，點點頭說：「沒關係啦，沒關係啦。」

「可是妳不是跟人家約好嗎？」

「……是啦。哎唷，眞的沒關係啦。」

「什麼沒關係……」

增尾受不了地反駁。佳乃似乎死了心，丟下一句「等我一下下，一下下就好了唷。」後，跑到了在等她的男人車子那裡。

增尾並不是爲了見佳乃才來這裡的。但是他被佳乃的強勢壓倒，怎麼也不能拋下她而一走了之了。

佳乃一跑過去，沐浴在車內燈下的男人表情稍稍和緩下來。但是佳乃跑近車子，打開副駕駛座的車門，只對男人說了一兩句話，就立刻關上車門，又跑回增尾這裡來了。

由她關門實在太粗暴，車門關上以後，聲音彷彿仍在路上迴響個不停。

「不好意思唷。」

佳乃回來，不知爲何道歉，接著一臉苦惱表情說：「那個人是我朋友的朋友，之前我借了一點錢給他。」

「不用他還錢嗎？」

「沒關係啦，我剛才叫他直接匯到我的戶頭了。」

佳乃滿不在乎地說道。增尾望向車子。男人仍目不轉睛地盯著這裡。

「妳要回宿舍了？」增尾問。

佳乃拋下約好見面的男人，特意回來這裡，盯著增尾，等待他下一句話。

「呃，嗯……」

聽到增尾的問話，佳乃露出曖昧的笑容。

老實說，增尾不喜歡這種女人。明明在期待，卻又裝出什麼都沒在期待的模樣，儘管裝出一副只是在等待的樣子，實際上要求卻是特別多。

增尾心想，如果這個時候和佳乃約好的那個男人當場驅車離去的話，他應該就不會讓佳乃坐上自己的車子了。對增尾來說，丟下一句「那麼我要走了」，當場扔下佳乃離開，並不是一件難事。但是佳乃背後有輛動也不動的車子，駕駛座上有張被車內燈照射的男人朦朧臉龐。看起來像在生氣，也像是悲傷。

男人沒有要下車的跡象。佳乃也沒有要回去男人車上的模樣。

「妳宿舍很近嗎？」

增尾試圖塡補沉默似地問道，佳乃一瞬間不知該如何回答，露出曖昧的笑容，彷彿表示近，也像是表示遠。

「要我送妳嗎？」

聽到增尾的話，佳乃高興地點頭。增尾解除車鎖，跨過護欄。他爲佳乃打開副駕駛座的車門，佳乃便爬也似地坐進去。

當時站在寒風中談話沒發現，等到佳乃在車子裡全身顫抖地說：「車子裡果然溫暖。」時，才驚覺口臭裡充滿了大蒜味。

增尾坐上駕駛座後，改變了心意。他覺得可以把這天晚上感覺到的煩躁發洩在這個女人身上。

「妳有沒有空？」

增尾發動引擎問道，佳乃反問：「要幹什麼？」

「要不要去兜個風？」增尾問道。

「兜風？去哪裡？」

佳乃分明不打算拒絕，卻還偏著頭故作納悶。

「哪裡都好……。去三瀨嶺試膽怎麼樣？」

增尾捉弄她似地說。他一邊說，一邊已經踩下了油門。起跑的車子裡，後視鏡倒映出金髮男人的白色SKYLINE。

◇

自己告訴自己，這沒什麼大不了，拚命地挪動雙腳前進，此時卻突然停下了腳步。

和自稱清水祐一的男人約好的佐賀站就近在眼前。

沒什麼大不了的。光代再一次悄聲呢喃。和透過電子郵件認識的男人見面，不是什麼大不了的事。每個人都不當一回事地這麼做，就算見了面，也不會有什麼改變。

今天早上，光代對出門上班的妹妹珠代說：「我晚上可能會晚點回來。」仔細想想，從那個時候起，光代就一直在心裡這麼說服自己。

透過電子郵件約好見面。對方詢問哪裡方便，光代回答了。對方詢問什麼時候方便，光代也回答了。老實說，真的很簡單。但是約好之後，放下手機，光代不安了起來：我真的打算去見對方嗎？約得實在是太簡單了，她發現連最重要的心情都還沒有確定好。

我怎麼可能去？光代呢喃。我不可能有那種勇氣。

可是明明沒有勇氣，光代卻在煩惱那天要穿什麼衣服去。明明不打算去，她卻想像著兩人在車站見面的情景。

雖然約好了，但光代思考著自己不可能去，不知不覺早晨就來臨了。明明不可能去，光代卻對珠代說「我今天會晚歸」。明明不可能去，她卻換了衣服。明明不可能去，她卻出了家門。明明沒有見他的勇氣，她人卻站在看得到車站的地方。

究竟發了多久的呆？趕往車站的人紛紛超前光代。光代走到角落，坐在護欄上。走在後面的中年婦女可能誤以爲她身體不舒服，擔心地望向她。

陽光很大，不覺得冷。但是護欄陷進屁股裡，有點痛。

已經超過約好的十一點了。從光代坐的護欄可以望見車站前的圓環。入口附近有人出入，但是沒有類似的男人站著。就在這個時候，一輛白色轎車高速駛進圓環裡。車子的輪胎轉彎時吱吱作響，嚇得坐在稍遠處的光代忍不住從護欄站起來。沒錯。那是昨天祐一用手機寄照片給她看的車子。光代又小聲呢喃「我不可能去」。儘管這麼呢喃，她的右腳卻稍微往前踏出了一步。

要是見了面，對方露出嫌惡的表情怎麼辦？要是對方失望，那該怎麼辦？

雖然這麼想，光代卻繼續往前進。

沒什麼大不了的。只是和透過郵件認識的男人見面，沒什麼大不了的。

光代如此告訴自己，拚命挪動隨時都會停下來的腳。

走近陌生男子的車，讓她覺得不可思議極了。她感到訝異，沒想到自己竟然有這樣的勇氣。

就在光代快走到圓環入口時，白色轎車的車門打開了。光代忍不住停下腳步，一個金髮高個子男人下了車子。在冬天的陽光下，男人的髮色比之前寄來的照片更加明亮數倍。

男人往光代的方向瞥了一眼，視線很快地轉回車站入口。他關上車門，跳過護欄。光代躲在行道樹後面偷看這一幕。男人比想像中更年輕，身體線條比想像中更苗條，感覺比想像中更溫柔。

老實說，光代覺得到此爲止就夠了。不管再怎麼找，她都找不出繼續前進的勇氣了。

男人先進了車站，手裡拿著手機又走了出來。光代瞬間與男人四目相接。她忍不住背過身去，又在護欄坐下。

她想，數到三十，如果他沒有過來，就回家去吧。他剛才應該看到自己的臉了。接下來就交給他決定。光代害怕主動去見他，讓他失望。但她也不願意來到這裡，又逃回家去，事後才後悔不已。

結果光代從一數到五，就再也數不下去了。她不知道坐了多久，一道影子從她盯著的腳邊延伸過來。

「不好意思……」

上方落下來的聲音聽起來有些戰戰兢兢。光代抬頭一看，男子沐浴在樹葉間灑下來的陽光中，他就站在那裡。

「不好意思，我是清水……」

可能是他畏畏縮縮的站姿。可能是他被冬陽照射的肌膚。可能是他有些膽怯的眼神。這一瞬間，有些改變了。光代覺得過去時運不濟的人生在此刻結束了。她不知道今後會有什麼開始，但是她覺得來到這裡眞是太好了。

光代雖然緊張，卻努力對出聲搭訕的祐一微笑，結果她的緊張似乎傳染給祐一，他突然慌張地四處張望起來。

「車子停在那裡會被吊走唷。」

光代對祐一說的第一句話意外地冷靜，她對此感到吃驚。

「啊，對。」

祐一急忙要返回車上，忽地想到光代似地停下腳步。他的手腳很長，動作看起來很誇張，光代忍不住微笑。

光代從護欄上站起來，祐一就像在意從後頭跟上來的小孩似地，一面頻頻回頭，一面往前走去。光代朝著他背後說：「你的頭髮比照片上的還要金呢。」祐一稍微放慢腳步，與光代並排走著，胡亂搔著自己的頭髮，低聲含糊地說：「大概一年前，晚上看到鏡子，突然想改變一下……也不是趕時髦還是怎樣……」

「所以你才染金髮？」

「……因爲我想不到其他的。」

祐一一本正經地說道。

來到車子旁邊，祐一爲光代打開副駕駛座的車門。

「我也瞭解那種心情。」光代說。她一邊說，一邊毫不抵抗地坐進車子裡。

祐一關上車門，繞到駕駛座。可能放有芳香劑，車子裡飄盪著玫瑰的香味。一坐進車子裡，就能感覺到祐一很珍惜這輛車。

祐一上車後立刻發動引擎，轉動方向盤。眼看就快撞到停在前面的計程車了，但祐一似乎精準掌握了這輛車子的大小，毫不猶豫地踩下油門。車體在岌岌可危之處避開計程車，開了出去。祐一握住方向盤的手看起來好像才剛和誰打過架。光代事實上沒看過打完架的手是什麼樣子，但是祐一修長而節骨分明的手指彷彿剛歷經一番操勞。

車子繞過圓環半周，熟悉的站前風景從車窗流過。光代坐在才剛認識的男人車子裡，卻絲毫沒有不安的感覺。反而是熟悉的站前風景令她感到陌生。邂逅後才經過幾分鐘，但光代比起佐賀車站前的風景，更相信祐一的開車技術了。

「我從來沒有想過竟然會和你這種人一起兜風……」

在移動的車子裡，光代忍不住這麼說。祐一看了她一眼，納悶地說：「我這種人？」

「嗯。像你這種……金頭髮的人。」

光代回答，祐一又胡亂抓了抓頭髮。

光代是臨時想到的，但再也沒有其他可以如此適切表達她現在心情的言語了。

掛著當地車牌的車子慢吞吞地行駛，被祐一一輛接一輛超前。祐一靈巧地變換車道，每當一加速，光代的背就被柔軟的椅墊吸住。平時，計程車司機的速度只要快上一點，光代就會嚇得膽戰心驚，然而不可思議的是，她完全信任祐一的駕駛。祐一在非常驚險的時機變換車道，但是就像磁鐵的兩極不會接觸一樣，她有種絕對不會撞車的安心感。

「你車子開得好棒。我也有駕照，可是都不敢開上路。」

祐一又超前一輛車，光代這麼說道。

「因為我常常在開啊。」

祐一低聲呢喃。

車子轉眼間就來到與國道三四號線的十字路口。從這個路口向左轉，路旁就是光代上班的西裝店，如果直線開去，就會通往高速公路的佐賀大和交流道。

「欸，接下來要去哪裡？」

車子在好一陣子沒碰上的紅燈前停下，光代避開祐一的視線問道。

「直接去呼子的燈塔嗎？還是在這附近用完午餐再去？」

不可思議地，話語自然而然地脫口而出。連旁邊坐的究竟是個什麼樣的男人都不曉得，而她竟然如此大膽，光代對自己感到驚訝。

就在這個時候，祐一用力握住方向盤。光代看著他隆起的拳頭，覺得身體好像被捏住了。

「……要不要去賓館？」

祐一盯著緊握方向盤的拳頭說。光代一時會意不過來，愣愣地看著他的側臉，結果祐一垂下視線，低聲地說：「吃飯跟兜風……上完賓館以後再去。」他的表情就像明知道會被罵，卻還是忍不住要討玩具的小孩子一樣。

「哎唷，你突然說這什麼話啊？」

光代情急之下笑著打馬虎眼。一方面也是祐一突然說要去賓館，把她嚇了一大跳，她誇張地擺動身體，拍打祐一的肩膀。

祐一抓住了她的手。號誌不知不覺間由紅轉綠，後面的車子按起喇叭。祐一放開光代，慢慢地踩下油門。

我，不是為了這個目的來見面的。我只是想看燈塔而已。

藉口再多都找得到，但是面對尷尬沉默不語的祐一，這些話每一個聽起來都好虛偽。

「……你是認真的嗎？」

光代說著，緊張得胸口幾乎發疼，彷彿已被一旁的男人剝下衣服似的。

光代覺得好像正從別的地方望著自己，如此大膽地面對邂逅還不到十分鐘的男人的自己。

祐一盯著前方點頭。光代期待他會說些什麼，祐一卻再沒有半句適當的邀約。

她好久沒有面對如此熾烈的性欲了。

上一次目睹如此坦率地表現出想要自己的男人，是剛在工廠上班不久的時候。光代加班回家時，在停車場被同一條生產線的前輩突然抱住。光代絕不討厭對方。甚至，她對那個前輩頗有好感。然而光代卻抵抗掙扎，逃跑了。因為太突然了。不，是因為自己太渴望如此了。她害怕對方發現這一點。當時她還無法接受渴望讓對方擁抱的自己。

後來過了將近十年。這十年間，光代一次又一次地想起那個時候的事。她甚至感覺到，是自己在那一瞬間選擇了現在的人生。她覺得在那瞬間變成了一個總是隱隱渴望著猙獰男人欲望的女人。

「……去賓館也可以。」

光代平心靜氣地說。道路前方出現了指示佐賀大和交流道的標誌。

不知爲何，光代想起和珠代同居的房間。那是個令人滿足的房間。舒適愜意的房間。但是她現在有個強烈的想法：「我今天不想回去那裡。」

車子通過佐賀大和交流道入口，穿過連結田園地帶的高速公路高架橋，往福岡方向駛去。

車子開得非常快，車窗外的看板及標誌就像被撕扯下來似地向後飛去。

「前面有賓館。」

祐一小聲地說，光代聞言心想：「啊啊，我接下來要和他做愛了。」

這個時候，休耕的農地另一頭出現了賓館的招牌。光代望向握著方向盤的祐一。他的鬍子似乎並不濃密，下巴長著一顆小痣。

「你總是像這樣馬上邀女孩子上賓館嗎？」

光代問著，卻覺得不管回答是什麼都無所謂。祐一一見到她，馬上就邀她上賓館。而自己答應了他的邀約。除此之外，沒有任何確定的事物。她覺得現在的兩人不需要除此之外的事物。

「就算你總是這樣邀別人……也沒什麼關係啦。」光代笑道。

招牌後面有一條小徑通往賓館。車子放慢速度，緩緩地駛過小徑。路肩並排著小盆栽，但是沒有一個盆栽開著花。

小徑直接通往半地下的停車場。從交流道入口到這裡的途中沒有碰上半輛車子，但是停車場卻近乎客滿。

祐一把車子停在只剩一格的位置。引擎熄火的瞬間，寂靜得彷彿連彼此吞嚥的口水聲都聽得見。

「人滿多的。」

光代勉強打破寂靜出聲說道。「星期六嘛。」她添了一句，接著想起上星期六因爲搞錯改尺寸的交貨日期而被客人客訴的事。

儘管是祐一單方面要求來到這裡的，車子一停，他卻一動也不動了。他握著拔出來的車鑰匙，默默地盯著那隻手。

「要是有空房間就好了。」

光代故作輕鬆地說。祐一低著頭，「嗯」地點點頭。

「可是感覺好奇怪唷。我們才剛見面，現在卻已經在這種地方了。」

光代的話語悶在封閉的車子裡。越是去想「這種事算不了什麼」，聲音就越顯無力。就在這個時候，祐一突然悄聲地說：「……對不起。」

「為什麼道歉？」

祐一道歉得實在太突兀，光代一瞬間慌了手腳。她不明白對方為什麼道歉，腦袋一團混亂。

「沒什麼好道歉的。老實說，你邀得太突然，我嚇了一跳，可是啊，女生有時候也是會有這種心情的。有時候女生也會有這種心情，想要邂逅什麼人的。」

光代情急之下說出這段話。說著說著，她覺得說出這種話簡直不像自己。換個說法，光代等於是在對剛見面的男人說：「女人也有想做愛的時候。女人有時候會因為想做愛而去找男人。」

祐一目不轉睛地盯著她。他的眼神像在傾訴什麼。光代知道自己臉紅了。覺得好像被職場的同事給偷聽了。不只是現在的同事，好像也被工廠時代的同事和高中同學給聽見，被大家嘲笑。

「總、總之我們去看看吧。搞不好客滿呢。」

光代像要逃出兩人獨處的車子裡，打開的車門。門一打開，停車場冰冷徹骨的空氣便流了進來。

一走下車子，被暖氣烘暖的身體便急速冷了下來。祐一也緊接著下車，走向賓館入口。做愛什麼的根本無所謂。光代只想和誰擁抱在一起。她想要一個可以擁抱的對象，已經渴望了好幾年。

光代朝著走在前面的祐一背後這麼傾訴。她想告訴他的背影：這是我的真心話。

不是誰都好。她不是只想要彼此擁抱，而不管對方是誰都好。她想要被渴望自己的人緊緊地擁抱。

全自動型的櫃台裡，有塊面版顯示還有兩間空房。祐一選的是一間叫「翡冷翠」的房間。

祐一猶豫了一下，在面版上選了「休息」。很快地，上面顯示出「四千八百圓」的價格。

光代已經受夠只爲了排遣寂寞而活。她也厭倦假裝不寂寞而強顏歡笑了。

他們搭乘狹小的電梯上了二樓，眼前有一道門寫著「翡冷翠」。

可能是密合度不佳，祐一轉了好幾次鑰匙才打開門。門一打開，刺眼的色彩便躍入眼簾。牆壁塗成黃色，床上覆蓋著橘色的床單，白色的天花板被挖下圓形的一塊，嵌上仿濕壁畫的繪畫，完全沒有半點新鮮感。

光代走進房間，反手關上門。強烈的暖氣以及窒悶的空氣讓她幾乎滲出汗來。

祐一逕自走到床邊，把鑰匙扔在上面。鑰匙沒有反彈，反而沉進羽毛被裡。

只聽得見空調聲。不是安靜，而像是聲音被奪走了。

「好花俏的房間唷。」

光代朝著祐一的背後說。祐一轉過身來，突然走近光代。

只一眨眼的工夫，光代連同鬆懈垂下的雙手被高個子的祐一給緊緊抱住了。祐一灼熱的呼氣恰好吹在頭頂上。光代感覺著那股熱氣，腹部感覺到祐一的陽具硬起來了。即使隔著彼此衣物，還是感受得到陽具搏動。光代把手環了上去。她伸出手去，抱住祐一的腰。越是緊緊抱住，柔軟的腹部就越是感覺到祐一堅硬的陽具。

休息四千八百圓，名爲「翡冷翠」的房間。由於強調它的個性，反而使得個性全無的賓館一室。

「……不要笑我。」

光代被緊緊擁抱著，在祐一的胸口呢喃。祐一想要挪開身子，但光代緊抓住他，不讓他看到她的臉。

「我老實說，你不要笑我。」光代說。

「……其實……其實我寫信給你，是認眞的。別人可能只是爲了打發時間才上那種網站的，可是我……我是眞的想要邂逅什麼人的。很遜吧？實在太淒涼了吧？……你可以瞧不起我，可是不要笑我。要是你笑我，我……」

光代仍然緊緊抓著祐一。她也知道自己太性急了。但是她覺得要是現在不說，就永遠無法再對任何人說出這種話了。

「……我也是。」

就在這時候，祐一的話聲落了下來。

「我也……我也是認眞的。」

光代的臉頰緊貼在祐一的胸口，祐一的聲音直接從胸口傳來。

浴室傳來水聲。積在水管的水滴了下來，落在磁磚上。除此之外，沒有任何聲響。不，除了耳朵貼附在祐一胸口傳來的心跳聲外，光代什麼都聽不見。

突然感覺祐一的身體動了起來，緊接著光代的嘴唇立刻被親吻了。非常粗魯的吻，祐一乾燥的嘴唇好刺人。光代的嘴唇被吸吮，舌頭擠了進來。光代抓住祐一的襯衫，含住他灼熱的舌頭。彷彿要以整個身體抱住他幾乎要燙傷人的灼熱舌頭似的。

腿軟了。祐一的舌頭從嘴唇移向耳朵，熱騰騰的呼吸刺激著耳內。

襯衫被粗魯地脫下，胸罩被解開，光代站著，讓祐一親吻乳房。眼前是賓館廉價的床鋪。她看見自己半裸地倒向柔軟的羽毛被。

一切都是那麼地粗暴，祐一撫摸臀部的手指卻是那麼地溫柔。光代覺得被極爲野蠻地對待，身體卻要求更進一步的野蠻。她分不清粗魯的是祐一還是自己。彷彿是自己在操縱祐一，讓他粗魯地愛撫著自己。

只有自己全身赤裸，站在男人面前。在過度明亮的日光燈下，光代的大腿內側被祐一撫摸著，臀部被緊緊抓著，隨時都會叫出聲來。

祐一輕而易舉地抱起赤裸裸的光代，把她抱到床上。幾乎是扔出去地把她放上羽毛被，祐一扯也似地脫掉襯衫和T恤。

祐一堅硬的胸部緊壓著光代的乳房。祐一一動，光代的乳頭就滑過他的肌膚。

不知何時，光代已被翻了過來。沉進羽毛被裡的身體彷彿飄浮在半空中。祐一灼熱的舌頭滑下背脊。不管光代怎麼掙扎，祐一塞進來的膝蓋就是硬把她的雙腿打開。

光代把臉埋進枕頭，一股洗潔劑的味道吸入鼻中。她放鬆全身。

祐一破壞似地粗魯地愛撫光代的身體。然後又像要修好她似地，緊緊地擁抱住。破壞又修好，然後再破壞，再修好。光代搞不清楚自己的身體是被破壞了，還是打從一開始就壞掉了。

如果是祐一破壞的，她希望祐一再破壞得更徹底一些。如果本來就是壞的，她希望祐一親手溫柔地修好它。

「就算再也見不到這個人。只有這一次也好。對，這樣的事本來就只限這一天嘛。」

光代承受著祐一的愛撫，內心如此呢喃。當然這不是她的眞心話，只是如果不這麼告訴自己，她實在無法接受自己在床上扭動身體、未曾見過的不知羞恥模樣。

她聽見祐一解開皮帶的金屬聲。被抱上床後，究竟已過了多久？她覺得已經在這裡接受了祐一好長一段時間的愛撫。十五分？三十分？不，她彷彿已經讓祐一的手指撫摸、被祐一灼熱的身體覆蓋了一個晚上、兩個晚上之久。

這個時候，身體突然變輕了。床鋪傾軋，頭部因爲震動而從枕頭上滑落下來。睜眼一看，全裸的祐一正站在面前。

光代沒有哭，祐一的陽具卻彷彿被淚水模糊了。光代完全酥軟，連挪動手指都嫌費事。她赤條條地被人俯視，卻一點都不感到羞恥。

祐一的一隻膝蓋落在光代的臉旁。床墊深深地陷下去，光代的臉滾落似地滑近祐一。

巨大的手掌撈起她的後腦勺，光代閉上眼睛，張開嘴巴。

祐一撐著脖子的手掌很溫柔，貫穿喉嚨的陽具卻十分凶猛。光代不曉得究竟是被溫柔地對待，還是被粗魯地對待？到底是難過還是高興？她一次又一次抓住床單。

她知道自己正以不像話的姿勢躺在床上。讓自己用這種姿勢舔舐陽具的祐一讓她覺得可惡，又覺得愛憐。

光代抓住祐一的臂部，用力掐進汗濕的肉裡。祐一忍耐著痛楚，發出呻吟。光代想要再多聽一點他的呻吟。

◇

我還是希望光代能夠幸福。

我從來沒有叫過光代「姊姊」。可是怎麼說呢……雖然我都直呼她的名字，但是我在內心某處或許總是叫著她「姊姊」的。

我們有個弟弟，說弟弟代替我叫也滿奇怪的，不過他都叫光代「姊姊」。但是對我，卻總是直呼「珠代」。

不是常說雙胞胎知道彼此在想什麼嗎？可是我和光代卻不太有這種情形。我們也不是感情不好，而且我們是雙胞胎，在學校也很醒目不是嗎？所以一直到小學的時候，我們總是膩在一起，像是要從同學好奇的眼光中保護著彼此。……嗯，我想一直到小學，我們都算是引人注目的。可是進了中學以後，另一對雙胞胎姊妹從隔壁小學轉學進來，她們比我們更要可愛了十倍左右。小孩子是很殘忍的，不知不覺間，我們就被稱爲「比較醜的雙胞胎」了。我們並不太在意那種事，可是要是有男生這樣說，我們就會拿掃把去打他們。大概就是從那個時候開始吧，我和光代的個性還是給外界的印象，像是髮型和衣服的品味，漸漸地變得不一樣了……

上高中的時候——其實我們本來沒有要上同一所高中的，起初我想就讀男女合校的學校，但是光代本來想念的是私立的女子高中，可是沒有考上……

總之上了高中以後，我們很快就有了喜歡的對象。我喜歡的對象開朗沒有心眼，是足球隊的明星隊員，但是光代喜歡的男生叫大澤，雖然不到陰沉的地步，可是才加入排球隊一個月就退出，也不算是功課好的那種型，感覺呆呆的。

如果能稍微留意一下髮型跟服裝的話，應該還沒那麼糟，可是那個男生對這方面好像一點興趣也沒有，可是又好像沒別的興趣……。總之，光代跟我說她喜歡大澤的時候，我驚訝得大叫出來。大概是那個時候吧，我才感覺到我和光代是完全不同的兩個人。

我喜歡的是足球隊的明星隊員，所以情敵很多，情路當然不可能順遂，相反地，光代沒有其他競爭對手，跟大澤交往的過程非常順利。他們總是兩個人一起推著腳踏車走路回家。光代大多會繞到大澤家玩，不過每天都會在六點半吃晚餐前回家。

就算是感情融洽的雙胞胎，有些事也不好過問吧？學校放學的時間是四點，走路到大澤家要二十分鐘，就算還要從大澤家騎腳踏車回家，他們兩個人每天還是有兩小時十五分鐘左右可以獨處。學校裡也有人在傳，大家都不敢直接問光代，就跑來問我：「欸，光代跟大澤已經那個了嗎？」老實說，以我當妹妹的直覺來看，光代和大澤感覺上一點都不像已經那個

——發生關係了。總而言之，雖然我很想知道，可是又不太想問她……

有一年暑假快要結束的時候，光代又去大澤家，正好我參加的啦啦隊沒有練習，所以提早回家。那時我們兩個人睡同一個房間，在那之前，我眞的從來沒有做過這種事，可是……該說是鬼迷心竅嗎？我打開光代的書桌抽屜，偷看了光代跟大澤的交換日記。

我本來以爲裡面寫的應該都是些無聊事。就算我是出於擔心的心情偷看，也只是擔心裡面是不是寫了自己的壞話而已。

我隨意翻頁，出乎意料地，上頭寫滿了密密麻麻的小字。

我一邊擔心光代會不會回來，一邊讀了內容。讀了幾頁後，我全身有種毛骨悚然的感覺……我記得內容大概是這樣：

「以前我很喜歡你，可是到了最近，我開始喜歡上你的右手、你的耳朵、你的手指、膝蓋、門牙、呼氣等等各別的部位了（笑）。原來我喜歡的不是你整個人，而是你的每一個部位啊。我眞的不想要你被任何人搶走。就連在學校有別的人看到你，我也不願意（笑）。」

我一直以爲光代是個沒什麼執著的人。從小，不管是糖果還是玩具，光代都會讓給我跟弟弟，怎麼說呢，我覺得她就是長女性格。可是在大澤的交換日記裡，那個光代卻不是平常我所知道的光代。

「今天，二班的小野寺不是來找我說話嗎？你的表情看起來很不高興，好好笑唷。」「我好想早點畢業，跟你住在一起！我們可以同居吧？可以吧？對了，上次在外頭看到的公寓滿不錯的呢。那裡的話，外面可以放你買的車子，生了小孩以後，也可以讓小孩在庭院裡玩耍。」就像這樣，總之和光代平常說話的口氣不同，總覺得有種攻擊性。

讀著讀著，我心想光代這樣，會不會讓大澤覺得很煩？我越看越怕，把筆記本放回抽屜裡了。我一直以爲光代是個無私無欲的人，然而看了筆記，卻看到了光代的脾氣——或者說我一直不知道的光代的欲望，覺得很難過，覺得光代好可憐……

光代跟大澤在高中畢業前就分手了。傳聞說大澤那個時候去補習，在補習班喜歡上別的女生了，但光代本人卻一句話也沒跟我說，而我也刻意不去問……。他們兩個人分手的時候，我也不記得光代鬧過脾氣還是哭泣。當然，她或許一個人偷偷地哭過了……。可是，那都是以前的事了。

畢業就職以後，光代認眞交往過的大概只有兩個人吧。不過兩個都沒有持續太久。光代不像我，不是那種會跟男生到處玩的型。我也常常在想，要是光代再社會化一點就好了。現在我們住在一起，可是我心裡總有種感覺，覺得我是「爲了光代」才和她同住的。我也想過，如果我和別人結了婚，光代可能一生都是孤零零的一個人了。

不管怎麼說我喜歡光代。姊姊雖然非常內向，可是我眞的希望她能幸福。

那是什麼時候去了呢？有一次我碰巧從巴士裡看見光代一臉幸福地騎著腳踏車。仔細想想，恰好就是那個時候，姊姊開始和那個叫清水祐一的人透過電子郵件交往。

◇

光代心想，原來體溫是有味道的。就像氣味會混合在一起，原來體溫也會混合在一起。當電話響起，通知時間已到的時候，祐一還壓在光代身上。在暖氣強過頭的賓館床上，彼此的身體汗涔涔、濕滑滑的。祐一的肌膚很美。他美麗的肌膚滲出汗水，他穿刺著光代的身體。

祐一聽到電話聲，停下動作，「……不要停。」光代說。

祐一無視於電話。他不理會電話，直到數分鐘後敲門聲響起，都不斷地穿刺著光代的身體。

門扉另一頭傳來大嬸的催促，祐一吼道：「知道了！馬上出去了！」他一吼，又挺進更深的地方，光代咬住嘴唇。

祐一叫道「馬上出去」以後，已經過了十五分鐘。光代在被子裡抱緊祐一汗濕的身體，笑道：「肚子餓了吧？」

不曉得是不是當做回應，依然氣喘吁吁的祐一輕輕踢開被子。

「這附近有一家好吃的鰻魚店。」

被子滑下床鋪，一旁的鏡子倒映出光著身體抱在一起的兩個人。祐一先起來，清楚地浮現出脊椎骨的背影倒映在鏡子裡。

「也有清烤鰻魚，很正統的店唷。」

祐一就要下床，光代用力拉住他的手問：「要去嗎？」祐一轉過身去，看了光代一會兒，微微點頭。

光代一下床，就先走向浴室。背後傳來祐一的聲音：「沒時間了。」光代答道：「反正都遲了，就付延長費吧。」

浴室的磁磚是黃色的，很可愛。光代心想要是這裡有窗戶就好了。這裡有窗戶，外面有小庭院。庭院另一頭，祐一正在洗車。

「吃完鰻魚以後，要帶我去看燈塔唷！」光代叫道。雖然沒有回應，但光代舒服地淋浴。應該還不到兩點。一想到漫長的週末接下來才要開始，彷彿流過肌膚的熱水都在歌唱舞蹈一般。

「沒時間了，要不要一起洗？」

光代以不輸給水聲的分貝叫著祐一。

「欸，清水祐一是你的本名嗎？」光代問道。

祐一盯著前方，默默點頭。

兩人離開賓館，開車前往鰻魚料理店。由於才剛淋浴完，身體還熱烘烘的。

「那麼我得跟你道歉。我叫馬込光代。栞這個名字是……」

光代說到這裡，祐一打斷她說：「沒關係。大家最初都用假名。」

「大家？你見過那麼多女生嗎？」

車子順暢地行駛在空蕩蕩的國道上，也沒有被號誌攔下。彷彿他們的車子一駛近，號誌就立刻轉成綠燈。

「……無所謂。」

祐一不吭一聲，光代很快就收回自己的問題。

「這條路是我高中時上下學走的路。」

光代望著流過車窗外的風景說。

「那裡不是有一家量販鞋店的招牌嗎？從那邊右轉，筆直穿過田地，就是我上的高中。然後從這條路再往車站方向去的地方，有小學跟中學……從那邊再往鳥栖去，是我以前上班的地方。……仔細想想，我根本沒有離開過這條國道，只是在這條國道上來來去去呢。……我以前在一家食品工廠上班。同期的同事都說工作太單調，老是抱怨個沒完，可是我並不怎麼討厭那種一貫化作業呢。」

車子難得被號誌燈攔下，祐一用手指撫摸著方向盤，轉向光代。

「我也差不多。」

祐一低聲呢喃。光代霎時不曉得他指的是什麼，納悶地偏頭，祐一接著說：「我也一直待在同一個地方。小學、中學、高中，都是離家很近的地方。」

「可是你家離海很近吧？住在海邊附近，真讓人羨慕。哪像我，住在這種地方呢。」

號誌正好轉綠，祐一慢慢地踩下油門。光代居住的城鎮，零星座落著幾家店鋪的殺風景街道往後流去。

「啊，就是那個，喏，有沒有看到寫著鰻魚的招牌？那裡真的很好吃唷。價錢也不是太貴。」

肚子餓了。光代覺得已經好久沒有感覺到這麼饑餓了。

◇

增尾低調地在上午離開三溫暖。

如果可能，他想在客人變少的休憩室裡盡情睡到中午過後再起來，但是客人變少的話，就容易被工作人員注意到。雖然他認爲通緝用的照片傳單不會發到名古屋這裡的三溫暖來，可是剛才工作人員在櫃台把寄物櫃鑰匙交給他的時候，眼神似乎察覺到什麼。

增尾睡眠不足地逃到街上，外頭是冬季的晴天，可能是一直待在不見天日的地方，一走出人行道，他頓時覺得陽光刺眼得幾乎讓人暈眩。

增尾暫時往名古屋車站走去，一面確定錢包裡還剩下多少錢。離開福岡的時候，他領了大約五十萬圓出來，暫時還不需要擔心，只是逃亡的時候不能用提款卡，如此一來，剩餘的這些錢就是他僅存的依靠了。

雖然有陽光，但是風很冷冽。寒風撲上名古屋車站前林立的高樓大廈，再從腳底捲起，凍住了增尾全身。

獲知命案，逃出公寓以後，增尾一直穿著這件羽絨外套，衣襟都被汗水和體垢搞得濕黏黏了。雖然內衣褲和襪子可以在便利商店買新的，但是他沒有餘力連外套都重買。

增尾來到車站前圓環，躲在告示牌後面避風。人潮從眼前的地下街湧上來，接二連三地被吸到車站裡面去。

昨晚他讀了三溫暖裡的幾份報紙，已經沒有任何一家報紙報導這件命案了。之前八卦節目花了那麼多時間播報這宗命案，現在也已把重心轉移到數天前發生的新聞，一名主婦疲於看護而殺害公公的事件，連三瀨嶺的「三」字都隻字未提。

增尾躲在告示牌後面，點燃香菸。抽了一口後，他發現肚子餓得厲害，於是踩熄剛點著的菸，走下地下街。

增尾撥開走上車站的人群，一步一步走下樓梯。每走下一步，「不可能逃得過」，以及「我無法接受」的心情交互湧了上來。

增尾絲毫沒有要殺那個女人的意思。他甚至根本不想和那種女人扯上關係。但是那天晚上把那個女的載到寒冷的三瀨嶺，扔下她的人，毫無疑問地就是自己。

那天晚上，增尾在東公園旁邊的路上讓石橋佳乃上了副駕駛座後，駛出車子。嘴裡雖然說著「我們去三瀨嶺試膽」，但是車子一開出去，他馬上就發懶了。

車子一開動，副駕駛座的佳乃就聊起剛才一起吃飯的朋友。

「喏，就是在天神的酒吧認識的時候，跟我一起的那兩個女生，你還記得嗎？」

佳乃真的打算去兜風嗎？她綁起安全帶，增尾想早點結束話題，偏著脖子說：「不記得耶。」「喏，那個時候我們不是三個人一起嗎？有一個叫沙里的，個子很高，長得有點凶……」佳乃兀自說個不停。

雖然車子動了，但增尾沒有目的地，任意轉換方向盤，一碰上即將轉紅的號誌，就踩油門加速穿過十字路口。

不知不覺間，東公園被拋在遙遠的後方，都市高速公路的高架橋出現在頭上。

「增尾，你明天不用上課嗎？」

佳乃自動調節暖氣風量，又擅自想要打開腳邊的ＣＤ盒。

「爲什麼這麼問？」

增尾不想和佳乃聊天，但也不想讓她隨便打開ＣＤ盒，這麼應聲。

「因爲要是現在去兜風的話，回去就很晚了……」

佳乃把ＣＤ盒擺在膝上，但沒有打開。

「妳呢？」增尾抬起下巴。

雖說是情勢使然，但是竟然讓這種女人坐上副駕駛座，漫無目的地開車，增尾對自己感到生氣。

「我？我要上班啊。可是只要打通電話說要直接去客戶那裡，就算遲到也不會怎樣。」

「妳在哪裡上班？」

增尾忍不住反問，結果佳乃叫著：「噢，不會吧！」撒嬌似地拍打增尾的手。

「上次不是才跟你說過嗎？我在保險公司上班啦。」

不知道有什麼好高興的，佳乃說完後，一個人放聲大笑。增尾耐住性子等待佳乃笑完，笑聲總算結束的時候，他冷冷地說：「怎麼有股大蒜味？」

佳乃的表情瞬間僵住，緊緊抿住從剛才就沒有閉過的嘴巴。

增尾默不作聲，打開副駕駛座的車窗。寒風吹亂了佳乃的頭髮。

大蒜味從車內流出去以後，轉眼間從頭到腳令全身寒冷徹骨的夜晚空氣便潛進了車裡。

車子已經離開鬧區了，很難得地，連一次紅燈也沒碰上。

被揶揄口臭，本來以爲佳乃會稍微克制一下，沒想到她從皮包裡拿出薄荷口香糖，辯解說：「人家剛才才吃了鐵鍋餃子嘛。」

現在正值聖誕季節，天神的行道樹全都打上了燈光，人行道上到處都是手挽著手的情侶檔。增尾踩下油門。情侶們瞬間被拋到腦後。

「沙里跟眞子她們啊，以爲我跟你在交往。我當然跟她們說不是，可是她們就是不相信。」

佳乃嘴裡嚼著口香糖，說個不停。不管增尾突然轉動方向盤，粗魯地變換車道，還是緊急煞車，她就是不肯閉嘴。

「我們本來就沒在交往。」增尾冷冷地說。心裡說著：誰會跟妳這種人交往？

「欸，增尾你喜歡哪種女生？」

「不一定。」

「你沒有喜歡的類型嗎？」

增尾不耐煩，突然轉動方向盤。前方是通往三瀨嶺的國道二六三號線。

「對了，剛才我在公園的廁所小便，被同性戀搭訕了。」

增尾改變話題。

「眞的假的？然後呢？」

「我宰了你唷！我這麼一吼，他就嚇跑了。那種敗類，眞應該禁止他們進入公園。」

增尾吐口水似地這麼斷定，但佳乃好像沒什麼興趣，「可是對那種人來說，一般地方幾乎就等於是被禁止進入一樣，只剩下那種地方可以去了不是嗎？仔細想想還滿可憐的呢。這個世上是有各式各樣的人的。」她又塞了一片口香糖。

增尾本來想要改變話題，沒想到意外地遭到反駁，他無話可說。

馬路上已經看不到鬧區的繁華，街景漸漸變得冷清。即使如此，路燈上還是插滿了宣傳聖誕節特賣的商店街旗子，隨風飄舞。再也沒有比蕭條的聖誕節更淒涼的事物了。

佳乃把口中的口香糖包進紙裡扔掉，在此之前，她都沒有開口，也沒有說想回去。增尾找不到停車的時機，車子從國道二六三號南下，開往三瀨嶺。

車子一進入山路，幾乎就沒有對向來車了。車內後視鏡偶爾會倒映出開在遠處後方的車燈，但是沒有車子開在前面。只有車燈蒼白地照亮了山路冰冷的柏油路。每當車子轉彎，車燈就照亮護欄另一頭的草叢，甚至能清楚看見樹幹複雜的紋路。

增尾無視於佳乃一廂情願地說個不停，不斷地踩油門。增尾忘了是什麼曲子，但佳乃擅自打開CD盒說「啊，我超喜歡這首歌的。」甜美的抒情歌已經重播好幾遍了。

忘了那是佳乃第幾次要按下重播鍵的時候，增尾突然心想：「這種女人肯定會被男人給殺掉。」眞的是很唐突的想法。

他沒辦法說明這種女人的「這種」是「哪種」，可是「這種」女人肯定會在某個時候，突然觸怒男人的逆鱗，一眨眼就給殺了。

增尾轉動方向盤，慢慢彎過急彎道，想像著在副駕駛座悠哉地哼著情歌旋律的女人下場。

擔任保險業務員，存一點小錢，假日就到名牌專櫃看看倒映在鏡子裡的自己。口頭禪是「眞正的我是如何如何、眞正的我是如何如何」，工作個三年後才總算發現以前認定的眞正的自己其實根本就不是眞正的自己。接下來就放棄自己的人生，把它塞給勉強抓到的男人。男方被硬是塞下女方的人生，困窘無比。「你要怎麼對我的人生負責？」這成了女人新的口頭禪，對老公日益不滿，相反地，對孩子的期待與日俱增。女人在公園裡和其他的母親勾心鬥角，不是和幾個人搞小團體，就是說別人的壞話。雖然沒有注意到，但是只顧著迎合同儕、講著討厭的人的壞話，那種模樣和中學、高中、短大時的自己根本就沒有什麼兩樣。

「欸，要去到哪裡啊？」

副駕駛座的佳乃突然出聲，增尾冷冷地應了聲：「啊？」佳乃喜歡的情歌不知不覺已經結束，現在播放著格外輕快的曲子。

「眞的要過山嗎？再過去眞的什麼也沒有耶。白天的話，還有好吃的咖哩店跟麵包店……，啊，剛才經過的那家蕎麥麵店，喏，已經關店了，你去過那裡嗎？聽說那裡超好吃的。之前朋友跟我說過。……你怎麼了？幹嘛從剛才開始就一直不講話？」

彷彿配合著輕快的曲子，佳乃的嘴裡連珠炮似地冒出話來。她好像眞的誤以爲這是約會了。

「這麼說來，增尾，你家是湯布院一家老字號旅館吧？在別府好像也有一家大飯店是嗎？好厲害唷。那樣的話，你媽媽就是老闆娘囉？旅館的老闆娘好像很忙呢。」

佳乃說著，把嘴裡嚼的口香糖吐到似乎一直握在手裡的紙上。

「……我媽的確是旅館老闆娘，可是不勞妳操心。」增尾說。

他的冷淡得連他都嚇了一跳。佳乃才剛把紙拿近嘴邊，吐出口香糖，顯得一臉錯愕。

「跟妳完全不一樣。」

「咦？」

佳乃驚愕地反問。

「所以說，妳跟我媽類型完全不同。要說的話，妳是女傭那型的吧？不過那也是妳在我家工作的話啦。」

增尾說完，突然踩下煞車。佳乃拿著包著口香糖的紙，身體大大地往前傾去。

剛才看到隧道入口的時候，增尾下意識地轉動方向盤，開進了舊道。車子在舊道的途中停下來，恰好是在山嶺的最頂端。

「……下車。看到妳坐在車上，我就覺得煩。」

增尾直盯著佳乃的眼睛說。佳乃依然一臉錯愕，好像聽不懂增尾說了什麼。

車子停在山嶺舊道，裡面播放著滑稽的流行歌曲。歌手拙劣地唱著「你的愛讓我堅強」，歌聲猶如用指甲刮過玻璃般刺耳。

「下車。」增尾再說了一次。毫無抑揚頓挫，眉毛動也不動。

「咦？」

佳乃在黑暗的車子裡睜大了眼睛。這是出發兜風時增尾所說的「試膽」嗎？她甚至露出一抹笑容，彷彿那是她最後的希望。

「妳這人好庸俗。」

「咦？」

「妳啊，爲什麼可以這麼隨便地坐上根本不怎麼認識的男人的車？女人的話，一般都會拒絕吧？三更半夜，突然被男人邀去兜風，就呆呆地坐上車，老實說，這種女人我根本就看不上眼。下車。妳自己不下車的話，要我把妳踢下去嗎？」

增尾推擠佳乃的肩膀。到了這個節骨眼，佳乃好像也總算明白這不是玩笑了。

「可是……你叫人家在這種地方下車……」

「妳站在路邊，就會有人來載啦。妳不是不管誰的車子都會上嗎？」

佳乃不知該如何是好，緊緊握住放在膝上的皮包。

增尾毫不在意，探出身子打開副駕駛座的車門。開門的力道太強，車門猛地打開，「碰」地撞上護欄。有股冰冷的泥土氣味。還有寒冷的山林氣味。

「叫妳快點下車！」

增尾推擠佳乃細瘦的肩膀。

佳乃扭動身體，增尾的手從她的肩膀滑開，陷進她的脖子。

「不、不要這樣啦！」

「叫妳！快點！下車！」

增尾像要掐住她的脖子似地，不斷地推擠佳乃抵抗的身體。脖子的熱度傳到掌心，更教他煩躁不已。拇指深深地陷進咽喉。

「好、好啦。知道了啦！」佳乃好像死了心，解開安全帶。她明明應該很害怕，聲音卻充滿反抗。佳乃一邊抱怨，一邊下車，增尾忍不住把腳從方向盤底下抽出來，狠狠地踹上她的背。

「呀！」

佳乃跌出車外，頭撞上了護欄。「咚」的一道巨響沿著白色的護欄傳遍了整座山嶺。

◇

對我來說，比起石橋佳乃這個名字，我還是覺得米亞這個稱呼比較熟悉。所以請讓我叫她米亞吧。

我是個小學補習班的老師，所以已經習慣這種不太像日本人的名字了。我負責的班級裡，也有很多小朋友叫什麼零文（Lemon）、白笑瑠（Ciel）、天空星（Tiara）之類的怪名字，讓老師根本念不出來，欲哭無淚。

不過我必須重申，我對年幼的女孩子一點興趣也沒有。我真的只是碰巧在補習班當老師罷了……

可是最近的小孩子取的名字也實在教人啞口無言呢，怎麼說，簡直就像在交友網站上面看到的女孩子假名一樣。說白一點的話，本人跟名字完全搭不起來，有時候在上課前點名，我都會忍不住同情。喏，不是有什麼性別認同障礙嗎？我想用不著多久，就會出現姓名認同障礙了。

言歸正傳，我在交友網站認識的女孩，除了米亞以外，應該還有十多個人。如果要把她們排名的話，米亞應該算是第二還是第三吧。她的長相跟身材雖然不是我喜歡的類型，可是現在想想，她人滿溫柔的。在約好的地點劈頭就向我要計程車錢的時候，雖然我也覺得很受不了，可是現在想想，怎麼說呢，她還是有她溫柔的地方。

我就像你看到的，身材又胖，臉又長得像拳獅狗，而且體毛又多又濃密，根本就不是那種會受女孩子歡迎的類型，而且實際上也眞的毫無女人緣。可是就算是我這種男人，也會因爲女孩子不經意的一句稱讚，心想：「其實我也滿不賴的。」眞的是一句小小的讚美，就會讓人萌生這種想法。我覺得米亞很擅長撩起男人的這種心情。啊，雖然或許只是我自作多情啦。

我記得那是在飯店辦完事，要付錢的時候，米亞突然對我說：「如果我們沒有在交友網站認識，會怎麼樣呢？」我笑著說：「妳根本不會理我吧。」結果米亞露出有些難過的表情說：「是嗎？我們年紀有差，不過我中學的時候，很喜歡一個胖胖的生物老師耶。」

啊，我當然知道這是奉承話。那個時候我正要拿錢給米亞，所以忍不住多給了她兩千圓。可是那個時候米亞看起來是眞心的。那個時候的表情和口氣，讓我忍不住相信如果我們沒有在交友網站認識，而是在路上遇然邂逅的話，或許兩人之間會有什麼發展。

男人也眞是傻哪，女人說的那種話，一輩子也不會忘記。當然，受歡迎的男人可能馬上就忘記了，但是像我這種從學生時代就煩惱著到底該怎麼樣才能跟女孩子說話的男人來說，就算是那種一聽就知道的奉承話，還是會一直掛記在內心深處。更進一步說，可以說因爲那句話，讓我有了自信。講這種陳年往事，或許你會覺得不舒服，不過大學的時候，網球社的學姊曾經對我說：「林學弟，你總是筆直地看著對方呢。所以跟你在一起，我總覺得自己被看透了。」雖然是不經意的一句話，但是從此以後，那句話就成了我的支柱，眞的很不可思議。每當我思考自己究竟是個什麼樣的男人時，總是第一個想起那位學姊的話……。我想學姊一定已經忘記自己講過那種話了，但是對我來說，那句話眞的彌足珍貴，說得誇張一點，後來已經過了將近二十年，但我可以說是靠著那句話支持，才能夠身爲一個男人。

很傻吧？完全就是一副不吃香的男人相吧？可是啊，我這種男人就是需要那種女人。就算是奉承話也好。因爲要是連奉承都沒有，我就眞的什麼都沒有了。

米亞就是願意對我說這種話的女孩。我想她應該不是刻意這麼說的，可是我還是覺得米亞這個女孩，會在不經意當中說出讓我這種男人二十年都無法忘懷的話。

聽到米亞被殺的時候，我還是覺得很傷心。雖然我們是在交友網站上認識，只見過一次面，但是她對我來說，依然是個永遠都忘不了的女孩。「我認爲知道哪裡有美食的男人最值得尊敬了。」那時候我帶她去義大利餐廳，她還這麼對我說呢。

◇

星期六用完早餐後，祐一也沒說要去哪裡就出門了。清水房枝心想他一定又開車出去兜風了，晚餐前就會回來，所以做了祐一喜歡的肉丸等著他，沒想到祐一沒有回家，房枝沒辦法，只好一個人吃掉有點太甜的肉丸。

到了星期天早上，祐一還是沒有回來。祐一週末突然出門外宿也不是什麼稀奇事了，可是待在空無一人的家中，房枝就忍不住想起在公民會館主持健康講座的堤下的事務所裡，在破口大罵的男人包圍下，被迫買下昂貴中藥時的情景，又感受到那種如坐針氈的恐怖。

到了下午，房枝打電話到祐一的手機。祐一很快就接起電話，不耐煩地音說：「幹嘛？」

「你在哪裡？」房枝問道，祐一簡短地回答：「佐賀。」

「你在佐賀做什麼？」

房枝本來想，如果祐一在開車，就趕快掛掉，但似乎也不是，所以她接著追問。可是祐一沒有回答問題，再次重複：「幹嘛？」

房枝問他什麼時候回來。祐一沒有回答，說「不用幫我準備晚飯」後，掛斷電話。

後來房枝到市內的醫院給丈夫勝治探病。勝治就像平常一樣述說對護士的不滿，抱怨了差不多三十分鐘，房枝對那名護士說「總是麻煩妳照顧了」，離開醫院。

回程的巴士裡，強迫房枝買下中藥的男人吼聲突然在耳畔響起。

「現在才說不買，妳是什麼意思！」

「死老太婆，妳要我們嗎！」

「妳要是不簽名，我們每天都上妳家去！」

聽著在腦中迴響的男人聲音，房枝覺得好像又被拉回了那個地方，在敬老座上止不住地哆嗦。

結果到了當晚十一點過後，祐一才回到家來。光是聽到門打開的聲音，房枝就鬆了一口氣，從剛躺下的被窩裡對著經過走廊的祐一說：

「你回來了。要洗澡吧？」

被子才剛暖和起來，房枝猶豫著要不要爬出來，祐一的聲音從紙門另一頭傳了過來：

「不用，我洗過了。」

結果，房枝還是離開寢室跟著祐一走向廚房。光腳踏在走廊上，冰冷得皮膚都要凍裂了。

祐一打開冰箱，從裡面拿出香腸。

「你餓了嗎？」房枝問他，祐一答道「不會」，卻用牙齒咬開塑膠膜，把香腸大口塞進嘴巴裡。

「要不要我做點什麼？」

「不用了。我吃過晚飯了。」

祐一就要離開廚房，房枝忍不住叫住他。祐一一邊嚼香腸，一邊回頭，露出不耐煩的表情說：「幹嘛？」

房枝被他的表情嚇到，無力地坐到椅子上。她不打算說的。可是嘴巴卻自己動了起來。

「外婆啊，上次去醫院回來的時候……喏，不是有個人在那邊的公民會館舉辦講座嗎？就是中藥的……」

這裡是自己的家，祐一就在眼前，應該是絕對安全的地方，房枝的身體卻彷彿要發起抖來。光是要說出那個時候的事，她就害怕極了。要是不刻意地去呼吸，就快要窒息了。

但是就在房枝準備說下去的時候，祐一口袋裡的手機響了。祐一也沒說一聲，就接起電話。

「喂。……啊，嗯。我剛到。……明天？五點就要起來了，不過沒問題的。……嗯，我也是。」

應該是和他一起度過週末的人吧。只見祐一握著門把回話的側臉，看起來好幸福。

「嗯，我知道。明天我也會打電話給妳。……工作？六點就收工了。……嗯。知道了。……嗯，拜。……咦？……嗯，知道了。拜……咦？嗯，我知道啦。」

房枝靜靜地聽著那彷彿快結束，卻又永無止境的對話。祐一握在門把上的手指滑過柱子，掀起貼在牆上的月曆。

對方一定是女孩子。一定是跟祐一一起度過這個週末的人。但話說回來，房枝從來沒有看過祐一這麼幸福的表情。不，或許祐一在她不知道的地方，總是偷偷地露出這樣的表情，但是祐一被帶到這個家後，已經過了二十年，房枝卻連一次也沒有看過祐一在面前堂而皇之地露出如此幸福的表情。

第四章　他邂逅了誰？

黃昏時分，幾組客人同時造訪。其中馬込光代負責的是約二十五歲的兩名男子，他們兩個邊挑選西裝，邊一搭一唱地對話。其中個子較矮的好像是二度就業，最近總算通過面試，帶著朋友來這裡挑選西裝。

「我以前穿的都是作業服嘛，不曉得西裝到底要買哪種好。」

「可是平常要買西裝的話，不是都會帶老婆來嗎？」

「胡說八道，要是跟老婆一起來，從襯衫到領帶，她都會挑最便宜的。」

「怎麼，原來你打算要買高級西裝啊？」

「不是啦，我要買中級的啦，中級西裝。」

雖然嘴上說個沒完，兩人手裡也沒閒著，一件件拿起吊在衣架上的西裝，開開心心地放在身上比對尺寸。

光代心想：「他們看起來還很年輕，沒想到這個年紀就已經結婚了啊。」她站在恰到好處的距離，耐心等候客人出聲。

同事水谷和子脖子上掛著卷尺站在試穿室前。剛才水谷結束休息時間，回到賣場的時候，光代問她今晚有沒有空，如果有空的話，要不要去喝一杯？

光代難得邀約，水谷一時有些遲疑，不過她興致勃勃地說：「好啊。我老公也說今天下班可能會晚一點，要去哪裡呢？上次『大河』旁邊新開的回轉壽司怎麼樣？」

「那就去那家回轉壽司吧。」這麼決定後，光代準備回去負責的賣場，結果水谷突然一把抓住她的手，笑嘻嘻地問道：「妳上次週末難得請假，我在想應該有什麼特別的事……發生了什麼好事嗎？」光代說：「呃，沒什麼大不了的事啦。只是想說很久沒跟水谷姊一起吃飯了……」她草草敷衍，臉上卻止不住地笑。

星期六中午光代與清水祐一見面之後，結果兩個人一起度過了整整一天以上。他們離開賓館後，本來打算去吃鰻魚，然後再去燈塔的，可是吃完鰻魚走出餐廳的時候，突然下起大雨來，結果他們只好放棄兜風，又去了別的賓館。

前天星期天晚上，祐一送光代到公寓門口，在車子裡長吻了好久才分手。隔天星期一晚上，兩個人又講了三個小時的電話。講到一半，妹妹珠代下班回來，所以最後三十分鐘光代是坐在寒風不斷的公寓樓梯講的。

之後過了還不到一天，但是光代已經無法克制地想要聽到祐一的聲音了。

一回神，相聲二人組正拿起牆邊衣架上的西裝。牆邊的西裝一套貴了三千圓，而且沒有附贈替換的長褲。

光代走近到不打擾客人的距離，兩人的對話傳了過來。

「對了，我之前去看了《釣魚狂》。」

「一個人？」

「怎麼可能？跟兒子兩個人去。」

「你帶兒子去看那種電影？」

「小孩子滿高興的啊。」

「眞的假的？我家小孩除了漫畫嘉年華以外，一點興趣也沒有。」

兩人才二十五歲上下，只看外表，說他們是大學同學也不會有人起疑。但是他們卻挑選著西裝，聊著彼此的小孩。

光代微笑著看著兩個人的背影。不曉得是不是發現她正盯著他們看，矮個子一個轉過頭來說：「對不起，這可以試穿嗎？」結果旁邊的另一個搶下那套西裝，打趣地說：「什麼啊，結果你還是選這套唷？這看起來很像男公關穿的耶。」

被這麼說的另一個似乎個性老實，納悶地看著好不容易決定的西裝說：「會唷？」

「要不要先試穿看看呢？」光代笑著說。

「拿起手裡看，感覺好像有點光澤，但是裡面搭配白襯衫的話，感覺會變得很穩重唷。」

聽到光代的話，男子似乎恢復了自信，乖乖地隨著光代走到試穿室。剩下的另一個一副就沒打算要買衣服的樣子，把眼前標價一個個翻開來看。

「怎麼樣？」

尺寸剛好。光代爲了搭配衣服而遞給他的白襯衫也與男子的娃娃臉非常相稱。

光代出聲詢問，男子在鏡子前面扭著身體確認，他的同伴不知何時走了過來，在背後說道：「哎呀，眞的，看起來沒那麼花俏呢。」

「好像滿不錯的。」

男子在狹窄的試穿室裡對著倒映在鏡子裡的光代和朋友點點頭。

光代從口袋裡取出用舊卷尺，爲客人量起褲管。

生意好的時候就特別好，客人絡繹不絕地光臨，不僅是光臨，西裝也一套套賣了出去。

過了打烊時間，賣場的照明關掉了一半，光代在收銀台桌上整理準備送去修改的商品聯單。結果水谷手裡同樣抓了一把聯單走過來，說道：「難得要去吃飯，就碰上這種日子呢。」

「就是啊。」

光代一面應聲，一面看時鐘。八點四十五分。平常這個時間，她已經換好衣服，踩著腳踏車回家了。

「還要弄很久嗎？」

水谷好像已經整理好了，她這麼問道，光代翻翻聯單說：「再十五分鐘就好了。」

「那我在休息室等妳。」

水谷說笑便走下樓梯。賣場關掉了一半的照明，整個空間顯得陰暗，暖氣也關掉了，寒意不斷地從腳底竄上來。

就在這個時候，放在收銀台上的手機響了。光代以為是珠代打來的，拿起來一看，上面顯示的是祐一的名字。光代把拇指塞進聯單裡，用另一隻手接電話。

「喂？是我。」

祐一的聲音從話筒另一頭傳來。光代確認陰暗的賣場裡沒有人之後，高興地回話：

「喂？怎麼了？」

「還在工作嗎？」

祐一問道，光代反問：「嗯，怎麼了嗎？」

「妳今天有什麼事嗎？」

「今天？你是說等一下嗎？」

在賣場中迴響的說話聲已經變得喜孜孜了。

「可是你不是在長崎嗎？已經下班了嗎？」光代問道。

「六點就結束了。今天我開車去工地，想說直接從工地去妳那裡。」

祐一可能正在開車，訊號斷斷續續的。

「你現在在哪裡？」光代問。

她不知不覺站了起來，插在聯單裡的拇指也滑開了。

「已經要下高速公路了。」

「咦？高速公路？你說佐賀大和嗎？」

光代忍不住望向玻璃窗。從佐賀大和的交流道到這裡不用十分鐘。光代重新坐回椅子，高興地埋怨說：「你要來的話，早點告訴我一聲嘛。」

兩人約好在隔壁速食店的停車場見面後，光代掛斷了祐一打來的電話。

祐一在平日夜晚意想不到的行動，讓光代感到全身幸福得幾乎要燃燒起來。

她迅速地處理剩下的聯單，想像著祐一的車子下了高速公路，現在正經過的街道風景。每當蓋下一次確認章，她就感覺到車子更接近了。

原本以為要花上十五分鐘的工作，光代五分鐘就做完了。她關掉賣場的燈，衝進一樓的更衣室，水谷已經換好衣服，正從她總是自備的水壺裡倒出蕺草茶來喝。

「哎呀，已經做完了嗎？」

水谷問道，光代頓時語塞：「啊，呃……」她並沒有忘記兩人說好等一下要去吃回轉壽司，可是因爲事情實在發生得太突然，她沒有想好該怎麼回絕。

「怎麼了？」

看到光代欲言又止的模樣，水谷擔心地問。

「呃，欸……」

「怎麼了？發生了什麼事嗎？」

「啊，不是，只是剛才接到一通電話……」

「電話？誰打來的？」

光代又支吾起來。她本來預定等一下去回轉壽司店時順便告訴水谷她和祐一邂逅的事，但事到臨頭，又沒辦法乾脆地說出口。

水谷直盯著光代，露出別具深意的微笑說：「要改成下次嗎？我什麼時候都可以。」

「不好意思……」光代向她道歉。

「男朋友突然來接妳對吧？」

水谷也不介意飯局突然取消，微笑著說。

「我就知道一定有什麼。妳難得週末請假，這兩三天看起來又一副幸福的模樣。」

「不好意思……」光代又道歉了。

「眞的不用在意啦。……是佐賀人嗎？」

「哦？從長崎突然來見妳嗎？哎呀，那實在不是該跟我去吃什麼回轉壽司的時候了。喏，快點換衣服去啊。」

「不，他住長崎……」

水谷說，拍了一下杵在原地的光代屁股。

水谷先回去，光代急忙在無人的更衣室換衣服。換到一半時，手機響了起來，祐一寄了郵件過來：「我到了。」

幸好穿了皮夾克來。平常穿的羽絨外套的衣領髒了，今天早上本來想再穿一次就拿去送洗，卻又打消了主意。

週末和祐一見面的時候，也是穿這件皮夾克。這是她在約一年前和珠代坐巴士去博多的時候買的，十一萬圓的價格讓她猶豫再三，但是想想大概十年也才買這麼一次，於是她狠了心買下來。

光代鎖上更衣室，把鑰匙交給管理室的警衛，從後門出來。寒風吹過腳下，她把圍巾重新在脖子上緊緊地圍好。停車場空蕩蕩的，只有白線清晰地浮現，柵欄另一頭是休耕中的田地和鐵塔。

一眼望去，旁邊的速食店停車場裡停著一輛熟悉的白色轎車。停車場雖然車不多，但祐一的車子刷洗得特別光亮，在停車場的照明下熠熠生輝。

光代先從停車場走出國道，看著柵欄另一頭，快步趕往隔壁的停車場。

一走近速食店的停車場，祐一車子的車燈便倏地一亮。他好像一直看著光代從隔壁走過來。光代朝著坐在黑暗車子裡的祐一輕輕揮手。

光代走過去，祐一從裡面幫她打開副駕駛座的車門。車門一打開，車內就亮了起來，照亮穿著工作服的祐一。

光代跑近車子，一面發抖說「好冷」，一面坐進副駕駛座。這段期間，光代一次也沒有正視祐一的眼睛，但是車門一關上，車子裡又暗下來的瞬間，她便轉向祐一問：「你真的一下工就過來的嗎？」

「要是回家以後再來，會更晚到。」

祐一說著，把車子裡的暖氣調得更強。

「你應該早點打電話告訴我一聲的嘛。」

「我本來也想打，可是又想說妳可能在上班。」

「要是今天見不到面，你打算怎麼辦？」

光代有些壞心眼地問，結果祐一一本正經地回答：「如果見不到面，我會直接回去。」

光代把手放在祐一擺在變速桿上的手上。可能是祐一的工作服散發出來的味道，車子裡有種廢墟般的氣味。

車子停在速食店的停車場裡，遲遲不動。大約已經有三組客人從店裡出來，駕車離去了。相對地，沒有車子進來停車場，車子越來越少，兩人的車子就像汪洋大海中的小船般，孤伶伶地被留在原地。

不曉得已過了幾分鐘，光代和祐一的手指依然在變速桿上交握著。沒有談話，只有手指已經彼此交談了好幾分鐘。

「明天工作也很早吧?」

光代握著祐一的中指說。柵欄另一頭的國道上，一輛車子加速駛去。

「五點半就要起來了。」

祐一用拇指指腹撫摸著光代的手腕說。

「從這裡到長崎要開兩個小時左右吧?沒什麼時間了呢。」

「我只是想看看妳而已……」

沒有熄火的車子裡，液晶時鐘顯示著9:18。

「你要回去了吧?」光代問道。

祐一停下手指的動作，苦笑說：「……嗯，不趁今晚回去，明天就得三點起床了。」

想見妳、想見妳、想見得不得了。因爲太想見妳，所以一下班就從工地一路直奔而來。

祐一雖然沒有說出口，但是他這樣的心情從撫摸著光代手腕的動作傳了過來。

接下來去附近的賓館的話，可以共處兩個小時。但是接下來再回去長崎，抵達時都過了深夜一點了。就算立刻就寢，也只能睡上四個小時左右，然後祐一又要辛苦地去工作了。

就算只有兩小時也好，想要和他在一起。可是就算多一個小時也好，想讓祐一多睡一會兒。

「我家裡有妹妹在……」

光代忍不住說出這句話，被自己的話嚇了一跳。她從來不覺得妹妹珠代礙事。相反地，她總是擔心妹妹晚歸。

「要去賓館嗎……？」

祐一低聲問道。聽他的口氣，像是在擔心明天早上，感覺有點猶豫。

「可是現在去的話，你回家就太晚了。」

「……是啊。」

祐一的手指緊緊地握住變速桿。

「佐賀和長崎眞的好遠呢。」

光代忽地這麼呢喃，「啊，我不是那個意思。」她很快地搖搖頭說。

「……我不是那個意思，只是難得你來，卻沒有時間慢慢相處。」

「今天是平日，沒辦法啊。」

祐一死了心似地嘟囔。他的口氣有點冷漠，光代忍不住回嘴說：「你眞是認眞呢。」

「我不能請假。那是我舅舅的公司。」

「可是週末的話，我很難休息啊。像上次那樣連續兩天在一起，可說是很難得呢。」

光代有些壞心眼地說。瞬間，祐一的指尖鬆了下來。

光代心想：他是特地來見我的。他不是來聽我抱怨我們沒時間見面，而是辛苦工作結束之後，開了兩個小時的車程，特地來見我的。

「欸，你可以開到隔壁的停車場嗎？」

光代拉扯祐一無力的手指。

「店已經打烊了，也不會有其他車子來，可以慢慢聊天。把車子停在大樓後面的話，從馬路也看不見。」

聽到光代的話，祐一望向柵欄另一頭已經熄燈的西裝店停車場，立刻就要放下手煞車。

「啊，等一下，你還沒吃晚餐吧？我去那裡幫你買點什麼。」

光代急忙說道，祐一笑道：「不用了，我在高速公路的休息站吃了烏龍麵。我等不及了。」

車子開出速食店的停車場，駛進西服店「若葉」的停車場。車子繞到店鋪後面，四下一片黑暗，柵欄另一頭的田地裡，只有一塊被打亮的化妝品巨型廣告看板。

「這星期五我輪休，我去長崎找你好了。不過得當天來回。」

車子一停下來，光代便對還握著方向盤的祐一說。於是祐一把手伸過來，灼熱的手掌覆住她的耳朵和頸子。祐一什麼也沒說，吻上了她。光代一時慌亂，但祐一的身體轉眼間覆蓋了上來。光代閉上眼睛，委身於他。

離開停車場時已經超過十點了。雖然想要永遠擁抱在一起，但是不想讓祐一明天早上累得爬不起來的心情更加強烈。車子開出去以後，不需光代指示，就直接開往光代住的公寓。祐一靈巧地變換車道，接二連三超前其他車子。

「那大後天我搭巴士去長崎唷。」

光代把身體倚在完全熟悉的車子震動中說道。

「我六點下工。」

祐一催趕著前面的車子低聲說。

「既然難得去長崎，我上午過去，一個人觀光逛一下也好。我已經幾年沒去長崎市內了啊……？不過去年我跟妹妹他們去了豪斯登堡……」

「要是我能帶妳去玩就好了……」

「放心。我會去吃長崎什錦拉麵，再去逛逛教會……」

騎腳踏車要十五分鐘的距離，祐一只花了短短三分鐘就到了。祐一就像上次一樣，將車子開進沒鋪柏油的公寓附屬空地。

「啊，果然，我妹已經回來了。」

光代仰望亮著燈的二樓窗戶。

「……才剛見面而已，就……」

光代呢喃，祐一乾燥的嘴唇覆蓋上來。

「路上小心唷。」

光代把嘴唇貼在祐一的唇上說道。祐一也不離開，就這麼點頭。剎那間，光代覺得祐一好像想說什麼，「咦？」地抽開身體。但是祐一只是垂下了視線。

光代目送車子駛出公寓前。祐一把車子開出馬路後，再按了一下喇叭，轉眼間就開走了。

已經覺得寂寞了。已經想見他了。

光代站在原地，直到再也看不見那紅色的車尾燈。

是什麼時候去了？珠代和一個美髮師交往的時候，也說過一樣的話。約會才剛結束，就已經覺得寂寞了。已經想見對方，想見得不得了。當時光代不怎麼能夠理解那種心情，但是現在她瞭解了。不僅是瞭解，她甚至無法相信心中充塞著這樣的感覺，竟然能夠若無其事過日子。光代幾乎想要奔出去追上車子。她想當場坐下去放聲大哭。她甚至覺得只要能夠和祐一在一起，什麼事都辦得到。

◇

光代揮手的身影從車內後視鏡消失以後，已經開了多久？就在快到高速公路入口的十字路口處，車子被紅燈攔了下來。祐一從褲子後口袋裡取出錢包。裡面只裝著不到五千圓的現金。如果光代答應和他去賓館，不管回去的時間會變得多晚，他都打算開一般道路回長崎。幸好光代體恤他明天還要工作，祐一才能夠開上高速公路。

想見她，想見得不得了。儘管前幾天才剛認識，但是只要一天不見面，彷彿一切都會結束，祐一害怕極了。不管晚上講再久的電話，都無法抹除恐懼。一掛斷電話，就感到痛苦，覺得再也無法見面了。只要入睡，就會夢見光代不見。早上起來，就想立刻打電話，但是他沒有勇氣在早上五點打電話給光代，工作的時候也滿腦子只想著光代。工作一結束，他就再也按捺不住，一回神，已驅車前往佐賀的路上了。他早上沒有搭舅舅的廂型車，而是開自己的車子前往工地，或許那時候他就已經決定要去找光代了。

祐一等著遲遲不轉綠的號誌，雙手使盡全力敲打方向盤。如果旁邊沒有別的車子，他幾乎想就這樣把頭撞上去。

那個時候，還沒有被帶來外公外婆家，和母親兩個人住在市區的公寓裡。有一天母親突然說：「我們等一下要去找爸爸唷。」祐一高興地收拾東西，和母親一起搭上路面電車。母親說：「到車站之後再改搭火車唷。」祐一問：「很遠嗎？」母親回答：「非──常遠。」

路面電車很擠，母親抓著吊環，我抓著母親的裙子。電車一開動，坐在前面的男人便彼此推擠肩膀，低聲竊笑起來。他們好像在笑母親忘了剃的腋毛。母親羞紅了臉，用手帕遮掩腋毛。天氣很熱。每當擁擠的電車猛烈搖晃，母親的手帕移位，男人們便忍俊不禁。

到了JR車站後，我們換搭電車。母親在搖晃的路面電車裡拚命地遮掩腋下，她彷彿淋了一盆水似的已經汗流浹背。母親在擁擠的窗口排隊買車票的時候，我道歉說「對不起」。母親愣了一下，偏著頭微笑說「好熱呢」，用她的手帕幫我擦掉鼻頭上的汗水。

忽然，背後響起喇叭聲，祐一回過神來。他急忙踩油門，趴在方向盤上的身體反彈到座椅上。他內心驚惶不定，錯過了通往高速公路入口的車線，就這麼穿過了高架橋。

他放慢速度，預備在下一個號誌迴轉。他想要轉換心情而打開收音機，傳來當地的新聞節目。祐一大大地迴轉一圈。剛才錯過的高速公路入口就在眼前。

「播報下一則新聞。本月十日凌晨發生在福岡縣與佐賀縣交界處三瀨嶺的殺人命案中，被列為重要關係人而遭到通緝的二十二歲男子，昨晚在名古屋市內的三溫暖店員通報下，遭到趕至現場的警方拘捕，並且立刻移送警局，目前正在接受警方偵訊。一有最新情報，我們將在十一點的新聞為您播報。」

新聞結束後，接著是保險的廣告。車子準備切進高速公路入口，祐一方向盤回正，用力踩下油門。由於祐一的車子突然插進來，後面的車子猛按喇叭。祐一不理會，逕自繼續踩油門，超過前方另一輛車子後，他總算放慢車速，在自動販賣機佇立的路肩停下。

收音機傳來懷念的聖誕歌曲。祐一立刻轉換頻道，卻沒有其他節目播報三瀨嶺的命案後續。

車子停在路肩，祐一抱住方向盤。大卡車緊貼著穿過旁邊，車體被風壓吹得略微浮升起來。

祐一用力搖晃手裡抓住的方向盤。就算搖晃，方向盤也紋風不動。祐一再一次搖晃。他越是使勁搖晃，晃動的越不是方向盤，而是自己的身體。

那傢伙被捕了。在逃的那傢伙被捕了。把石橋佳乃帶到三瀨嶺的那個男的今天在名古屋被捕了。

不知不覺間，祐一如此呢喃著。他一邊呢喃，卻不知為何一邊想起了過去和母親一起去見父親時的情景。在路面電車裡嘲笑母親腋毛的男人。母親在擁擠的售票口為自己擦拭鼻頭汗水的表情。他不明白為何此時會想起當時的事。只是就算他想遺忘，也無法揮去浮現的情景。

兩人搭乘路面電車前往ＪＲ車站，在那裡改搭電車。母親讓我坐在窗邊的座位，在一旁打瞌睡。

父親剛離開的時候，母親幾乎每晚哭泣。我不安地坐在母親身邊，母親便摸著我的頭說：「把討厭的事全都忘光吧。一起把所有的事忘光吧。」說著說著，哭得更大聲了。

我和母親一起搭乘電車，從窗戶可以看見大海。我們坐的是靠山的座位，靠海的座位坐著一對戴相同帽子的小學生兄弟，還有他們的父母。我伸長了脖子想要看海，結果正在打瞌睡的母親醒了，按住我的頭說：「喏，乖乖坐好。很危險。」還說：「到了之後，有讓你看不完的海。」

不曉得到底坐了多久，回過神時，才發現我也和母親一樣打起瞌睡來了。

「喏，到了。」手突然被抓住，我昏昏沉沉地下了電車。從車站又走了一會兒。最後抵達的目的地是渡輪場。

「我們要從這裡坐船過去唷。」

母親說道，指著對岸。

渡輪場的停車場停了許多車子。母親告訴我，這些車子也都是要搭渡輪到對岸去的。

就像母親在電車裡說的，眼前是一片汪洋大海，遠處對岸的燈塔看起來很小一座。那是我生平第一次看到燈塔。

口袋裡的手機響了起來。祐一仍然坐在停在路肩的車子裡，雙手緊握著方向盤。

卡車還是一樣從旁駛過。每當卡車經過，車體就被風壓吹得浮升起來。

祐一取出手機。是「家裡」打來的。他接起電話，聽得出外婆有些驚惶失措：

「祐、祐一嗎？你現在在哪裡？」

感覺上身邊有人，外婆一邊向那個人確認，一邊講話。

「幹嘛？」祐一問道。

「警、警察現在在家裡。」

外婆努力故作開朗，聲音卻在發抖。

「你在哪裡？你很快就會回來吧？」

又一輛卡車穿過旁邊。祐一掛斷電話。幾乎是下意識的反射性動作。

◇

這樣啊。祐一還記得那個時候的事啊……。那個時候，祐一是五歲還是六歲去了……。我一直以爲祐一老早就忘記了。我之前也說過了，祐一在我這裡工作以後，我更把他當成自己兒子了。而且最近他工作都學會了，好像也打算去考起重機執照了。

仔細想想，就是因爲那件事，祐一才會住到外公外婆家的。這樣啊……。祐一到現在都還以爲那是要去找爸爸啊。眞教人難過。其實那時候他是被母親給拋棄了呢。

我不知道祐一是怎麼說的，不過那個時候，祐一的媽已經無可救藥了。她不顧親朋好友的反對，硬是要跟那個窩囊廢的男人混在一起，沒多久就生下了祐一。到這裡還好，可是不到三年，那個男的就丟下兩個人跑掉了。我不是在幫祐一的媽說話，不過當時她在酒店上班，可能也是想要靠自己養活祐一吧。只是事情哪有那麼容易？在那種地方上班，馬上就被壞男人給盯上，兩三下錢就被撈光了，到最後還生了病……。要是打通電話給老家的媽說一聲就好了，她連這都做不到。最後沒有人能夠依靠……

那一天，她可能是真的走投無路了吧。明明不曉得男人在哪裡，卻騙祐一說要帶他去見父親。

那一天，祐一被丟在渡輪場，結果就這麼一個人乖乖地待到隔天早上。祐一的媽說要去買票，就這麼跑掉，祐一就躲在渡輪場的碼頭柱子後面，一直靜靜地等到早上。

聽說隔天早上工作人員發現祐一的時候，他還是不肯離開。聽說還咬了那個人的手，說：「媽媽叫我在這裡等！」

祐一的媽丟下他的時候，好像跟他說：「看得到對面燈塔吧？」「你在這裡看著那個燈塔唷。」「媽很快就會買票回來了。」

結果一個星期後，祐一的媽才有了聯絡。她說她本來打算去自殺的，但我完全不相信。結果後來鬧上兒童諮詢所跟家庭裁判所，阿姨姨丈收留了兩人，接著沒多久，祐一的媽又有了新的男人，就跑掉了。

可是啊，母子真的是很不可思議哪。

大概正好是祐一到我這裡工作的時候吧，有一次我不經意地問他：「你媽都沒有聯絡嗎？」那個時候姨丈的身體變糟，我是心想如果有了什麼萬一，還是得叫祐一的媽回來參加喪禮，可能是心裡這種想法不小心洩露出來了吧。

我一直以爲祐一的媽有了男人，離家以後，就音訊全無。事實上阿姨跟姨丈也說「她只有每隔幾年會偶爾想到似地寄賀年卡回來，可是每次賀年卡上的地址都不一樣……可能每次交往的男人也都不同吧。」

所以當我問祐一「你媽都沒有聯絡嗎」的時候，我也以爲祐一會點點頭，話題就這麼打住。沒想到他竟然說：「你說外公的事嗎？我已經告訴她了。」

「告訴她？……你跟你媽有聯絡嗎？」

「偶爾會一起吃飯。」

「偶爾……？」

「一年大概一次。」

「外婆他們知道嗎？」

祐一搖搖頭說：「不知道。」喏，阿姨經常自負，是她將祐一扶養長大的，祐一可能也不好跟她說吧。

「你見到你媽，不覺得生氣嗎？」

我忍不住問祐一。因爲他媽也沒好好給他東西吃，還把他丟在渡輪場，最後還塞給外婆養，就這麼不聞不問。可是祐一卻說「不生氣」。他說：「我跟我媽沒那麼親，親到會生她的氣。」

「你媽現在在哪裡做什麼？」我這麼問，祐一說：「在雲仙的旅館工作。」那已經是三、四年前的事了。

祐一好像偶爾會開車去見他媽。我問他：「你們兩個都聊些什麼？」祐一說：「也沒聊什麼。」

老實說，我不打算原諒祐一他媽。我到現在都還是會想起祐一被丟在渡輪場的樣子。不只是我，姨丈、阿姨，所有的親戚都這麼想。只是眞的很不可思議，祐一本人好像老早已經原諒他的母親了。

◇

目送祐一離去後，光代在公寓的戶外階梯上坐了好一會兒。堅硬的水泥讓臀部變得冰冷，一樓的房間傳來年輕男子哄嬰兒的聲音。

光代終於禁不住冷，往二樓的房間走去。她打開門鎖，說了聲「我回來了」，廁所裡傳來珠代的聲音說：「妳加班嗎？」光代含糊其辭地應道「啊，嗯」，脫下鞋子。經過走廊，來到客廳，桌上擺了一個吃剩的盤子，本來裝的好像是焗烤。

「妳自己做的嗎？」

光代朝廁所出聲，但沒有回應。

她打開紙門，走進作爲寢室的三坪大房間。祐一已經上了高速公路了嗎？她不經意地走向窗邊，拉開蕾絲窗簾。一隻野貓跑過剛才目送祐一離去的地方。就在這個時候，一輛車子猛地從大馬路開過來，後輪幾乎要空轉地衝進那裡。一瞬間，本來正要跑進垃圾集中場的野貓被蒼白的車燈給照亮了。

光代忍不住握緊雙手，心中大叫：「危險！」車子差點撞到垃圾集中場的塑膠筒，岌岌可危地停了下來。野貓縮起了身體，在蒼白的車燈中回過神似地逃了出去。

「祐一……？」

衝進來的無疑是祐一的車子。蒼白的車燈照亮了野貓跑掉的空地。

光代下意識地拉上窗簾，急忙跑向玄關。因爲跑得太急，腳跟遲遲未塞進鞋子裡。她接著拿起放在地上的皮包，廁所傳來珠代悠哉的聲音：「妳要去哪裡？」光代沒有回話，衝出玄關。

從公寓的樓梯上光代看見黑暗的車子裡，祐一正趴在方向盤上。車燈照著骯髒的塑膠桶。

光代就要走下樓梯，卻忍不住停下腳步。她覺得眼前的情景是幻覺。她懷疑是想見到祐一的心情讓她看到了這樣的幻影。

但是她還是慢慢地走近，腳下的沙礫沙沙作響。光代敲了敲駕駛座的車窗。才一敲下去，祐一就全身一震，坐了起來。「怎麼了？」光代無聲地問道。祐一看著她的嘴唇，眼神彷彿注視著非常遙遠的別處。

光代再一次敲窗。她一邊敲，一邊露出：「怎麼了？」的眼神，而祐一回應似地別開視線。光代再度敲窗。祐一握著方向盤，垂著頭，一會兒慢慢地打開車門。光代往後退了一步。

祐一下車，一語不發地站在光代面前。光代仰望他的臉，再次問道：「怎麼了？」

一輛車駛過馬路。路肩的雜草被風壓吹得亂顫。就在這個時候，祐一突然緊緊抱住了光代。因爲實在太突然，光代短促地尖叫了一聲。

「要是我早點遇到妳就好了。要是早點遇到妳，就不會變成這樣了……」

祐一的聲音從抱緊光代的胸膛傳了過來。

「咦？」

「妳願意上車、願意上我的車吧？」

「咦？」

「叫妳上我的車！」

祐一突然大叫，拉扯光代的手，繞到副駕駛座。

「你、你怎麼了？」

由於事發突然，光代忍不住後退，被拖拉的後腳跟埋進沙礫裡。

「別管那麼多，上車！」

祐一幾乎抱起了光代，打開副駕駛座的車門。風從兩側打開的車門穿過車內，被暖氣烘暖的空氣流瀉出來。

「等、等一下。」

光代抵抗。她不是不想上車，只是希望祐一至少給她一句解釋。

「你、你怎麼了嘛？喂？」

光代被粗魯地推進去，她抓住祐一的手。祐一的口吻非常不客氣，動作也很粗魯，她卻覺得祐一顫抖的手脆弱無比。

祐一把光代推進副駕駛座，關上車門，繞到駕駛座去。他幾乎是連滾帶爬地坐上車子，氣喘吁吁地放下手煞車。手煞車一解除，輪胎轉動噴挖著地面的沙礫，猛速發車。車子奔出公寓前的空地，緊急左轉。車子左轉出去的瞬間，差點迎面撞上對向來車，光代又驚呼出聲。

車子在千鈞一髮之際閃過對向來車，在一直線穿過田地的黑暗道路上加速前進。

◇

房枝熄掉寢室的電燈，坐到被子上，然後靜悄悄地爬到窗邊。她用顫抖的手稍微掀開窗簾。窗外有片磚牆，好幾塊磚頭已經掉落，從那裡可以窺見小徑。剛才還停在那裡的警車已經不見了。取而代之地，一輛黑色轎車停在那裡，車裡亮著燈，年輕的便服刑警正用手機和什麼人聯絡。

約一個小時前，房枝打電話給祐一。當時除了附近的派出所警察外，還有兩個便服刑警在場。老實說，一切都來得太急，房枝只能夠照著吩咐打電話給祐一。打電話之前，刑警忠告她不要告訴祐一他們在這裡，但房枝還是忍不住說出「警察來了」。祐一一聽到，立刻掛斷了電話。

一切有如晴天霹靂。一直被認定是兇手的福岡大學生其實不是兇手。但是就算那個大學生不是兇手，房枝也不明白刑警爲何要來這裡。

「祐一跟這件事沒關係。」

房枝一次又一次顫抖地說，刑警們卻堅持：「總之妳打電話到他的手機。」房枝忍不住告訴祐一警察來家裡的時候，男人們因爲憤怒和失望而面露猙獰。他們一定覺得房枝是個沒用的老太婆，他們的表情就和強迫推銷中藥的男人一模一樣。就像那些不耐煩地逼迫著「快給我簽名」的男人一樣。

房枝放開稍微打開的窗簾。這一帶總是只聽得見浪濤聲，此時卻有好幾個非本地人在外頭徘徊，就算關上窗戶、拉上窗簾，也感覺得到那股氣息。

房枝拉上窗簾，背靠著牆蹲坐下去。靠著牆，她才感覺到自己抖得有多厲害。她覺得要是就這麼待著不動，會越抖越厲害，最後昏厥過去。被捕的福岡大學生似乎沒有殺害祐一的女性朋友。大學生的確把她帶到山上去了，但是接下來的事實卻不吻合。大學生讓女子上車前，女子在一個叫東公園的場所和一個開著長崎車號汽車的男子見面。那個男的據說長得很像祐一。

房枝爬也似地來到走廊，前往放電話的廚房。地板冰得手掌好痛。

房枝在伸手不見五指的廚房裡，把電話從架上拿下來抱在懷裡。她拿起話筒，以顫抖的手指撥電話到憲夫家。鈴聲響了很久，才傳來憲夫睏倦的聲音。

「喂？我是房枝。你睡了嗎？」

房枝急急地說道，憲夫似乎不太高興。

聽到房枝的聲音，電話另一頭的憲夫聲音變得緊張，問道：「姨丈怎麼了嗎？」

「不是……」房枝說。

但是她卻說不出下一句話，而且他察覺，房枝正在啜泣。

「怎麼了？發生什麼事了？」

憲夫在話筒另一頭喊著。可能是睡在一旁的妻子醒來了，傳來憲夫說明的聲音：「……是清水家的阿姨。我也不知道……不，她說不是姨丈。」

「祐一不回來……」

房枝吸著鼻涕，只說了這句話。

「祐一？不回來？他去哪裡了？」

「……不知道。我也不曉得爲什麼，可是警察來了。」

「警察？祐一發生意外了嗎？」

「不是，我也不知道怎樣了……」

「什麼不知道……」

「我打電話給祐一，說警察來了，祐一就把電話掛掉了……。和祐一應該無關，他卻把電話掛掉了……」

憲夫聽著房枝哭哭啼啼地說著，看著妻子實千代從被窩裡爬出來，披上睡袍。

「總之我馬上過去。用電話講也講不清楚。聽好了，妳要待在家裡啊。我開車馬上就到了。」

憲夫說完這些，逕自掛斷電話，對擔心的實千代呢喃說：「祐一好像捅出什麼簍子了。」

「小祐做了什麼？」

「不知道。可能是打架之類的吧。外婆邊哭邊講，說得不清不楚的。」

憲夫站起來，點亮日光燈。牆上的時鐘已經超過十一點半了。憲夫脫掉睡衣，扔在凌亂的被子上，拿起摺好放在枕邊的工作服。暖爐直到剛才都還開著，但是脫到只剩下內衣，還是冷得教人直打哆嗦。

「我不知道發生了什麼事，可是你千萬不可以打小祐啊。那孩子只剩下我們可以依靠了，我們得站在他這邊才行……」

實千代一邊幫忙憲夫穿衣服，一邊說道，憲夫對她回叫：「我知道啦！」是打架鬧事還是交通意外？憲夫連外套的鈕扣都沒扣好，就跑了出去。

憲夫跳上工作用的廂型車，開往祐一家。縣道很空曠，沿海的道路號誌是成排的綠燈，教人爽快。

憲夫有一種不祥的預感。又不是住院的外公死掉了，卻有股近似沉重的激昂包圍著全身。

不管是打架還是意外，如果祐一受傷，明天工作就得休息了。雖然還不曉得究竟是什麼狀況，但或許趁早聯絡吉岡和倉見比較好。明天要他們自各前往工地，再打手機指示他們工作細節就行了。

正當憲夫擔心著明天的事時，車子已經進入祐一居住的漁村了。沐浴著月光的港內風平浪靜，繫留的漁船甚至沒有隨波擺蕩。但是總是空蕩蕩的碼頭停了三、四輛陌生的車子，明明已經三更半夜了，卻有幾個人影站著談話。憲夫放慢車速，駛進碼頭。車燈照亮漁船，站在碼頭的制服警官以及疑似擔心地出來探視狀況的居民浮現出來。

憲夫停下車子，關掉車燈，居民就像岩礁上的海蟑螂似地聚集過來。憲夫忍不住心頭一凜，打開車門，衝出外面。

「哎呀，憲夫！」

最先出聲的是町內會長，他冷得縮起脖子，靠過來問：「怎麼了？祐一怎麼了嗎？」另一頭有人對警察說明「那是祐一的舅舅」，獲得說明的年輕警員急忙跑過來問：「咦？剛才沒有警察去府上嗎？」憲夫說「沒有」，搖了搖頭。「我接到我阿姨的電話，馬上趕過來了。」

「哎呀，這樣啊，那是錯過了嗎？」

「我太太還在家裡……」

警官朝著停在遠處的警車叫道：「嫌疑犯的舅舅來了！」警車的車門打開，帶著雜音的無線訊號與近處的波浪聲混合交疊。

「可以請教你幾件事嗎？祐一在你那裡工作對吧？」

不知不覺，憲夫被刑警和居民給包圍了。

「總之，我可以先見見我阿姨嗎？」

憲夫毅然打斷警察的問話。

◇

隔天早上，光代在沿途的其中一家便利商店領了三萬圓。高中畢業後十年，她一點一滴地存了一小筆積蓄，但是全都拿去定存了，所以活期存款裡只有足夠暫時之需的金額，領出三萬圓以後，餘額就所剩無幾了。

光代把三萬圓放進錢包裡，在櫃台買了兩瓶熱茶和三個飯團。付錢的時候她望向外面，車子停在稍遠處，祐一正從車子裡目不轉睛地盯著便利商店方向看。

光代走出便利商店，雙手拿著熱茶跑向祐一的車子。祐一打開車窗，光代把兩瓶茶都遞給他，然後拿出手機，打電話聯絡公司。

接電話的是店長大城。光代滿心以為會是同事水谷和子接電話，一時慌了手腳，但她很快地裝出陰鬱的聲音說：「啊，不好意思，我是馬込。」

家父突然生病，不好意思，我今天想要請假。光代流暢地說出事前準備好的說辭。

「啊，這樣啊，不要緊吧？」

店長冷淡的聲音傳來。

「……哦，其實啊，上次來面試的女孩子，我決定今天下午開始讓她上班了。所以我想讓休閒服飾區的霧島移到西服區……」
光代打電話來請假，店長卻聊起了人事。
「可是啊，生病要是拖得太久就麻煩了哪。店裡又碰上歲末拍賣的時期……。總之，瞭解狀況後，就打個電話過來吧。」
店長只說了這些，就掛斷了電話。光代是懷著歉疚的心情打電話的，店長的應對卻冷淡極了，老實說，她覺得有點沒被放在眼裡。
光代只在外頭站了短短幾分鐘，但因吹過寬廣停車場的寒風，手指都凍僵了。坐上副駕駛座後，祐一馬上把熱茶遞給她。
「我打電話說今天要請假。」光代微笑說。祐一只是道歉：「對不起。」
昨晚車子駛出公寓前，穿過交流道後，恰好沿著高速公路往武雄方向開去。原本平坦的道路逐漸出現起伏，來到山路入口處後，祐一依然一語不發。
「欸，要開去哪裡呢？」
車子開出去以後，已經過了十五分鐘，心情也慢慢平復下來，於是光代這麼問道，但是祐一依然不回答。
「你的車子好乾淨唷。是你自己打掃的嗎？」
光代無法忍受沉默，撫摸一塵不染的儀表板說。被暖氣吹暖的儀表板觸感讓光代想起剛才緊緊擁抱自己的祐一體溫。

「假日的時候沒事情做……」

開車過了將近二十分鐘，祐一好不容易總算開口，說的卻是這樣一句話。光代忍不住笑了出來。那麼蠻橫地把她帶走，卻正經八百地回答這種問題。

「有時候我會讓店裡前輩的先生開車載我回家，不過他們家的車子簡直就像垃圾堆。每次聽到他們說『上車、上車』，我都會想『這是要叫人家坐在哪裡啊？』」

光代說著，笑了起來。但是往旁邊一看，祐一的表情仍然沒有變化。

車子經過一個小村落，即將駛進昏暗的山路時，祐一突然決定停車。車子放慢速度，慢慢地開向路肩，只聽見輪胎壓上沙礫沙沙作響。護欄只有一處中斷，前方有一條只有小型車開得上去的未鋪設道路一直延伸到山裡。

祐一開著引擎，只關掉車燈。瞬間，擋風玻璃前方的世界消失不見了。光代不曉得該看何方，只好望向祐一。於是祐一的身體覆蓋了上來。

「等、等一下……」

可能是被手煞車擋到，感覺得出祐一正不耐地尋找放手的位置。座椅被放倒，光代忍不住併攏順勢就要打開的雙腿。

祐一覆蓋上來，從嘴唇到下巴、脖子，不斷粗魯地親吻著。光代的身體深深地陷在座椅裡，感覺好像被綁住了。光代望向窗外。從放倒的座椅上看得見漆黑的森林彼方的夜空。今晚的星星很多。

光代慢慢推開不斷粗魯親吻的祐一胸膛。即使如此，祐一還是緊緊抱上來，於是光代溫柔地輕拍他的胸膛。祐一的手臂瞬間鬆開了。

「你怎麼了？」光代問道。

兩人近得光代的氣息可以直接吹進祐一的嘴裡。

「我不知道發生了什麼事，不過你放心。我會一直陪著你的。」

這不是事先預備好的話，光代卻流暢地說了出口，連她自己都感到吃驚。光代的話語似乎滲進了祐一的肌膚裡，在連路燈都沒有的山路路肩上，孤伶伶地停在一旁的車子裡，只存在著光代的話語和祐一的肌膚。

「如果你不想說，不用說也沒關係。我會等到你想說的時候。」

光代慢慢地推開祐一的身體。祐一順從地挺起上身，「我不知道該怎麼辦才好……」他低喃著。

「我本來想就這樣回去的。可是我覺得要是就這麼分手，就再也見不到妳了。」

「所以你才折回來嗎？」

「我想跟妳在一起。可是我不知道要怎麼樣……才能跟妳在一起。」

光代收回椅背，撫摸祐一的耳朵。車子裡一直很溫暖，祐一的耳朵卻冰得嚇人。

「我應該要那樣開上高速公路回家的。可是我突然想起以前的事。」

「以前的事？」

「小時候，我媽曾經帶我去見我爸……就是那個時候的事。」

祐一毫無防備地讓光代撫摸耳朵，說到這裡卻噤聲了。光代知道祐一內心藏著某些問題。她非常渴望知道，可是她也覺得要是知道了，祐一就會消失不見了。光代摸著祐一的耳朵說：「我們在一起吧。」

一輛車子穿過旁邊，車燈照亮了擋風玻璃另一頭的漆黑世界。延伸至遠方的護欄白得發亮，近乎刺眼。

「欸，我們今晚找個地方住宿，然後明天蹺班，一起去兜風吧？」光代說。「我們連呼子的燈塔都還沒去過呢。喏，上次也是，結果都一直待在賓館裡。」

祐一一直被撫摸的耳朵慢慢地恢復了熱度。

◇

石橋佳男坐在分隔理容店和住家的入口平台上，望著沐浴在冬陽下的大馬路。女兒的喪禮已經結束好幾天了，店門卻連一次也沒有開過。就算永遠悲傷下去，也不能過活，而且現在是年底，平常的話，是生意最好的時候。但是每當佳男想要開店，身體就會頓時虛脫無力。就算開店，或許也不會有客人上門。就算有客人，一定也會小心翼翼地應對他。

佳男再一次奮力想要從平台上站起來。只要往前走出幾步，打開那道門鎖，走到外面，把招牌的插頭插上，一如往常的日常應該就會開始。可是就算開店，佳乃也不會回來了。

佳男再次坐了下去，直盯著腳邊看，突然聽見有人在敲玻璃門。他抬起頭，曾經來參加喪禮的當地警署的刑警正把臉貼在玻璃上望著裡面。

佳男再次深深嘆息，拖著沉重的步伐，幫刑警開門。

「不好意思，一早就來打擾。」

刑警突兀地大聲說道。

「不，我也正想差不多該開店了。」佳男冷冷地回答。

「哦，其實啊，我想你應該在昨天的新聞看到了，那個大學生已經找到了。」

刑警說得太若無其事，佳男差點「哦，這樣」地回話，急忙厲聲大叫：「咦？你說什麼？」

「哦，就是那個大學生在名古屋找到了……」

「爲、爲什麼不立刻告訴我！」

「哦，因爲昨晚在署裡偵訊了很久，我們想說整理好頭緒之後再跟你聯絡。」

佳男有不好的預感。那個大學生找到了，表示殺害佳乃的兇手總算抓到了，然而眼前的刑警卻絲毫沒有破案的興奮。

忽地，佳男感到背後有道視線，回頭一看，妻子里子正四肢跪地，把臉探向這裡。

「太太也在啊。哦，其實啊，從那個大學生的話還有現場的狀況來判斷，兇手似乎另有其人。不過的確是那個大學生把令嬡帶到三瀨嶺去的。」

彷彿不想讓佳男等人插口，刑警連珠炮似地說。

不知不覺間，跪著從客廳探出頭來的里子來到入口平台跪坐下來。「什、什麼意思？那個大學生不是兇手？」佳男手裡拿著工作穿的白色制服，向刑警問道。

「你不能告訴我們詳情嗎！」

佳男一副隨時都要揪住刑警衣襟的模樣，里子握住他的手。

「哦，事實上，令嬡的確是搭那個大學生的車子去了三瀨嶺。那個大學生碰巧在令嬡住的宿舍附近的公園遇到她。」

「什麼碰巧？我女兒不是跟那個男的約好見面嗎？」

「哦，增尾說……哦，就是那個大學生，他說令嬡是跟別人約好見面，兩人是碰巧在那裡遇到的。」

「誰？是誰？我女兒是跟誰見面？」

「警方現在正在調查。透過那個大學生的證詞，我們鎖定了一個嫌疑犯。外貌和車種都符合。」

「那佳乃呢？佳乃是怎麼了！」

佳男又吼了起來，里子撫著他的背，神情嚴肅地盯著刑警。

「令嬡和那個大學生到三瀨嶺兜風去了。然後好像在那裡發生了口角，所以那個男的就把令嬡給……」

「把我女兒給……？」

反問的不是佳男，而是里子。

「嗯，他好像硬是把令嬡趕下車了。」

「在沒有人的山上把她趕下車？爲什麼……」

里子差點哭出來，這次換成佳男撫摸她的肩膀。

「要令嬡下車的時候，好像發生了一點爭執。大學生推擠令嬡的肩膀，把她的脖子……」

里子無法忍耐，發出微弱的嗚咽。

「……當然，我們嚴厲地訊問了那個大學生。好好一個大男人，卻哭哭啼啼的，眞是窩囊極了。可是令嬡的脖子上留下來的手印，比那個大學生的手大上許多，完完全全地不同。幾乎就像大人跟小孩的手那樣，差了這麼多……」

刑警說到這裡，沒了下文，佳男瞪住他說：

「那我女兒是跟誰約在那裡？不要瞞我，告訴我。是在那個什麼交友網站……」

佳男說不下去。

刑警大致說明完後，佳男送他離開，在理髮椅上坐了下來。里子跪坐在平台上，握緊雙拳哭泣著。

爲女兒被殺而哭泣，爲抓不到兇手而哭泣，這次又得知兇手其實是無辜的，還是哭泣。

刑警說，佳乃好像和一個開白色轎車的金髮男子約在東公園。但是佳乃卻騙公司的同事說她要去見一個叫增尾的大學生，和她們分手了。不僅如此，佳乃明明和那個男的約好了，卻只說了兩三句話就分手，坐上了偶然遇到的增尾的車子。

佳乃無疑是自己和里子養大的女兒，但是當晚的狀況不管再怎麼聽，佳男都無法把女兒的臉重疊上去。他總覺得好像有個陌生的女人假裝成佳乃做出了那些事。

聽說兩人到了三瀨嶺後，在車子裡發生了口角。雖然不知道是爲何爭吵，但是那傢伙把我的女兒從車子裡踢了出去。在那漆黑的山上，把我的女兒踢出去了。

刑警說目前還不清楚後來發生了什麼事。但是在東公園約好和佳乃見面的男人很可能知道些什麼。

佳男一直以爲那個大學生就是兇手。他也曾經發誓，如果找到那個大學生，要親手殺了他。好幾個夜晚，他發誓要在別府和湯布院從事觀光業的那傢伙的父母面前親手殺了他們的兒子，才總算能夠入睡。

不知不覺間，佳男祈禱著那個大學生就是兇手。若不是這樣，女兒等於是被一個陌生的男人、而且是在下流可疑的地方認識的男人給殺死了。我的女兒不可能是電視和雜誌上胡亂報導的那種女人。我的女兒只是碰巧和愚蠢的大學生交往，被男方給殺了。我的女兒不可能跟平日在電視和雜誌上看到的那些令人作嘔的年輕女孩一樣。因爲佳乃是我和里子萬般呵護養大的女兒。我們這麼寶貝地養大的女兒，不可能會變成被電視和雜誌嘲笑的那種女人。

佳男目不轉睛地瞪著前面的鏡子，猛地將手裡緊握住的白衣砸了上去。他以幾乎要打破鏡子的勁道扔出衣服，白衣卻只是輕飄飄地攤開，撫摸似地滑過鏡子。

佳男站起來，衝出店裡。要是待著不動，他可能會嘶吼出來。半關的門裡傳來里子叫喚著「老公」，但是佳男已經衝出去了。

◇

祐一的車子穿過唐津市內，駛在通往呼子的馬路上。往背後流去的景色不斷轉換，但是不管再怎麼行駛，前方都沒有終點。國道到了盡頭，就連接到縣道，穿過縣道的話，就通往市道或町道。光代拿起放在儀表板上的道路地圖。她隨手翻頁，整面都印刷著五顏六色的道路。橘色的國道、綠色的縣道、藍色的地方道路、白色的小巷。光代覺得畫在這上面的無數道路就像網子緊緊地纏繞住自己和祐一搭乘的這輛車子。她只是蹺班和心上人一起兜風而已，然而不管再怎麼逃，道路都會追趕上來。不管再怎麼跑，道路都會連結到某處。

光代像要趕走不好的感覺似地，「啪」地闔上地圖。祐一聽到聲音，瞥了一眼，光代搪塞說：「在車子裡看地圖會想吐呢。」祐一答道：「我知道去呼子的路怎麼走。」

今早離開賓館後，兩人在附近的便利商店買了飯團，祐一吃完後，光代問他：「你不用聯絡公司請假嗎？」但是祐一只是搖搖頭說「不用」，不肯正視光代。

也不算是代替祐一，光代打電話給妹妹珠代。珠代已經去上班，她似乎很擔心昨晚回家後又立刻出門，就這樣沒有回家的姊姊，「太好了，要是妳今天再沒有聯絡，我就要打電話報警了。」珠代傳來放心又像生氣的語氣。

「對不起啦，其實發生了一點事。啊，可是也不是什麼大不了的事啦。總之妳不用擔心。我回家後再告訴妳。」

「回家後？妳今天會回來吧？」

「對不起，還不知道。」

「不知道……？我剛才打電話到妳公司了。我本來想說妳可能去上班了。沒想到水谷姊接電話，跟我說『請令尊多保重』，我是配合妳的說詞啦。」

「對不起，謝謝唷。」

「欸，發生什麼事了嗎？」

「也沒有什麼事……怎麼說，就突然很想休息。妳有時候也會吧？喏，妳當桿弟的時候，不是常常裝病請假嗎？」

祐一握著方向盤，靜靜地聽著光代講電話。

「眞的只是這樣嗎？」

珠代半信半疑地問，光代斬釘截鐵地說：「對，只是這樣而已。」

「那這樣就好……欸，妳現在在哪裡？」

「現在唷，在兜風。」

「兜、兜風？跟誰？」

「誰唷……」

光代並沒有意識到，但她回答的音調有點撒嬌的感覺。珠代聞言，似乎明白了什麼，揚起聲音問：「咦？騙人！什麼時候！」

「反正我回去再跟妳說啦。」光代說。

車子正好進入呼子港，好幾家攤販並排在一起，路邊吊著許多烏賊乾。

珠代還想問出眞相，但光代打斷她，逕自掛斷電話。掛電話時，珠代詢問「是我知道的人嗎」，但光代只回了一句「再見」。

把車子停在港口裡面的停車場後，兩人走出車外，海上吹來的冰冷海風撲了上來。停車場附近也有攤販，許多吊烏賊乾被海風吹得晃動亂轉。

光代打了個大大的哆嗦，指著海邊一家民宿兼餐廳的建築物，對走下駕駛座的祐一說：「那家店眞的很好吃。」

「咦？」

祐一沒有回話，光代回頭看他，結果祐一突然低語：「謝謝妳。」

光代按住被海風吹亂的頭髮。

「謝謝妳今天陪我。」

祐一將車鑰匙緊緊握在掌心。

「我昨天也說過了啊，我會一直陪著你的。」

「謝謝。……我們去那裡吃烏賊，然後開車去燈塔吧。雖然只是座小燈塔，不過在一座風景很棒的公園頂端，光走到那裡，就讓人感覺心曠神怡了。」

祐一在車子裡幾乎不發一語，此時卻突然決堤似地滔滔不絕起來。

「呃，嗯……」

祐一丕變的態度讓光代禁不住啞然失聲。一對年輕的情侶開車進入停車場。光代抱住祐一的手臂，讓到一旁去。

「那裡只有烏賊料理嗎？」

祐一彷彿一切看開似的，朗聲問道。「啊，嗯。」光代吃驚地點點頭，對他說：「起初是烏賊的生魚片，然後腳會用炸的或是做成天婦羅……」

時間還不到十二點，店裡卻已經擠滿了人。一樓的座位圍繞在巨大的魚池邊，目前已經客滿，光代對穿著日式圍裙的大嬸說：「我們兩位。」於是大嬸推著他們的背說：「請上二樓。」

兩人走上樓梯，脫掉鞋子，穿過吱咯作響得厲害的走廊，被帶往有一道面海大窗的大廳。不久這裡可能就會坐滿，不過現在還沒有客人，老舊的榻榻米上並排著八張桌子。光代毫不猶豫地選了靠窗的桌位。祐一坐在對面，目不轉睛地望著擴展在眼前的一片漁港風景。風平浪靜的海港裡，幾艘釣烏賊船並排停著，堤防遙遠的彼端是冬日下的海洋，只見翻騰的白色浪頭。就算窗戶關著，撲上碼頭的波濤聲仍不絕於耳。

「比起一樓，這裡的風景比較好呢。真是賺到了。」

光代用熱毛巾邊擦手邊說，祐一問道：「妳以前來過嗎？」「我跟妹妹他們來過幾次，可是都是坐一樓。一樓有活魚池，也滿不錯的。」

大嬸送來熱茶，光代點了兩人份的定食。點完餐後，往外頭望去，祐一喃喃自語地說：「感覺和我家附近很像。」

「啊，對唷，你家在港鎮嘛。」

「也不算是港鎮，跟這裡一樣，只是個漁村吧。」

「真好。我最喜歡這種景色了。雜誌什麼的不是經常介紹博多還是東京的時髦餐廳嗎？可是我每次看到上面介紹的海鮮料理，都覺得那一定只有價錢貴得要命，呼子這邊的烏賊絕對比較好吃。」

「可是女孩子不是比較喜歡那種時髦的餐廳嗎？」

「我妹就很想去天神那裡叫什麼的法國餐廳。可是我比較喜歡這種地方。或者說，這裡的絕對比較好吃嘛。可是電視什麼的都說這種店是B級美食。我最討厭那種節目了。因為不管怎麼想，這裡的材料都才是A級的。」

光代一股作氣地說完。工作蹺班，得到一整天的自由，她不知不覺興奮了起來。她忽地往正前方一看，祐一正肩膀顫抖，眼睛通紅。光代慌忙問道：「怎、怎麼了？」

祐一在桌子上緊緊握拳，抖得幾乎要敲出聲音來。

「……我……我殺了人……」

「啊？」

「……我……對不起。」

光代一時半刻不明白祐一說的話，隨即驚愕地反問：「咦？你說什麼？」祐一垂著頭，只是在桌上緊緊地握拳，沒有再繼續說下去。他眼眶泛淚，肩膀顫抖，只說了「我……我殺了人」，就再也沒有進一步說明。廉價的餐桌上擺著祐一緊緊握住的拳頭。真的就近在咫尺。

「等、等一下，你、你剛才說什麼？」

光代忍不住伸出手去，卻猶豫了一下，又縮了回來。明明是自己縮回來的，感覺卻像是被誰給拉回來似的。

「你殺了人……？」

話自然而然地溜出口。窗外是一片平靜的漁港。停泊的漁船搖晃，粗繩連帶被搖得傾軋作響。

「……我應該更早告訴妳的。可是我怎麼樣都說不出口。和妳在一起，我就覺得好像一切都沒有發生過。可是事實上根本不可能……。今天就好，再一天就好，我想跟妳在一起。昨天我本來想在車子裡告訴妳，可是我沒有自信能好好說明始末。」

祐一的聲音抖得很厲害，簡直就像被浪濤沖擊著似的。

「我在遇到妳之前，認識了一個女孩子。她住在博多……」

祐一一個字一個字地說。光代不知爲何想起剛才走過的碼頭。遠看十分美麗，但是腳下的碼頭水面卻滿是垃圾，隨波搖擺。洗潔劑的瓶子。骯髒的保麗龍箱。只剩下一隻的海灘鞋。

「……我們透過電子郵件認識，見過幾次面。她說如果想見她，就付錢給她……」

這個時候紙門突然打開，穿著日式圍裙的大嬸抱著一個大大的盤子走進來。

「不好意思啊，讓你們久等了。」

大嬸放下看似沉重的盤子。盤子上裝著生烏賊片。

「請沾那邊的醬油。」

白色的盤子上盛著色彩鮮艷的海藻，上面鎮坐著一隻鮮美的烏賊。烏賊的肉是透明的，連鋪在底下的海藻都看得見。烏賊銀色的眼睛就像金屬般，失去了焦點，注視著虛空，只有幾隻腳忙目驚心地兀自拍打著，彷彿即使只有它們也好，想要逃離這個盤子。

「腳和其他剩下的地方，等一下再拿去乾炸，或是做成天婦羅。」

大嬸只說了這些，輕拍了一下桌子，站了起來。本來以爲就要離開，沒想到她突然回頭，「哎呀，還沒有問你們飲料要喝什麼呢。」她笑容可掬地說。

「要來點啤酒嗎？」

大嬸問道，光代隨即搖頭回答：「啊，不，不用了。」不知道爲什麼，她做出握住方向盤的動作。

大嬸沒有關上紙門，就這麼離開。大廳裡只剩下他們孤零零的兩個人。祐一面對生烏賊片，只是垂著頭。祐一才剛告白了難以置信的驚人事實，光代卻幾乎是無意識地在小碟子裡倒入醬油。

手邊擺了兩個倒了醬油的小碟子。光代猶豫了一下，把其中一個推給祐一。

「我不知道該從何說起……」

祐一盯著小碟子的醬油呢喃。

「……那天晚上，我跟那個女生約好見面。在博多一個叫東公園的地方。」

祐一一說出口，光代忍不住想問話，但她打消了念頭。那個女生是個什麼樣的人？你們見過幾次面……？想問的問題接二連三地浮現。祐一就是講得這麼慢。光代勉強只問了一句：「那是什麼時候的事？」

垂著頭的祐一抬起臉來。他想回答，但嘴唇顫抖，沒辦法好好地說出話來。

「遇到妳之前……。妳不是寄信給我嗎？就是在那之前……」

祐一總算只回答了這幾句。

「信？一開始的嗎？」

光代問道，祐一無力地點頭。

「……那個時候我不曉得該怎麼辦，每天晚上想睡也睡不著，我很痛苦，想要找人說說話……結果妳就寄信來了。」

走廊上大嬸正出聲迎接來客。

「……那天晚上，我跟那個女生約好了，可是她卻和另一個男生約在同一個地方。她說『今天我沒時間陪你』，坐上那個男生的車子裡，就這樣離開了。……我覺得被耍了，很不甘心，就追上那輛車……」

烏賊的腳在兩人之間拍打著。

◇

這是個寒冷的夜晚。是個連吐出來的氣息都能夠清楚看見的、天寒地凍的夜晚。

車內後視鏡倒映出從公園旁的人行道走過來的佳乃。祐一按喇叭當信號。佳乃嚇了一跳，頓時停下腳步，卻注視著人行道前方，跑了出去。事情發生在一眨眼之間。佳乃跑出去，直接穿過祐一等待的車子。祐一急忙望過去，人行道前方站著一個陌生男子。

佳乃親熱地摟住男人的手臂，說起話來。這段期間，男人一直以惹人厭的眼神看著這裡。祐一心想他們是碰巧遇到的。打完招呼以後，佳乃應該會回來。

不出所料，佳乃很快就走回這裡來了。祐一準備爲她打開副駕駛座的車門，但佳乃察覺，加快了腳步，自己打開車門說：「對不起，今天不行了。你把錢匯到我的戶頭。我等一下再把帳號寄給你。」

祐一愣在原地，佳乃不理會，粗魯地關上車門，踩著小跳步般的腳步回到陌生男子身邊。事情發生在一剎那。祐一別說是開口了，他連現在是什麼心情都沒工夫去感覺。

人行道上的男人不是看著走近的佳乃，而是直盯著祐一看。他的嘴角彷彿浮現出瞧不起人的笑容，是路燈照射的關係嗎？還是他眞的露出了瞧不起人的笑？

佳乃一次也沒有回頭，坐上男人的車。車子開了出去，是深藍色的奧迪，是祐一不管分幾期付款都不可能買得起的Ａ６車款。

男人的車子從公園旁空蕩蕩的林蔭道開了出去。白色的廢氣吹在冰凍的地面上清楚可見。

這時候，祐一才發覺自己被拋下了。事情就是發生得這麼快。一想到自己被拋下，祐一突然全身血液沸騰，幾乎要衝破皮膚似的。身體彷彿快被憤怒給漲破了。

祐一踩下油門，緊急發車。男人的車即將在前方的十字路口左轉。祐一的車子猛然衝上去，幾乎就要直接撞上那輛車子。

事實上，祐一本來想搶到男人的車子前，把佳乃給奪回來。與其說是想，倒不如說是身體不由自主地動了起來。

彎過第一個十字路口後，男人的車子往前方的號誌筆直前進。祐一踩下油門，但號誌轉紅，左右兩邊的車子動了起來。不過過馬路的車子不多，車列一中斷，祐一就無視紅燈開了出去。開了約莫一百公尺，追上了男人載著佳乃的車。

祐一幾乎要衝撞對方地駕著車，然而一旦追上男人的車子，他卻突然改變了主意。不是他怒意平息了，而是這才想到要是衝撞上去，會傷到自己的車子。

祐一加快車速，開到男人的車子旁。他握著方向盤，窺看車內，佳乃坐在副駕駛座，正滿臉堆歡地說個不停。他想要佳乃向他道歉。是佳乃爽約的，他想要佳乃向他道個歉。

道路通往天神的鬧區。祐一放慢車速，尾隨在男人的車子後面。途中幾輛車子插進兩輛車子中間又離去，但是來到通往三瀨嶺的街道時，即使拉開一些距離，再也沒有車子插進來了。

路邊的路燈在黑夜裡照亮了紅色郵筒及鎮裡的佈告欄。道路變成上坡，駛在前方的男人車子，其車燈把柏油路照得蒼藍。彷彿不是車體，而是一個光團奔上了狹窄的山路似的。

祐一保持距離，尾隨上去。車子一轉彎，紅色的車尾燈就變得更亮，同時前方的森林被染得一片赤紅。雖然開得很快，但男人的駕駛技術很差。又不是多陡的彎道，男人卻動不動就踩煞車。他一煞車，祐一的車子就靠上去。祐一故意放慢車速，與駛上山路的男人車子距離慢慢拉開。就算如此，在漆黑的山路上只要轉彎，望向茂密的樹林另一頭還看得見對方的車燈。

不曉得開了多久，就在快到山頂的地方，男人的車子突然停了下來。祐一急忙煞車，關掉車燈。一片漆黑當中，赤紅的車尾燈就像巨大森林的紅色眼睛。

祐一握著方向盤，直盯著森林的紅眼看。好像只有山嶺在呼吸。下一瞬間，車內燈亮了。光芒之中，佳乃和男人的影子動了起了。突然間，車門打開，佳乃就要下車，男人踹上她的背。佳乃就像被車子撞上的動物般，跌落到路肩，後腦勺重重地撞在護欄上。

佳乃背靠在護欄上蜷縮起來，男人扔下她，車子就開走了。祐一一瞬間搞不懂眼前究竟發生了什麼，急忙想要追上男人的車。但是他放下手煞車的時候，看見佳乃被扔在路旁的身影孤伶伶地留在車子駛離的風景中。被車尾燈照亮的佳乃，彷彿燃燒了起來。祐一重新拉起手煞車。因爲拉得太大力，車底發出奇怪的聲響。

男人的車子繞過前方彎道後，四周一切的色彩都消失了。原本被染得鮮紅的佳乃也被吞進了山間的黑暗中。

男人的車子離去後，已經過了多久？祐一戰戰兢兢地打開車燈。光線雖然照不到佳乃蹲著的地方，但至少比冬季的月亮明亮多了。

祐一放下手煞車，腳微微地踩上油門。照亮山路的蒼白燈光以水滲入地面的速度慢慢地靠近佳乃。

車燈清楚地捕捉到佳乃的身影，佳乃在蒼白的光芒中顯得害怕，她拚命地瞇起眼睛，想要看清楚光裡面是什麼。

祐一再一次拉起手煞車，打開駕駛座的車門。佳乃把皮包抱在胸前，一副戒備的模樣。

「妳還好嗎？」

祐一出聲。但是聲音立刻就被漆黑的山嶺給吞沒了。只有車子的引擎聲像遙遠的地鳴般作響。

祐一踏進光中，佳乃的表情出現了變化。

「爲什麼你會在這裡？難道你跟蹤我們嗎？你幹什麼啊你！」

女人抱住皮包，蹲在路肩，這麼吼道。被男人踢下車來，丟棄在黑暗山中的女人。

「妳、妳還好嗎？」

祐一仍然想要走近佳乃，伸出手去想要拉她起來。但是佳乃甩開他的手，「你看到了？不敢相信！」她嘴裡罵著，想要自己站起來。

「妳、妳怎麼了？」祐一問道。佳乃被高跟長筒靴絆得搖搖晃晃，祐一抓住她的手，感覺掌心沾滿了小石礫。

「我哪有怎麼樣！我有義務告訴你嗎！」

佳乃甩開祐一的手，想要走出去。祐一再次抓住她的手。

「上車吧，我送妳回去。」

聽到祐一的話，佳乃瞥了車子一眼。兩個人都站在車燈光芒裡。彷彿世界只存在於那裡。

祐一拉扯佳乃的手，佳乃又甩開他說：「你夠了沒！不要管我啦！」

「妳從這裡走不回去的！」

祐一忍不住回嘴，用力拉扯佳乃的手。但不巧的是佳乃正要走出去，由於拉扯的力道讓她腳滑了一下，失去平衡，往車子的正面趴倒下去。祐一急忙想要撐住她，手肘卻不巧撞到佳乃的背。佳乃身體扭曲成奇怪的姿勢，就這樣撞上車子的引擎蓋。她隨即伸手去撐，小指卻插進了車縫裡。

「好痛！」

叫聲在山中迴響。大得連沉睡在黑暗森林裡的鳥兒都振翅飛起。

「妳、妳還好嗎？」

祐一急忙抱起她。但是佳乃的小指還插在保險桿跟車體之間。祐一把手伸進佳乃腋下抬起她的瞬間，佳乃尖叫，小指也隨之變形了。

這一切發生得太快了。祐一嚇得面無血色。佳乃蹲在車燈前，強烈的燈光照在臉上，每根頭髮都倒豎起來了。

「對、對不起……對不起。」

佳乃痛得表情糾結，握著總算拔出來的手指，咬緊牙關。

「殺人兇手！」

祐一才剛把手放到佳乃的肩上，佳乃就厲聲尖叫。祐一忍不住縮回了手。

「殺人兇手！我要告訴警察！說你襲擊我！說你把我綁架到這裡！我被你綁架，差點被你強暴！我親戚是律師，你不要太小看我了！我才不是會跟你這種貨色交往的女人！你這個兇手！」

佳乃尖叫。她根本是信口開河，祐一卻不知為何，膝蓋止不住地發抖。

佳乃說完這些，握著疼痛的小指邁出了腳步。離開車子周圍，就是沒有路燈的山路，佳乃的身影一下子就被黑暗呑沒了。「等、等一下，妳等一下！」祐一叫道，佳乃卻逕自走下去。

佳乃的腳步聲在黑暗中越來越遠，祐一忍不住跑了過去。

「不要亂講！我什麼都沒有做！」

祐一叫著跑過去，佳乃停下腳步，回過頭來叫道：「我一定會跟警察說！說你綁架我，說你強暴我！」明明是隆冬的深山，整座山卻迴繞著蟬鳴聲，大得教人幾乎想掩住耳朵。

祐一也不曉得在害怕些什麼。被綁架到這裡。被強暴。佳乃說的根本是一派胡言，祐一卻覺得好像眞的幹了這些壞事，嚇得臉色發青。他拚命地在心裡大叫：「騙人的！她誣賴我！」但是漆黑的山嶺卻這麼對他低語：「誰會相信你？誰會相信你這種人說的話？」

這裡只有漆黑的山路。沒有證人。沒有人能夠證明我什麼事也沒有做。祐一看見自己對外婆辯解：「我什麼都沒做！」他看見自己不斷地對包圍的群眾大叫：「我什麼都沒做！」此時他突然聽見年幼的自己在渡輪船場大叫：「媽媽會回來這裡！」那時候的吶喊，沒有一個人相信。

祐一抓住佳乃的肩膀。

「不要碰我！」

佳乃想要甩開祐一，手打到祐一的耳朵。痛得就像被鐵棒插到似的。祐一忍不住抓住佳乃的手。佳乃想要逃走，祐一制住她，下一秒鐘，他竟在冰冷的山路上騎坐在佳乃的身上。佳乃被月光照亮的臉，氣得都糾結成一團了。

「……我什麼也沒做。」

祐一用力壓住佳乃的雙肩。佳乃痛得呻吟，卻依然緊咬不放地大叫：「才不會有人相信你！」

「殺人啦！救命啊！殺人啦！」

佳乃的尖叫晃動了山嶺的樹木。每當佳乃尖叫，祐一就害怕得全身顫抖。要是被人聽見她的謊話……

「……我什麼都沒做。我什麼都沒做。」

祐一閉上眼睛。他拚命壓住佳乃的喉嚨。他怕得要命。他不能讓人聽見佳乃的謊話。要是不趕快殺掉謊言，彷彿眞實就會被殺掉，他害怕極了。

◇

各種垃圾被沖到碼頭邊。洗潔劑的空瓶。骯髒的保麗龍箱。只剩下一隻的海灘鞋。垃圾上頭纏繞著海藻和塑膠袋，不管浪濤如何沖打，撞上碼頭又反彈，哪裡也逃不出去。

碼頭停泊著幾艘釣烏賊船。繩索撓彎，成群的小魚從船底游出來。碼頭後面有幾家賣烏賊乾的攤販，出聲招攬著來來往往的觀光客。光代和祐一站在碼頭上，一個小女孩從剛才就騎著三輪車靠過來，又折回顧攤子的母親身旁。

結果光代和祐一在菜餚上到一半的時候就出來了。送來的時候還在盤子上怵目驚心地扭動的烏賊腳，到了祐一講完故事時也已經精疲力盡，一動也不動了。幸好沒有其他客人上來大廳。相反地，服務生大嬸過來看了好幾次。

講完之後，祐一小聲地說「對不起」。然後他對沉默不語的光代說：「我要去警察局。」光代幾乎想也沒想地點點頭。此時，服務生大嬸出現，問道：「不敢吃生魚片嗎？」光代謊稱：「……對不起，覺得有點不舒服。」隨即站了起來，祐一死了心似地仰望著她。光代對他說：「喏，我們走吧。」祐一可能以爲光代會丟下他離開，顯得非常吃驚。他們向大嬸道歉，大嬸說：「沒關係，不用錢。」

兩人離開店裡，走在漁船停泊的碼頭上。腳自然而然地往停車場走去。光代又要搭上殺人犯的車了。腦袋雖然明白，但是在冰冷海風吹過的碼頭上，也沒有其他地方可去了。祐一說完，光代既沒有尖叫，也沒有逃走，就這麼聽完，她感到不可思議。因爲祐一所講的內容太驚人了。太過於驚人，她什麼也無法思考。

來到碼頭邊，光代停下腳步。腳邊的水面聚集了各種垃圾，靜靜地隨波搖曳。

「我現在要去警局。」

聽到祐一的話，光代盯著垃圾，點了點頭。

「對不起。我不是故意要給妳添麻煩的……」

祐一說到一半，光代又點頭。騎著三輪車的小女孩又往這裡靠過來。綁在把手上的粉紅色緞帶被寒冷海風吹得劇烈晃動，彷彿要被吹斷。

三輪車靠過來，穿過光代和祐一之間，又回到小攤子的母親那裡。光代目送小女孩拚命踩著踏板的嬌小背影。

這個時候，祐一低下頭說「眞的對不起」，一個人往停車場走了出去。他的背影看起來小了一圈，好像一碰就會哭了出來。

「警察局，你說哪裡的？」光代出聲說。

祐一回過頭答道：「不曉得，這一帶，到唐津應該就有了。」

光代聽著祐一的回答，覺得那種事根本無所謂。她也聽見有個聲音叫自己快逃。儘管如此，她卻不知爲何覺得不甘心極了。她很想對祐一說幾句話。

「不要把我一個人丟在這種地方。」光代說。「……把我一個人丟在這種地方，你要叫我怎麼辦？……我也要去。我跟你一起去警察局。」

海上突然吹來一陣強風，吹散了光代的話。祐一目不轉睛地盯著光代。然後他什麼也沒說，又一個人向前走去。

「等一下！」

光代叫道，祐一停下腳步，頭也不回地說：「對不起。要是帶妳一起去，會給妳添麻煩的。」

「你已經給我添麻煩了！」

光代朝著他的背影大叫。在馬路另一頭切烏賊的大嬸朝這裡瞄了一眼。

祐一沒有回話，走了出去，光代追了上去。

她想對祐一說什麼。可是，她想說的並不是這種話。

祐一走進停車場後，又停下腳步。他雙手緊握，肩膀顫抖。

「……爲什麼……爲什麼會變成這樣？」

祐一吸著鼻涕，啜泣聲和打上遠處防波堤的浪濤聲重疊在一起。光代繞到祐一前面，抓起他緊緊握住的拳頭。

「我們去警察局吧。一起去吧。……你很怕吧？一個人去很害怕吧？我陪你一起去。一起的話……一起的話，你就不怕了吧？」

祐一的拳頭在光代的手中發抖。彷彿感受到那顫抖似地，祐一一次又一次點頭：「……嗯，嗯。」

◇

約下午兩點過後，天色突然暗了下來。石橋佳男從刑警那裡聽完說明後，忍不住衝出店裡，前往從自宅步行約三分鐘遠的租賃停車場，沒有特別想到哪裡，只是就這麼坐上了車子。

警察說福岡的大學生不是兇手，佳乃在交友網站上認識的男人才是兇手，但是佳男怎麼樣都無法接受。不，眞要說的話，他連女兒佳乃被捲入命案一事都覺得一定是哪裡搞錯了，他甚至認爲這是有人爲了某些目的，聯合起來欺騙他和妻子。

佳乃會不會還活著？是不是在哪裡等著自己去救她……？可是佳男不知道佳乃在哪裡。不管問什麼人，回答都是佳乃已經死了。

佳男漫無目的地在久留米市內開車亂逛。明明是熟悉的景色，但是透過被淚水模糊的眼睛看出去，就彷彿陌生的城鎮一般。

佳男開的車子，是佳乃剛上高中的時候挑選的。佳男說他不喜歡花俏的車子，佳乃卻堅持說：「紅色的比較可愛啦！」最後折衷決定的，就是這輛淡綠色的輕型轎車。

交車當天，一家三口拍了一張紀念照。全新的車子讓佳乃雀躍無比，不管佳男再怎麼說服，她都不許佳男把座椅的塑膠膜拆掉。

佳男已經在久留米市內開了好幾個小時了。他只想見佳乃。他想知道佳乃在哪裡。他聽見女兒求救的聲音，卻不知道女兒在哪裡。

當佳男一回神，方向盤已轉向了三瀨嶺。車子離開久留米市街，開上國道，渡過河川，不知不覺，已經開在通往佐賀平原的田園小徑上了。道路的前方是包括三瀨嶺在內的脊振山地。

就在佳男順道繞到加油站時，天色驟變。等待加油的時間，他去上了廁所，從廁所的小窗望去，只見黑色雨雲正逼近脊振山地的上空。烏雲像要覆蓋山頂似地擴散，也朝著佳男所在的平原地帶逼近而來。

離開廁所的時候，雨滴紛紛灑落。佳男也沒有到室外的洗手台洗手，就這樣直接跑進加好油的車子裡。一個年紀和佳乃差不多的女孩拿著收據衝過來。拿到的收據被雨淋濕了。佳男付完錢，踩下油門。車內後視鏡裡倒映出女孩在雨中目送自己離去的身影。

車子進入山路時，下起傾盆大雨來。儘管還不到下午三點，低低地掛在天空上的烏雲卻已經把山路覆蓋得一片陰暗。

佳男打開車燈。雨刷激烈地擺動，另一頭浮現出蒼白的柏油路。雨像瀑布般流過擋風玻璃，雨刷幾乎要甩斷似地不停擺動。

對向來車開下山路，車燈把擋風玻璃上的雨滴照得發亮。聽不見引擎聲，只有雨水打在周圍樹木的聲響在緊閉的車內迴響。

喪禮那天，在久留米的工廠上班的堂兄說：「要不要一起去佳乃過世的地方給她上個香？」由於一時之間連續發生了太多事，佳男無法回話，一旁的女性親戚們便吵吵嚷嚷地說：「要去的話，我們也想去。給佳乃送個花，放上她喜歡的點心……」

佳男知道大家是出於一片好心，但是他深深地感覺要是接受他們的好意，就再也見不到佳乃了。

佳男只說了一句：「我不去。」七嘴八舌的親戚們聽到這句話，頓時沉默下去。

那是什麼時候的事了？佳男在電視上看到現場轉播的畫面，山嶺的命案現場擺滿了鮮花和果汁。是親戚們偷偷跑去放的嗎？還是素不相識的陌生人爲佳乃、爲電視和雜誌上那樣大力抨擊的佳乃送上的鮮花？佳男看到那個畫面，號啕大哭。就算電視和雜誌說得拐彎抹角，他依然收到許多露骨的諷刺傳真及信件。

「當妓女的女兒被殺了，你傷心嗎？自作自受。」

「我也買了你女兒。一晚五百圓。」

「那種女人活該被殺。賣春是犯法的。」

「你幹嘛不給女兒生活費啊！」

有的是親筆寫的，也有從電腦列印下來的。每天早上，佳男都害怕郵差的到來。就算拔掉電話線，電話也會在夢中響起。女兒似乎被全日本討厭了。彷彿全日本都憎恨著他們親子。

隨著登上山嶺，雨勢變得更強了。霧氣轉濃，即便打開遠光燈，數十公尺以外的視野仍是一片模糊。

就要進入三瀨隧道的時候，出現了一個標示舊道的標誌。彷彿有人朝它吹了一口氣，霧氣瞬間消失，標誌倏地出現。

佳男急忙轉動方向盤，開進緊臨山崖、路幅狹窄的舊道。路寬變窄，感覺小轎車好像要被瀑布給吞沒了。雨水流過山壁，穿過龜裂的柏油路，沖下山崖。

主道還有幾輛對向來車，舊道這裡卻沒有碰上半輛車子。不曉得是否發生過意外，扭曲的護欄大大地往山崖突出。就在這個時候，燈光照到了放在地面的花束和保特瓶。被透明塑膠紙包住的花束彷彿隨時都會被山壁湧出的雨水給沖走。佳男慢慢地踩住煞車。被打濕的供品在車燈照亮的霧氣中承受著傾盆大雨。

佳男拿出掉在後車座底下的塑膠傘，走進傾盆大雨中。儘管引擎就在旁邊開著，佳男卻像誤闖了瀑布似地，只聽得見雨聲。

被雨敲打的雨傘好沉重，打濕臉頰和脖子的雨水冰得扎人。

佳男站在被車燈照亮的供品前。花朵已經枯萎，不曉得是誰放的，一隻小巧的海豚布偶淹溺在泥水中。

佳男撿起濕掉的海豚。明明沒有握得多大力，冰冷的水卻從指間流過。佳男知道自己在哭。但是在橫掃而來的冰雨中，他連流淚的感覺都沒有了。

「……佳乃。」

佳男情不自禁地出聲。微弱的氣聲化爲純白的呼氣，從口中瀉出。

「……爸來了。……對不起啊，這麼晚才來。爸來看妳了。很冷吧？很寂寞吧？爸爸來看妳啦。」

再也停不下來了。一旦開口，話語便止不住地泉湧而出。

打在塑膠傘上的雨水像瀑布般傾瀉在腳邊。雨滴在腳邊反彈，打濕了佳男骯髒的球鞋。

「爸爸……」

忽地，佳男聽見了佳乃的聲音。不是幻覺，佳乃確實在呼喚自己。佳男回過頭去。雨傘傾斜，雨淋濕了身體，他也不在意。

白霧被車燈照亮。佳乃就站在那裡。明明沒撐傘，佳乃卻一點都沒有淋濕。

「爸，你來了。」

佳乃在微笑。「嗯，爸來了。」佳男點點頭。

傾盆大雨敲打著手和臉頰，但佳男一點都不覺得冷。吹過山路的寒風也避芒而去。

「妳……在這種地方……做什麼？」佳男說。淚水、鼻水和雨水一起流進口中，話不成聲。

「爸，你來看我了……」

佳乃被光芒包圍著，面露微笑。

「妳……妳在這裡發生了什麼事？誰對妳做了什麼？是誰、是誰害妳變成這樣的？是誰……誰……」

佳男無法忍耐，嗚咽起來。

「爸……」

「……嗯？……怎麼了？」

佳男用濕掉的夾克袖子擦掉淚水和鼻水。

「爸，對不起。」

佳乃在光中露出歉疚的表情。從小的時候，佳乃總是用這種表情道歉。

「妳沒有必要道歉！」

「爸……對不起，都是我，害你們碰到那麼多討厭的事……對不起。」

「妳不用道歉。不管誰說什麼，我都是妳爸爸，不管誰說什麼，爸都會保護妳。……一定會保護妳。」

打在山嶺樹木上的雨勢變強了。雨聲變大，感覺眼前的佳乃就快要消失，佳男忍不住大叫女兒的名字：「佳乃！」他朝著光中快要消失的女兒伸出濕淋淋的手。

一瞬間，眼前的佳乃消失了。剩下來的只有照亮傾盆大雨的車燈。佳男呼叫著女兒的名字，四處張望。被雨淋濕的護欄消失在陡急的彎道後方，再過去就只有一片濡濕的鬱蒼森林。

佳男不顧被寒冷的雨水打濕，跑到女兒剛才站立的地方。但眼前只有滲出雨水的山崖聳立，濕漉漉的雜草撫過佳男潮濕的額頭。

佳男扶上冰冷的岩石，叫了兩聲女兒的名字。聲音滲入岩石。

回頭一看，塑膠傘掉在地上的花束前。不曉得什麼時候掉下去的，雨傘倒立著，裡面積滿了大量的雨水。

就在這一瞬間，周圍淡淡地亮了起來。仰頭朝天一看，厚重的烏雲另一頭微微地透出晴空一角。雨水在腳邊彈跳。泥水直滲到長褲膝蓋來。

「佳乃……」

令身淋成落湯雞，寒冷無比，吐出來的呼吸化為一片霧白。

「……爸才沒碰上什麼討厭的事。爸為了妳，什麼事都可以忍耐。只要是為了妳，爸跟媽……」

最後已經泣不成聲，佳男跪在潮濕的柏油路上。

「佳乃！」他再一次朝天大叫。但是不管再怎麼等，佳乃再也沒有出現在霧氣籠罩的山路上。

雨下個不停，潮濕的衣服越來越重。

佳男冷得發起抖來，耳畔再次響起女兒的聲音。「佳乃……」佳男再次呢喃。女兒的名字落在潮濕的柏油路上，在水窪上激出漣漪。

「……爸，對不起。」

「我不原諒！我絕對不原諒！」

佳男一次又一次用拳頭搥打濕掉的柏油路。拳頭摩破，滲出來的血被冰冷的雨水沖走。佳男在雨中站了起來。他鮮血淋漓的手抓起了無名人士供在路旁的枯萎花束。

◇

「哎唷，怎麼可能？我是殺人犯？而且還殺了那種女人？哎唷，拜託，真的不可能啦。」

增尾圭吾到吧台拿了第二杯啤酒，不屑地這麼說道，爽快地舉杯暢飲。只不過在警察局被訊問了一個晚上，他卻一副已經蹲了好幾年苦窯，才剛出獄似的模樣。

增尾回到沙發座，這裡除了鶴田公紀以外，還有十幾個增尾的朋友，大家都景仰萬分地望著增尾站著喝啤酒的姿態。

鶴田從幾乎沒有動過的杯子裡喝了一口啤酒。店裡的音樂固然刺耳，桌旁的每一個人更是爭相陳述在增尾失蹤的期間對這件事的看法，黃昏時分的咖啡廳裡吵得連服務生打破盤子的聲音都聽不見。

這天下午兩點過後，眾人收到失蹤的增尾同時寄出的電子郵件。鶴田一如往常，在房間裡睡覺，此時他收到增尾措詞粗魯的信件：「想知道發生什麼事的傢伙，現在立刻給我到天神的孟森來。」看到這段內容，他以為是哪個人在開無聊的玩笑，但是幾分鐘後，他接到增尾本人打來的電話。增尾悠哉地邀他說：「你看到我的信了嗎？你也來吧。我告訴你逃亡生活的全貌。」鶴田有很多事想問他，但增尾笑道：「一個一個講很麻煩，大家到齊了我再說。」講完逕自掛掉了電話。

鶴田等人集合的地點，是天神一家增尾常去的咖啡簡餐店，那是家一副就是趕時髦的大學生愛去的店，大白天就供應酒類，餐點還可以，價錢普通，只有裝潢花了不少錢。

鶴田抵達店裡的時候，已經有十名左右的朋友在場，但最重要的主角增尾還沒有來。每個人都知道增尾在名古屋被捕的消息，正七嘴八舌地討論既然他被釋放，應該是無辜的。

增尾出現在玻璃窗外的時候，眾人自然而然地發出「噢噢」的歡呼聲。一些年輕女客正在店裡吃著看起來不怎麼樣的午餐，她們聽到那道歡呼，紛紛望向增尾。

增尾進入店裡，朝著認識的女服務生送了個秋波，攤開雙手行禮說：「增尾圭吾！終於重獲自由！」有人拍手，也有人被逗得捧腹大笑。

增尾首先對等得不耐煩的眾人說明遲到的理由。聽說他上午從警察署被無罪釋放，先回到公寓洗了個澡才過來。可能也因為如此，出現在店裡的增尾並沒有這幾個星期以來所想像的逃亡犯的悲壯。

增尾一坐下來，眾人便連珠炮似地發問：「然後呢？你到底幹了什麼？」「你真的沒有比利時啤酒。

殺人？」「如果你沒有殺人，幹嘛要逃？」增尾制止眾人，向愣在一旁的女服務生點了一杯

「哎唷，別那麼急嘛。……唔，怎麼說呢，簡單一句話，是我誤會了。」

「誤會？」

圍繞在桌旁的眾人異口同聲地說。

「對。怎麼說呢，這麼一看，還眞是不曉得該從何說起呢。對了，這家店的裝潢是不是換了啊？」

明明是增尾把朋友召集過來的，他卻露出一副懶得說明的表情。坐在一旁的鶴田心想這樣下去話題會被轉移，於是他試探性地說：「總之，先從那天晚上發生了什麼事說起吧？」

「哦，那天晚上啊。」

增尾原本仰望著天花板上的風扇，聞言轉回視線，「是啊，那天晚上，我眞的是跟那個女的在一起。」於是他說了起來。

「那天晚上啊，我不知怎麼著，總覺得心浮氣躁的，你們有時候也會吧？也沒有什麼特別的理由，卻覺得滿肚子火，沒辦法靜靜地待在同一個地方，就是那樣的晚上。」

圍繞在增尾身旁的年輕男子們點點頭。

「喏？有吧？那天晚上我就是這樣，總之就是想開車橫衝直撞，所以出門了。途中我繞到東公園小便，結果就在那裡偶然碰上了那個女人。」

「你認識那個女人？」

坐在最遠處的男子把身體探出桌子問道。

「哦，認識啊。喏，鶴田也知道吧？就是那個在天神的酒吧認識的，在保險公司上班的那三個女人，很俗的一群人。你們裡面也有人那個時候在場吧？」

聽到增尾的話，幾個人這才想起來似地「噢噢」地應聲。

「就是其中一個女人。後來也一直寄信來，煩死人了。啊，對了，我剛才看了一下，那個女人寄來的信我還留著。要看嗎？」

增尾自豪地問：「有人要看在三瀨嶺被殺的女人寄來的信嗎？」眾人紛紛探出身體。突然間，鶴田感覺到一股令人作嘔的厭惡感，但是在同儕的壓力下，他無法提出任何異議。

增尾從口袋裡拿出手機操作著，「然後啊，總之那天晚上，我碰巧遇到這個女的，讓她上車了。哎，眞是錯誤的開始啊……」他繼續說道。

「怎麼說，她用一種陶醉的眼神看著我，就是那種『帶人家去哪裡玩嘛』的眼神。我當時心情很不爽，本來想說把這個輕浮女人帶去哪裡上個一發，或許可以爽快一點，才讓她上車的，可是她好像晚餐吃了煎餃，一上車子，就搞得整車大蒜味，害我一下子都冷掉了。結果一路開到三瀨嶺，我再也無法忍受，就把她扔下車了。」

增尾粗魯地操作著手機。不過他好像找不到以前的信件，周圍的人都感覺到他手指不耐煩的動作。

「如果只是把她扔下，沒必要跑路吧？」

有人發問，增尾停止操作，抬起頭來，意味深長地微笑。

「因爲那個女的一直不下車，我忍不住動手了。結果就那麼倒楣，正好碰到她的脖子，怎麼說，那個姿勢恰好就像掐到她的脖子。」

聽到增尾的話，眾人瞬間倒抽了一口氣。

「啊，可是她不是因爲這樣死掉的唷。怎麼說，我把她推出去的時候，是碰巧壓到了她的脖子，可是，知道她死在山上的時候，那種地方又沒有別人，我一時誤會搞不好就是那個時候不小心……」

增尾笑了。像要改變緊張的氣氛似地，大家就這樣慢慢笑開了。鶴田只感到一股強烈的嫌惡，根本笑不出來，但是環顧四周，沒有一個人像自己一樣表情糾結。

「然後你就這樣逃亡了好幾個星期？」

一個人問道，增尾難爲情地點頭說：「還有，那女人下車的時候，我狠狠地踹了她的背。那女的滾出去，頭撞到護欄……哎唷，結果那也沒有什麼大不了的。」

增尾滿不在乎地接著說。鶴田在一旁聽著，幾乎都快反胃了。

鶴田忍不住就要起身的瞬間，增尾找到了以前的郵件。

「啊，有了。這個，就是這個。」

增尾把手機遞向桌子，鶴田就要站起來，站在他後面的人幾乎是趴在他背上似地探出身子。鶴田失去平衡，額頭差點撞到桌角。

「喏，你看這封。」

幾隻手爭奪著增尾遞出去的手機。結果坐在增尾對面的男生搶到了手機，伸手制止眾人，然後就要模仿女人的聲音，準備朗讀上面的內容。此時入口傳來女人的聲音。

桌旁的男人全都回過頭去，那裡站了三個打扮花俏的女人，是學校裡所謂增尾派的核心人物。

「增尾！」

其中一個叫道，聲音幾乎響徹全店，三個人爭先恐後地跑了過來。

「咦？咦咦！你怎麼會在這裡！」

男生們硬是在沙發上挪動臀部，爲女生們擠出空位來，三個人勉強坐了下來。

女生們一坐下，就重複剛才男生問過的問題，逼問增尾，而增尾也像剛才重新再回答了一遍。

增尾在跟女孩子說話的時候，男生們傳閱著增尾的手機。在三瀨嶺被殺的女人寄給增尾的郵件是怎麼樣的內容，鶴田光是看他們的表情就知道了。男人們的手中傳閱的彷彿是被殺女人的身體。

一次又一次寄信給對自己沒意思的男人，這個女人在三瀨嶺被殺了。不是一旁的增尾殺的。但是即使是偶然，如果一旁的增尾那天晚上沒有遇到她，她就不會去到山裡去了。

注意到的時候，增尾的手機被傳到鶴田手中。一旁的增尾正滑稽地對著女生述說他在警局被偵訊的事，不曉得有幾分眞實。增尾直說搞笑短劇裡所使用的燈，是眞有其事的。

搞笑短劇。鶴田忍不住呢喃。他的手中有著被殺的女人寄來的信件。他不想讀。他不想讀，視線卻不由自主地落向手邊。

「環球影城好像很好玩耶！」
躍入眼簾的，是這樣一段文字。

◇

遠方的天空已經逐漸放晴了，雨滴卻敲打在擋風玻璃上。幾顆雨珠混合在一起，無聲無息地滑落。滑落之後，雨滴又打了下來。

車子停在沿海的馬路路肩。柏油路的路面被雨水打濕，逐漸變色。濕掉的柏油路使得周圍的景色變得暗淡。因爲這樣，光代和祐一所處的車內漸漸陰暗得有如黃昏時分。

這條路的前方就是警察署。只要再前進數十公尺，車子就會開進警察署的空地。

兩人已經在這裡待了多久了？覺得好像才剛把車子停下來，卻也覺得好像已經在這兒待了一整個晚上。光代伸手觸摸擋風玻璃的雨滴。當然，從內側無法觸摸到雨滴，但卻感覺指尖好像有點濕掉了。雨勢不知不覺間變大，連擋風玻璃的另一側都看不見了。

從剛才，就清楚地聽見祐一粗重的喘息聲。只要轉向旁邊，就看得見祐一，光代卻無法轉頭看他。只要看他，一切都會結束——這種心情緊緊地束縛了她的身體，無法自由動彈。

光代在呼子的碼頭對祐一說「我陪你一起去警察局」。祐一拒絕說「會給妳添麻煩」，但光代硬是上了副駕駛座。

光代完全沒有和殺人犯共處的恐怖感。與其說她遇上了殺人犯，感覺更像認識的人不小心殺了人。事情發生在光代認識祐一以前，光代卻覺得原本應該可以挽回什麼，懊惱極了。

車子離開呼子的停車場，開往唐津市內。結果他們在車子裡沒有交談半句話。道路很空曠，很快就來到市區附近。正當就快進入市區，唐津警察署的招牌毫無預警地冒了出來。祐一可能也沒想到竟然這麼快就到了警察局，方向盤瞬間猛地一震，放慢了速度。

數十公尺前方，一棟米黃色的建築物孤零零地座落在偌大的空地裡。牆壁上掛著交通安全標語的布幕，被海上的寒風吹得劇烈搖晃。

沒有車子行經。近在咫尺的海上吹來強勁的風。

「妳……在這裡下車比較好。」

祐一握著方向盤，也不看光代的臉，這麼說道。

就在這個時候，雨下了起來。才覺得天空暗了下來，幾滴雨已經打到擋風玻璃上了。一個年輕的母親正推著嬰兒車經過人行道，急忙放下嬰兒車的頂篷。

「妳在這裡下車比較好。」

祐一說完這句話，再也沒有開口。

「……只有這樣？」光代呢喃。

祐一沒有抬頭，只是盯著腳邊。光代不曉得自己這麼說，是希望祐一對她說什麼？可是只有一句「妳在這裡下車比較好」，實在是太寂寞了。

沉默又持續下去。打濕擋風玻璃的雨承受不了自己的重量，流了下去。

「要是被警察看到妳跟我在一起，妳會有麻煩的……」

祐一緊緊握著方向盤，低聲呢喃。

「要是我在這裡下車，就不會麻煩了嗎？」

光代沒好氣地說，祐一立刻道歉：「對不起。」

光代真的不曉得怎麼會說出這種話來。都已經到了這種地步，她根本不想咒罵祐一的。

「……對不起。」

光代小聲道歉。

側邊後視鏡倒映出年輕母親推著嬰兒車的背影。年輕的母親強自壓抑著想要跑起來的步伐，慢慢地走著。看著她的背影，光代吁了一口氣。覺得好像有好幾分鐘都忘了呼吸似的。

「你去了警察局以後，接下來要怎麼辦？」

忽地，疑問從口中溜出。祐一本來望著握住方向盤的手，此時他抬起頭來，一副也不曉得該怎麼辦的模樣，搖了搖頭。

「自首的話，刑責可以減輕一些吧？」光代說。

祐一又搖了搖頭，彷彿在說他什麼都不知道。

「我們還能再見面吧？」

一直低著頭的祐一像是大吃一驚，抬起頭來，那張表情轉眼間變得泫然欲泣。

「我會等你。不管幾年都會等。」

祐一的肩膀顫抖起來，他激烈地不斷搖頭。光代忍不住伸出手去，觸摸祐一的臉頰。指尖清楚感覺到祐一的顫抖。

「我好怕……我可能會被判死刑……」

光代溫柔地握住祐一的耳朵。他的耳朵熱得燙人。

「如果沒有遇見妳，我就不會這麼怕了。我本來每天都擔心什麼時候會被抓，雖然沒有勇氣去自首，可是還沒有這麼怕。外婆跟外公一定會哭，他們把我養到這麼大，我真的很對不起他們，可是我本來沒有這麼痛苦的。要是沒有遇到妳的話……」

祐一硬擠出聲地說著，光代靜靜地聆聽。她的手感覺到祐一的耳朵變得越來越燙。

「可是，不去的話……」光代說。

祐一的顫抖傳了過來，那是無聲的吶喊。

「你好好地去自首，補償犯下的過錯……」

光代拚命地說，祐一好似精疲力盡地點點頭。

「我或許會被判死刑……我再也見不到妳了。」

光代沒辦法當場理解祐一說出來的「死刑」這兩個字。當然，她知道這兩個字是什麼意思，但是原本的意思已經從字面上消失，聽起來只像是「再見」兩個字。

光代抓起祐一顫抖的手。她想說話，卻說不出話來。他們現在並不是單純地在說「再見」。「再見」還有未來。光代覺得自己犯下了不可彌補的大錯，拚命地握住祐一的手。有什麼就要結束了。現在在這裡，有什麼確定就要結束了。

就在此時，一個情景浮現腦海中。由於太過於突然，光代一時甚至搞不清楚浮現的是哪裡的情景、是什麼時候在哪裡看到的情景。光代忍不住閉上眼睛，重現瞬間浮現的情景。她拚命地閉上眼睛，那個情景再次朦朧地浮現出來。

哪裡？這裡是哪裡？

光代閉著眼睛，在心中呢喃。只是，浮現的情景就像一張照片，不管她怎麼努力望向別處，都沒有再向外擴展。

眼前站著兩名年輕女孩。她們背對自己，愉快地談笑。女孩另一邊是一個上了年紀的婦女背影。婦女面對牆壁說著什麼。不，不對，那不是牆壁，是某處的窗口。透明的隔板另一邊，是男售票員的臉。

哪裡？這裡是哪裡？

光代又在心中呢喃。她拚命地閉上眼睛，於是她看見了貼在窗口上的路線圖。

「啊！」

光代忍不住差點叫出聲來。她看到的是巴士路線圖。她所在的地方，是連結佐賀與博多的長途巴士的售票處。

察覺此事的瞬間，原本靜止的情景突然伴隨著聲音動了起來。背後傳來通知巴士到站的廣播。站在前方的年輕女孩的笑聲響起。買了車票的大嬸一邊收起錢包，一邊離開窗口，往到站的巴士走去。

是那個時候。一定是那個時候。這輛巴士、這輛前往博多的巴士，接下來被一名少年給挾持了。

光代忍不住在重現的情景中朝著走向巴士的大嬸叫道：「不可以上車！」但是在重現的

情景中，別說是聲音，她連臉都無法往那裡轉過去。兩名年輕女孩已經在窗口買了前往博多的車票。

「不可以買！」

光代在心裡大叫，卻發不出聲來。自己正在排隊，雙腳動彈不得。光代發現她抖得非常厲害。再這樣下去，自己會買票的。手機！這個時候她想起來了。這個時候，朋友打電話給她了。「小孩發燒了，不好意思，今天不能陪妳了。」朋友是這麼聯絡她的。

光代摸索袋子。她拚命地找，卻找不到應該放在裡面的手機。兩個女孩在窗口買完票，高高興興地往巴士走去。沒有手機。沒有手機。窗口的男子呼叫光代：「下一位。」光代不打算前進，腳卻不聽使喚地踏了出去。她拚命地想要逃走，臉卻靠向窗口，嘴巴自己動了起來：

「到天神，全票一張。」

沒有手機。應該打來的電話沒有響起。

光代幾乎就要尖叫出聲，睜開了眼睛。眼前是被雨淋濕的馬路，前方座落著同樣被雨打濕的警察署。光代望向一旁的祐一。一輛警車從對向車線開了過來。警車放慢車速，打著方向燈，右轉開進警察署的空地裡。

「不要！」光代大叫。

「不要！我再也不要坐上那輛巴士了！」

她的大叫幾乎在車子裡迴響。光代突如其來的叫聲，把一旁的祐一嚇得倒抽了一口氣。

「開車！拜託你。再一下，再一下就好了。離開這裡！」
光代突然叫道，祐一睜圓了眼睛。
「拜託你！」
聽到光代的話，祐一猶豫了一下。即使如此，光代依然叫喚著：「求求你！」祐一可能感受到光代的焦急，他急忙握住方向盤，踩下油門。
車子經過警察署前面，立刻轉向左邊。道路沿著水泥堤防延伸出去，前方好像有縣立的遊艇港灣，大大的看板被雨淋濕了。祐一在那裡停了車。回頭一看，警察署還在看得見的範圍內。
車子一開動，光代就放聲大哭起來。要是就這樣和祐一分手，她就會坐上那輛巴士。要是坐上那輛巴士，她第一個就會被少年拿刀刺殺。
車子停下來後，祐一開著引擎，只關掉雨刷。擋風玻璃轉眼就被雨打濕，景色變得一片模糊。
「我不要！」
光代瞪著被雨打得一片模糊的擋風玻璃叫道。
「我不要！要是在這裡和你分手，我就一無所有了……。我本來以爲我終於可以擁有幸福了！遇到你，我還以爲我總算能夠得到幸福……。不要耍我！不要瞧不起我！」
光代哭個不停，祐一戰戰兢兢地伸出手去，才一碰到她的肩膀，立刻一口氣抱緊她。光代粗魯地想要甩開他的手，但是祐一抱得更緊，光代在祐一的懷裡，只能放聲哭泣，一動也不能動。

「對不起……對不起……」

祐一說著說著像是要咬上她的脖子。光代使盡全力搖頭。她一搖頭，兩個人的臉頰就撞在一起。

「對不起……我什麼都不能爲妳做……」

光代不曉得在哭的究竟是自己還是祐一。

「求求你！不要丟下我一個人！求求你！不要再讓我孤單一個人了！」

光代趴在祐一的肩口叫道。明明不可能逃得掉，她卻叫著：「逃走吧！我們一起逃！」

明明不可能得到幸福，她卻叫著：「跟我在一起！不要丟下我一個人！」

最終章　我邂逅的惡人

生平第一次，房枝詛咒時間。祐一失去聯絡後，已經第六天了，不知不覺，世人已經準備迎接除夕了。

房枝出生在長崎市郊外的榻榻米師傅家，是家中的三女。她十歲的時候，父親在出征前夕罹患肺結核過世了，那一年，母親生下了次男。長女在出生後的第三天就死了。母親帶著十五歲的次女、十歲的房枝、四歲的長男和剛出世不久的次男四個人被遺留下來。

母親靠著親戚介紹，在市內一家叫西洋館的飯館工作。十五歲的次女被學徒動員(註)徵調到工廠工作，看顧四歲的弟弟以及出生不久的嬰兒的責任，就落在十歲的房枝一個人身上。

母親有時候會從工作的飯館偷雞蛋回來。那是他們當時最豐盛的大餐。有一次，母親到了夜裡還沒有回來，房枝和次女擔心不已，兩個人到飯館去接母親。原來母親偷雞蛋的時候被掌櫃發現，被綁在廚房的柱子上。房枝和次女兩個人哭著道歉，看到兩人的模樣，被綁的母親也忍著聲不停地啜泣。

當時配給制度已經開始實施，房枝總是牽著四歲的弟弟，揹著嬰兒，排在大人的隊伍裡。配給多的時候，他們因爲是小孩，有時候會讓他們排到前頭，但是配給少的時候，不管再怎麼排，都會被殺氣騰騰的主婦們用臀部給擠出隊伍。負責配給的男人很蠻橫，對待野狗似地對待房枝等人。房枝有時候會被男人戳，或是把要發給她的芋頭跟玉蜀黍扔在地上。房枝沒辦法好好接住，總是和四歲的弟弟拚命撿拾掉在地上的芋頭。

「我才不要被人瞧不起！我才不要被人瞧不起！」

房枝在心裡叫著，忍住淚水，撿拾芋頭。

戰爭結束後，生活也沒有變得多好過。母親說他們一家子奇蹟似地沒有一個人在原爆中喪生，算是運氣很好的。房枝中學畢業後，在魚市場工作。她在那裡認識丈夫勝治，並結了婚。婚後好一陣子房枝都沒有懷孕，被婆婆虐待，但是所幸日子一天比一天好過，結果，他們已經有了兩個小女兒，甚至還能期待著每年一次的溫泉旅行。

結婚以後，房枝依然繼續魚市場的工作。她過去的人生中，就算會覺得時間不夠用，也從來沒有像等待祐一聯絡的這幾天，覺得時間漫長得如此令人憎恨。

除夕。平常房枝總會準備年節料理，佈置驅邪稻草繩和裝飾用的年糕，忙得不可開交，但是今年房枝卻在空無一人的家裡，獨自坐在廚房的椅子上。

上午的時候，憲夫的妻子說「我想阿姨可能沒有準備」，擔心地爲她送來裝滿年節料理的小提箱。憲夫的妻子說：「今天外面沒看到刑警呢。」房枝回答：「這兩三天只有派出所的警察過來看看而已。」只是，可能憲夫的妻子覺得還是有人在監視，喝了一杯茶後，很快就告辭回去了。

醫生允許住院中的丈夫勝治過年時回家住，勝治卻抱怨起身體痛，反胃想吐，結果決定過年三天都住在醫院裡。

祐一的事，不是由房枝去說，而是憲夫去轉告。房枝不知道憲夫是怎麼告訴勝治的，不過這幾天房枝去看勝治時，即使憂心過度而哭出來，勝治也沒有安慰她，反而還是抱怨著這裡痛那裡痛。記得幾天前，房枝像平常一樣爲勝治擦拭好身體，收拾東西準備回家的時候，

註：二次大戰時，日本政府爲了彌補勞動力不足，強制動員學生到軍需工廠工作。

勝治低聲呢喃道：

「……爲什麼我到快死了還得碰上這種事？」

房枝沒有答腔，離開病房。但是她沒有馬上坐進電梯，而是躲進廁所的馬桶間裡哭泣。丈夫勝治也是個苦命人。他們這對夫婦辛苦一生，好不容易才活到這把歲數。

房枝漫不經心地把憲夫的妻子拿來的年節料理盒挪到手邊。打開蓋子一看，蝦子鮮艷的色彩躍入眼簾。房枝拿起其中一尾。仔細想想，她從早上就什麼也沒吃。

已經過了十二點。房枝打算下午去醫院看看勝治，送些勝治能吃的食物給他，於是從架子上拿起塑膠保鮮盒。

就在房枝把昆布夾到盒子裡時，電話響了。房枝瞬間心想或許是祐一打來的，但是這幾天來，她的期待已經落空了幾十次。還是憲夫擔心房枝的健康狀況而打來的嗎？還是長女擔心孩子們的將來而打來的？

房枝拿著筷子接起電話，話筒中傳來陌生年輕男子的聲音。

「請問清水房枝女士在嗎？」

聽見恭敬有禮的詢問，房枝答道：「我就是。」

「啊啊，清水太太啊？」

房枝才剛回答，年輕男子的聲音就突然變得粗魯。房枝有種不好的預感，忍不住握緊筷子。

「上次謝謝妳跟我們簽約哪。然後啊，關於下個月要送的貨……」

男人自顧自地說著，房枝急忙插嘴：「咦？什、什麼貨？」

「什麼什麼貨，喏，就是上次妳在我們事務所簽下的健康食品的合約啊……」

措辭雖然還算有禮，但男人聽起來顯得很不耐煩。

「……妳記得吧？」

男人連珠炮似地說。房枝曖昧地點頭：「啊、哦……」她的膝蓋已經發起抖來了。在那家事務所裡遭到年輕男子恫喝時的情景再度浮現。她握著話筒的手也抖了起來，堅硬的話筒一次又一次地撞在耳上。

「然後啊，上次的合約是一年份啊。」

「一、一年份……」

房枝拚命壓低嗓音，不讓對方聽出聲音中的顫抖。

「一年份就是一年份。上次已經收了第一次的錢，下個月是第二次對吧？第二次不用繳入會費，所以恰好是二十五萬圓整。怎麼樣？妳要用匯的，還是我們去收錢？啊，用匯的話，手續費妳要自己付唷。」

房枝不是害怕男人的聲音。聽著男人的聲音，房枝陷入一種錯覺，覺得彷彿又被強壓在那家事務所的椅子上，被面露不耐的男人們團團包圍。被蠻橫的語氣命令「在這裡簽名就可以回去」，房枝用顫抖的手拿起筆簽名，這讓房枝想起配給時期拚命地接住扔過來的一丁點芋頭的自己。

房枝小聲地說：「哪、哪有這樣的……」男人立刻頂了回來：「啥？老太婆，妳說什麼？」

房枝因爲太害怕，放下了話筒。她像要把電話壓扁似地，用全身的重量壓住放下來的話筒。瞬間，寂靜造訪廚房。房枝崩潰似地在椅子上坐下。她一坐下，電話又刺耳地響起。明明還沒有拿起話筒，房枝卻聽見了男人怒吼的聲音：「死老太婆！妳幹什麼！逃也沒用！我們現在就去妳家！」房枝摀住耳朵。不管再怎麼摀住耳朵，電話聲仍舊響個不停。

◇

電話鈴聲不停地作響，到了第二十一聲總算停止了。

光代的視線從床邊的電話移到祐一所在的廁所。

早就超過退房的時間了。要是在這裡拖拖拉拉的，又得付延長費了。儘管心裡明白，她卻遲遲無法從床上爬起來。她想一直關在廁所裡的祐一一定也是同樣的心情。這裡是一晚四千兩百圓的賓館，早上十點一到就得離開。但是就算離開這裡，他們也無處可去。

光代和祐一已經在各處的賓館流浪了幾天了？在唐津署前下定決心一起逃走的時候，他們本來打算立刻開車離開九州。但是儘管沒有任何一方提起，車子卻沒有開往關門橋所在的門司方向，而是在佐賀和長崎的交界處來來去去；黃昏時分，兩人找到便宜的賓館就投宿，然後一到早上十點，就像這樣被通知退房的電話所催逼。

一想到今天是除夕，光代就有種被緊緊捆綁、走投無路的感覺。不知道祐一有沒有察覺今天就是除夕，兩人完全沒有提到這個話題。

「不可能再繼續下去了。不可能逃得掉的。」

光代已經在心裡呢喃了不知道多少次，但是幾次之後，她又搞不懂不能再繼續什麼、無法從哪裡逃掉了。是不能再繼續流連各家賓館，四處逃亡了？還是失去祐一，自己就活不下去了？

光代知道得想點辦法才行。她聽見一道幾乎衝破胸膛的吶喊，告訴她這樣下去不行。但是她不曉得離開賓館後，除了再去找其他的賓館，還能夠做什麼？每天只要找到新的一家賓館，就能夠暫時度過一天。

光代從床上挺起沉重的腰，朝廁所出聲：「祐一，差不多該出去了。」沒有回應，取而代之地，沖水聲響起。

祐一一邊繫腰帶，一邊從廁所走出來，光代拿了雙襪子給他。是昨晚稍微水洗之後晾乾的，摸起來還有點濕。

「你睡不著吧？」

祐一穿著襪子，光代問道。「沒有。」祐一搖搖頭，但是他的眼底浮現一片濃濃的黑眼圈。

光代茫茫然地看著祐一穿襪子，祐一露出歉疚的表情說：「我翻了幾次身，妳才是沒睡好吧？」

「沒有，我不要緊。」光代簡短地回答。

「把車子停在什麼地方，再補個眠吧？」

光代像要驅散沉重的空氣似地說。

不可思議的是，兩人在賓館的床上幾乎都睡不著，但是把車子停在路肩或停車場，就可以沉沉地睡上一個小時左右。

祐一換衣服的時候，光代不經意地翻開隨手拿起來的筆記本。是賓館擺在房間裡面的雜記本。

「我又和高史一起來了。今天是第三次了！還有，今天是我認識高史第二個月的紀念日，我們去博多看電影回來。這裡很便宜，又很乾淨，我超愛的！還有這裡的炸雞超好吃的！應該是冷凍食品，可是很脆呢！」

疑似女孩子的字體躍入眼簾，光代漫不經心地讀著。

翻開下一頁，上面用粉紅色的螢光筆寫著：「今天我和阿敦隔了一個月愛愛。從今年四月開始，我們就變成遠距離戀愛，覺得好寂寞唷。哭哭。」空白處用少女漫畫的畫風畫了一個男朋友的圖像，可能是寫字的女生畫的。台詞框裡寫著：「我絕對不會花心！」字跡強而有力，可能是男朋友寫的。

光代不再翻開下一頁，把筆記本放回桌上。

離開房間的時候，光代回頭看床上。羽毛被摺成了四摺，底下的白色床單滿是皺褶，像在述說著昨晚的失眠。忽地，光代心想：這張床和祐一的車子哪個比較大？在床上可以伸展身體，卻哪兒也去不了。車子的話，雖然拘束，卻能去到任何地方。

光代發著呆，祐一擔心地抓住她的手。

他們走過鋪著橘色地毯的走廊，走下白油漆粉刷的樓梯。把鑰匙放進櫃台的盒子，走向半地下的停車場時，一名大嬸拿著掃把，正目不轉睛地盯著祐一的車牌看。光代不由得停下腳步。大嬸注意到腳步聲，往他們瞄了一眼，又望向祐一的車子。

光代拉著祐一的手，快步跑近車子。大嬸像要探問什麼似地說道：「呃，請問一下，兩位客人……」

兩人無視於大嬸的呼喚，上了車子。祐一先進車子，在他打開副駕駛座的車鎖前，光代一個人曝露在大嬸的視線底下。

即使如此，光代還是避開大嬸的視線，坐進副駕駛座，祐一很快地發動車子。厚重的塑膠布簾舔過擋風玻璃似地翻起，冬天的陽光瞬間照進車內。在車子離開賓館前，光代幾乎是秉住呼吸。她知道大嬸正拿著掃把看著車子離去，但是她怕得要命，別說是回頭了，連看後視鏡確認都不敢。

「剛才那個大嬸發現了對不對？對不對！」

車子來到一般道路後，光代才總算望向後視鏡。但是倒映在鏡子上的只有跟在後面的廂型車，別說是大嬸的影子，連賓館的入口都已被拋得遠遠的了。

「對不對！她絕對發現了！」

祐一沒有回話，光代吼叫起來。

「她、她在看車牌……」

聽到光代的叫聲，祐一急忙答道，他可能很怕，油門踩得很用力。車子加速，後視鏡裡的後方車輛越來越遠。

「怎麼辦？欸，怎麼辦！已經不行了……不能再開這輛車子逃走了！」

光代忍不住高聲說道，祐一一次又一次點頭：「嗯、嗯……」

早就知道這天會來臨。只是一天又一天平安無事地度過，不知不覺間他們覺得不是在逃亡，而是在追趕著時間。但是現實並非如此。像這樣在賓館來來去去當中，祐一的資料早已順著高速公路穿過縣境，從遍佈各地的縣道、市道傳播到每一個角落。

「繼續開這輛車的話，馬上就會被抓的。只能放棄車子了……」

光代呢喃著，祐一聞言猛地嚥下口水。

她知道不可能逃得掉。就算逃跑，眼前也沒有終點，除了被捕，沒有其他的結局。她明白。不管再怎麼欺騙自己，她也明白。但是，她現在不想和祐一離別。沒錯，她現在不想和祐一分開。

「欸，我們把這輛車放在哪裡，逃走吧！只有我們兩個的話，哪裡都可以躲的！」

光代只想從這裡逃走。

◇

我從小學的時候就認識祐一，已經將近二十年了，對他很熟悉，但是那傢伙有時候實在是不曉得在想些什麼。所以除了我以外的人，都說祐一難以親近，但是以我來看，他們眞的是想太多了。事實上，祐一腦子裡根本什麼都沒在想，或者說，他就像一顆掉在球場上好幾天的球，被孩子們玩了一整天，黃昏的時候，又被人踢到單槓底下，隔天又被別人一踢，又滾到櫻花樹底下……。啊，這樣說祐一好像很可憐，可是他並不覺得這有什麼好難過的。反倒這樣對他來說是比較輕鬆的。所以要是跟他說去那裡兜風吧、去那邊玩吧，他就會高高興興地開車，如果不願意，他就不會出來，對吧？我也不會硬要他作陪。

祐一剛犯下那個案子的時候，其實我去了祐一家。那天黃昏，我在柏青哥店寄郵件給他，他就說下工後會過來，我們兩個玩了一會兒柏青哥，然後一同回祐一家，吃了外婆做的晚飯。

現在回想，那個時候的祐一有什麼異於平常的地方嗎？但是不管怎麼想，那都是平常的祐一。或許祐一努力表現得跟平常一樣，雖然那個時候他才剛殺人沒多久，但是在我看來，他跟平常沒有什麼兩樣。吃完晚飯以後，我到祐一的房間，祐一和平常一樣躺在床上看著汽車雜誌。對了，那個時候我突然問他：「祐一，如果你將來一生都無法開車，你會怎樣？」我沒有什麼特別的意思，只是因爲祐一看雜誌看得實在太入迷了。……結果祐一說：「要是沒有車……我哪裡都去不了了。」所以我就笑著說：「只要坐電車還是走路，人哪裡都去得了的。」可是祐一沒有回答半句。……我現在想起了那句話了。「要是沒有車，我哪裡都去不了了。」祐一回答時的表情，讓我印象深刻。

祐一是出了名的喜歡車子。我對車子完全沒興趣，不太懂，但是懂車子的人都說祐一的車子改造的水準非常高，這麼說來，祐一的車子也曾經被《CAR》什麼的專業雜誌介紹過呢。「這是全國性雜誌唷！」祐一那時候難得露出興奮的表情，我記得他好像買了五本當紀念吧。雖然只是登在後面的黑白頁上，但是介紹了整整一頁，照片上的愛車旁邊，就站著緊張的祐一……

對了，那個時候，祐一正好迷上那個性愛按摩店的女人。他說他送了一本雜誌給那個女人。

可是那件事說來眞教人心酸。那個時候，我眞擔心祐一說不定會跑去自殺呢。哎，祐一每天上色情按摩店泡女人的行爲的確不值得讚賞，可是那個女人跟祐一聊了那麼多將來的夢想，讓祐一滿心期待，結果祐一一租下市內的公寓，女人就跑了。眞是……

起初我什麼都沒有聽說。直到有一天祐一突然來找我：「一二三，我要搬家了，你可以幫我嗎？」

祐一本來就不會像我這樣，喜歡到處跟人家聊東扯西，但是這事也來得太急了吧？所以我就問他理由，問他幹嘛要搬家？結果他說：「我要跟女人同居了。」老實說，我嚇了一大跳。而且他還說對方是幹特種行業的。那個時候我就有種不好的預感，只是這也不是我該多嘴的事，然後好像是隔週吧，我就幫忙他搬家了。可是就在搬完家之後沒多久，那女的也沒跟祐一說一聲，就這麼離職，人不見了。

其實就在一個月後，祐一又來拜託我幫忙他搬家了。雖然我沒問，但祐一可能過意不去，主動把理由告訴我了，我聽完眞是整個人呆掉了。說穿了，他跟那個女的根本就沒說好，只是祐一在色情按摩店的包廂裡聽到女人說想過這樣的生活而已。祐一從以前就眞的就是這樣。只有起承轉結的起跟結，承跟轉都是他一廂情願地胡亂猜想，也不把自己的想法告訴對方。在他心裡或許很順理成章，可是對方根本不可能懂。「我想辭掉這種工作，跟祐一這樣的人一起住在小小的公寓裡。」聽到女人這麼說，他馬上就去租了公寓，祐一就是這種人啊。

◇

沒有吃過年麵線，也沒有年節料理，也沒去神社參拜，初三就要過去了。自從知道博多的大學生不是兇手後，妻子里子再也沒有進過廚房，石橋佳男爲她在車站前的「熱呼呼亭」便當連鎖店買了兩個幕之內便當（註）。

佳男煮開熱水，泡了茶，端到里子面前，里子無力地掰開免洗筷，呢喃道：「便當店大過年也開店呢。」

「客人滿多的。」

里子霎時好像要回什麼話，可是又懶得開口似地，拿起筷子插入燉蘿蔔。

佳男還沒有把在傾盆大雨的三瀨嶺見到佳乃的事告訴里子。他覺得如果告訴里子，里子應該會相信，可是又覺得要是告訴她，她一定會立刻要求也帶她去三瀨嶺，只是一想到萬一里子沒能在那裡見到佳乃，佳男就怎麼樣都提不起勁告訴她。

註：幕之內便當，一種日式便當，由撒芝麻的飯團以及沒有湯汁的配菜組成。起源於看戲時攜帶的飯盒，在各幕之間的空檔食用，故稱「幕之內」。

那天以後，佳男因為太想見到佳乃，三天連續都到三瀨嶺去。但是佳乃只有在那天現身呼喚他「爸爸」，之後不管佳男再怎麼等，別說是見到佳乃，連她的聲音都沒聽見。不過在第三天，佳男意外地在那裡遇到了佳乃的同事──安達眞子。

安達眞子說，她已經來過三瀨嶺的命案現場好幾次，給佳乃獻花。她特地搭乘巴士上山，然後用走的到舊道來。

回程的時候，佳男開車送眞子到久留米車站。在車上，對話並不熱絡，眞子說她年底就要辭掉工作，回去熊本的老家。佳男問她回家後要做什麼，她只說：「還沒有決定，但是我好像還是不適合都市。」在車裡，眞子說她偶然在天神看見被釋放的增尾圭吾。當然眞子沒有出聲叫他，但是她說看到增尾的模樣，她感到不甘心極了。她覺得或許是因為這樣，才會興起回老家的念頭。佳男拜託眞子告訴他增尾的住址，眞子說她不知道，但是猶豫了一下之後，說出一棟眾所周知的建築物名稱，說增尾住的大廈就在旁邊。

就在佳男和里子吃完便當的時候，警察打電話來了。佳男還以為兇手被逮捕了，但是上次來拜訪的刑警告訴他，原本以為嫌犯已經離開九州，車子卻在佐賀縣的有田附近被發現了。

佳男掛斷警方的電話後，轉述內容給妻子聽。意外的是，他毫無感慨。里子也沒有回話，蓋上連一半都沒吃完的便當。

本來以為對話會就此結束，里子卻突然低聲呢喃：「警察大過年也工作呢。」里子的口氣就像失去佳乃前的她。雖然沒有笑，但她似乎拚命地想要擠出笑容。她喃喃自語著：「過年的時候也需要警察呢。」嘴角麻痺似地抖動著。

「要是大過年就開始工作，兇手很快就會抓到了。」佳男說。

「就算抓到，佳乃也不會回來了。」里子的表情又暗了下來。

「後天就要開店囉。」佳男改變話題，里子笑道：「嘴上這麼說，到時候你又不開了。」命案發生以來，佳男頭一次看見妻子笑。雖然那表情實在稱不上笑容，但妻子還是努力微笑，讓佳男感到驕傲。

「里子，其實啊……」

佳男想把三瀨嶺發生的事告訴里子。佳乃在傾盆大雨中現身，頻頻道歉說：「爸，對不起。」他想把這件事告訴妻子，卻說不出話來。

里子把吃剩的便當用塑膠袋包起來，一次又一次地打結。她打了太多次結，到最後已經沒有空間可以打結了。佳男從她手中搶過塑膠袋，扔進廚房的垃圾桶。妻子望著便當「咚」地掉進垃圾桶。

「欸，我說啊……」她出聲說。

「……我眞的不懂。那個大學生爲什麼要把佳乃丟在山裡？」她唐突地問。

「……我想知道爲什麼。仔細想想，那孩子打電話說要去大阪環球什麼樂園的時候，也提到那個大學生的名字……」

里子盯著垃圾桶說。

佳男問道：「佳乃說要跟那個大學生去嗎？」

「佳乃說還不知道，可是她好像很高興，說要是能一起去就好了。」

佳男無話可說。有個兇手殺了自己的女兒。有個傢伙踐踏了女兒的愛情。應該憎恨的應該是兇手，但是浮現在腦子裡的卻淨是女兒被踢出車子的景象。

隔天早上，佳男開車前往博多。

◇

外面傳來一群年輕男子的笑聲和腳步聲，光代屏息聽著。祐一同樣蹲在一旁，摟著光代的肩膀。

那群年輕人剛才開車來到這裡。兩人聽見車子的引擎聲遠遠地爬上狹窄的林間小路，祐一頓時拉住光代的手，躲進燈塔旁邊的小屋裡。

車子開上林間小路，在稍遠處的停車場停下來後，三、四個人的腳步聲往這裡走近，同時伴隨著這樣的對話：「這裡真是有夠毛的。」「之前還擺了路障不讓車子進來呢。」

光代兩人潛藏的小屋裡，有一道鑲有霧面玻璃的門，在月光照射下，玻璃中的方格狀鐵絲浮現出來。

年輕人的談話聲和腳步聲轉眼間就來到這道門前，門突然「喀噠喀噠」地作響，他們粗魯地試圖開門。

「開著嗎？」

「沒有，鎖上了。」

「要不要用石頭敲破？」

霧面玻璃另一頭出現了幾道人影。光代忍不住把身子挨近祐一，握住彼此凍僵的手。

「不要啦，反正裡面什麼都沒有。」

話聲響起，同時「咚」地一聲，一塊大石頭掉到地上。好像眞的有人撿起石頭了。

祐一蹲著，旁邊擺著一個一點五公升的保特瓶礦泉水。祐一好像沒注意到，但瓶子似乎隨時都會倒下來。

「前面的路太暗了，很危險啦！」

好像有個人先往燈塔走去，另一個人叫道，於是站在門外的人影一邊踢著小石子，一邊走開了。

光代趁機抓住保特瓶。祐一以爲光代是要抱住他，緊緊抱住握住保特瓶的光代。

年輕人似乎往燈塔前方的斷崖走去了。

「早知道就來這裡看元旦日出了。」

「這邊不是西邊嗎？」

「這座燈塔一直用到什麼時候啊？」

「可是四個大男人到這種地方來，也一點意思都沒有啊。」

話聲連光代和祐一屏住呼吸躲藏的小屋都聽得見。

可能是太冷了，年輕人連一分鐘都待不住，又回到小屋這邊來。「求求你們，就這樣回去吧，求求你們。」光代在心裡祈禱。

一道、兩道人影從霧面玻璃門另一頭走過。第三道影子過去，就剩下一個人的時候，那人突然用拳頭敲打玻璃。屏住呼吸的光代差點叫出聲來，急忙把嘴巴抵在祐一的肩膀上。

年輕人商量著接下來要去哪裡，離開了。停車場傳來發動引擎的聲音。

祐一拍了光代的背兩下，光代似乎放下心來，「嗯」地微微點頭。引擎聲逐漸遠去。

祐一站起來，窺看外頭，慎重地打開門。光代也站在祐一背後，確認外面的情況，車燈照亮樹林，逐漸開下林間小路。

冬季的夜空閃爍著滿天星辰，拍打在斷崖上的波濤聲就在近處。風很強，貼在小屋窗上的三合板被吹得撓彎，劈啪作響。光代做了個深呼吸。仰望前方，燈塔正沐浴在月光下。

數天前，他們在有田放棄了車子。祐一遲遲下不了決心，光代提議說：「我們去看燈塔吧。」她明白不可能逃得掉，卻抵擋不了想要和祐一多待一個小時、多待一天的心情。

「有一座現在已經沒在使用的燈塔。」

祐一呢喃，總算決心丟棄車子。

祐一默默地拿出放在後車廂裡的睡袋。睡袋是鮮紅色的，好像是一個人遠行兜風時使用的。

他們從有田換乘電車及巴士來到這裡。光代被祐一牽著走，也不去確認自己是從哪裡上了電車，又是在哪裡下了巴士。

他們搭乘巴士在沿海的道路坐了一段路，在有燈塔的小漁港下車。巴士站前面有一家不是連鎖的便利商店，還有小型加油站，除此之外，只有庭院曬著漁網的幾十戶民家而已。

從巴士站走上一會兒，有一座神社，旁邊有一條陡急的林間小徑。小徑的入口豎著「此路不通」、「關閉中」的牌子。路肩長滿茂密的雜草，使得原本不寬的柏油路更顯狹窄。兩人手牽著手，就像在草原中前進似地，上坡走了將近三十分鐘。

「快到了。」途中祐一好幾次這麼鼓勵光代。

陡急的林間小路盡頭處，天空整個擴展開，佇立著一座白色的燈塔。

「喏，在那裡。」

放棄車子以後，祐一第一次微笑了。

穿過小路以後，有一座小型停車場。當然裡面沒有半輛車子，地面的柏油四處龜裂，雜草強而有力地探出頭來。停車場再過去是被柵欄圍住的燈塔土地。穿過破掉的柵欄，走進裡面，髒兮兮的燈塔彷彿要倒向他倆似的近在眼前。燈塔底下有一棟管理小屋，白色的牆壁同樣骯髒不堪，祐一轉動門把，門一下子就開了。

裡面滿是灰塵，一片空蕩，光線從門口照進去，把空氣裡的灰塵照得閃閃發亮。房間角落立著幾塊三合板，還有一把海綿破掉綻出的鐵管椅。地板上散亂著古早的麵包塑膠袋和果汁空罐。

祐一將三合板鋪在地上，把睡袋扔到上面。然後他馬上牽起光代的手，來到燈塔正下方。一隻鳶在冬季的天空迴旋著。感覺天空伸手可及。

燈塔俯視著在斷崖底下廣闊的大海。扶手綁著鐵鎖，另一頭沒有道路，底下傳來激烈的浪濤聲。望著眼前的風景，讓人覺得與其說這裡是盡頭，倒不如說從這裡可以前往任何地方。

「妳會餓嗎？」

祐一問道，光代望著遙遠的水平線，點了點頭。雖然有太陽，但是吹上懸崖的風很冷，兩人爲了避風，回到滿是塵埃的管理小屋。他們把睡袋攤在三合板上，吃起在巴士站前的便利商店買來的便當。

「這裡不會有人來嗎？」

光代問道，祐一嘴裡塞滿了飯，點了點頭。

「可以在這裡待上一陣子吧？」

光代說，祐一停止咀嚼。

「可以到底下的便利商店買蠟燭跟糧食……」

祐一說著，聲音越來越微弱。

從唐津署前面逃走後，兩人沒有討論過最重要的事。他們並不是以爲自己逃得掉。兩人可能都只是想在被捕之前廝守在一起，怎麼樣也說不出口。

◇

健康食品公司在除夕打了一通恐嚇電話，但是過年以後就沒有再打來了。房枝知道不能一直縮在廚房角落害怕個不停，但是一想到電話什麼時候會再打來、那些男人什麼時候會殺到家裡來，光是坐著，身子就忍不住發抖。

這時候，門鈴響了起來。房枝不禁在心中呢喃「終於來了」。但是接著傳來的卻是派出所警員的聲音：「大嬸？妳在嗎？」

房枝大大地鬆了一口氣，身子幾乎要癱軟下去，她急忙跑到玄關。

「大嬸，妳知不知道祐一有個朋友，叫做馬込光代？好像是在佐賀的服飾店工作的女孩。」

房枝一打開玄關門，警察也沒打招呼，劈頭就這麼問。寒風從大開的門口吹進來。房枝面對邊搓著手邊問的警察，虛弱地搖搖頭。

「這樣啊，大嬸果然不知道呢。啊，祐一那傢伙好像帶著那個女孩逃走了。」

「帶、帶著女孩子家……」

「啊，好像不是祐一強迫帶走人家的，是那個女孩自願跟他走的……」

房枝在玄關平台上癱坐下來。警員可能覺得再問下去也沒有結果，拍了拍房枝的手臂，留下一句「祐一的車子好像在有田找到了」後，離開了。

房枝只能目送警員的背影離去。

祐一丟掉車子。那個祐一竟然放棄車子了……

房枝看見祐一搖搖晃晃地遠離車子的背影。「你要去哪裡！」房枝拚命叫他，祐一的背影卻消失在未曾見過的黑暗森林中。

這個時候，廚房的電話響了起來。房枝一下子被拉回現實，不由得想叫住派出所警察。但是警察是來調查犯下殺人命案的孫子的，她不可能找人家商量恐嚇電話的事。

如果不接電話，那些男人一定會來這裡。可是如果接電話，對方或許會告訴她什麼解決之道。房枝只能抓住那一縷希望了。她回到廚房，以發抖的手接起電話。

「喂？媽？是我，依子啦！欸，到底是怎樣了？祐一殺了人是怎麼回事！是騙人的吧？喂！喂？」

話筒裡傳來的，是房枝的次女——祐一的母親依子的聲音。

「喂？欸，我叫妳啊！」

依子激動地只顧著自己說，房枝總算擠出一句話：「妳啊……」

「警察跑來我工作的地方了！說什麼祐一殺了人，一副我藏匿祐一的口氣，連員工宿舍都被他們翻過了……」

「……妳過得還好嗎？」

女兒那種完全無視於對方的口氣，讓房枝想起依子年幼的時候。依子從小就很好強，上中學的時候就常常玩到三更半夜。一到週末，飆車族的車子和機車就會發出震天價響的咆哮聲，聚集到這座小漁村來。丈夫勝治拉扯依子的頭髮阻止她出去，依子甚至踢開勝治，也要離開家裡。有時候依子在市內遭警方取締輔導，夫婦倆不止一兩次在半夜到警署去接她。依子高中畢業後，馬上到酒店工作。不過酒店的工作也不是不好，事實上，依子工作後，整個人變得穩重許多，偶爾回老家來，還會爲勝治斟酒，高高興興地留下店裡的名片說：「爸偶爾也到我們店裡來喝一杯嘛。」

然而依子沒跟父母商量一聲，就和一個沒用的男人結了婚，兩三下就被拋棄，丟下已經出世的祐一跑掉了。從此以後，她只有每隔幾年突然想到似地打電話回家。依子總是在電話裡說「我眞的覺得對媽過意不去」、「下次一起去泡溫泉吧」，卻從來沒有回家過。

「祐一殺人，那是騙人的吧？」

依子非常激動，房枝說不出話來。

沉默當中，依子嘆了一口氣，「不是有媽陪著嗎……眞是的，妳到底是怎麼養的，怎麼會養出那種人！」她接著火冒三丈地叫道。

「反正那孩子不可能到我這裡來。妳跟警察這麼說，知道嗎？那孩子只會到我這裡來討錢而已。明知道我窮，還死皮賴臉地硬是要討個一千、兩千的才肯回去。」

聽到依子激動之下說出來的話，房枝忍不住問道：「妳們見過面？」依子一副懶得解釋的態度，扔下一句「反正妳跟警察這麼說就是了」，掛斷了電話。

房枝陷入茫然。祐一和依子偷偷見面這件事雖然教她吃驚，但是她更完全無法想像那個祐一竟然會向依子討錢。比起向母親要錢這件事，祐一因爲某些理由不小心殺了人還要更現實多了。

◇

朝陽照進玻璃窗後，室內的氣溫也稍微上升了一些。光代在睡袋裡親吻祐一的脖子。雖然有睡袋，但是睡在地板的三合板上，背和腰都痛極了，光代在半夜醒來好幾次。醒來一看，吐出來的呼吸一片霧白，耳朵和鼻子凍得發疼，但是擁擠的睡袋感覺得到祐一的體溫。

三合板旁邊，白色的塑膠袋堆積如山，裡面裝著兩人這幾天吃喝剩下的便當盒、麵包袋與保特瓶之類的垃圾。躺在這裡，這塊三合板就宛如在天空飛翔的魔毯。

光代的動作把祐一也吵醒了。他對著光代的頭頂低聲說「早」，緊緊地抱住了她。光代被他擁抱著，說：「等一下我去一趟便利商店。」睡袋裡溫暖的空氣從兩個人的肩口流了出來。

「妳一個人真的不要緊嗎？」

祐一半帶哈欠地說。

「不要緊。我想我一個人去比較保險。」

「那我陪妳下去，躲在草叢裡等妳。」

「真的不要緊啦。」

光代在狹窄的睡袋裡敲敲祐一的胸膛。

昨天兩個人一起去了便利商店。可能是已經一起去了好幾趟，結帳的時候，店員大嬸問道：「你們不是本地人吧？」光代情急之下答道：「呃，嗯，我們年底的時候就到親戚家來玩。」「哎呀，真的？從哪裡來的？」大嬸又問。光代不經思索地隨即回答：「佐賀。」「佐賀的哪裡？」大嬸再問。

「呼、呼子那裡。」

大嬸似乎還想再聊，但光代收下找的錢後，拉著祐一的手，逃也似地離開店裡。

如果今天又碰上那個大嬸，這是個小鎮，她很有可能會問：「妳親戚是哪一家？」那麼一來，就再也不能去那家店了。如果要找別的店，就只能沿著街道一路走到鄰鎮去才行。

祐一從睡袋裡爬出來，踩著運動鞋，走向廁所。這座燈塔已經好幾年沒有使用了，但廁所的水很幸運地沒有被停掉。廁所雖然稱不上乾淨，但光代覺得彷彿是上天冥冥之中在幫助他們，感激地幾乎要對沖下來的水合掌膜拜。

「變得好乾淨唷。」

祐一走進廁所前，再次佩服地輕聲說。

「我可是花了兩小時打掃的呢。」

光代躺在睡袋裡說。祐一指著面海的窗戶說：「妳去便利商店的時候，我拿個東西塞住那邊破掉的玻璃窗好了。」

他們用便利商店買來的膠帶貼住破掉的窗戶，但是風一大，還是會有風從縫隙裡鑽進來。

祐一上完廁所後，拿著保特瓶的水出去外面，光代問他：「除了食物外，還有什麼需要的嗎？」

「食物以外的東西嗎？……那買副撲克牌吧。」

「撲、撲克牌？」

光代不由得認眞地反問，但她很快就發現祐一是在開玩笑了。祐一被冬天的朝陽照得瞇起眼睛，發出怪笑聲笑著光代。

光代爬出睡袋，把還留有兩人體溫的睡袋在三合板上摺好。她聽見祐一用保特瓶裡的水漱口，跟著走出外面，眼前是一片太陽照射波光粼粼的大海，海鷗低空飛著。

「好漂亮……」

光代忍不住看得出神，這麼呢喃。祐一把嘴裡的水吐到腳下，難爲情地說：「這麼說來，我昨天作了一個夢。」

「夢？怎樣的夢？」

光代從祐一手中搶過保特瓶。

「跟妳住在一起的夢。喏，昨天睡前我們不是在討論嗎？要住的話，要住在怎樣的家。就是我們住在那裡的夢。」

「你說哪種？獨門獨戶的？還是公寓的？」

「公寓的。……可是在夢裡，我被妳踢下床了。」

祐一說道，笑了一下。光代喝了口保特瓶裡的水，回道：「因爲我在睡袋裡眞的踢了你嘛。」

祐一面對大海大大地伸了個懶腰。他的指尖彷彿就快碰到天空。

「等一下我們拔些雜草，鋪在三合板底下怎麼樣？」

「鋪草的話，會變得比較軟一點嗎？」

光代再喝了一口水。儘管沒有放在冰箱，水卻冰得彷彿凍結了。

◇

每個人都說因爲我拋棄了祐一，那孩子才會幹出這種事來，光是責備我一個人，可是實際上養育那個孩子的，可是我的母親啊。啊，我當然不是在責怪我的母親。只是電視雜誌都把責任全怪到我一個人頭上不是嗎？女主播一副別人的人生事不關己的模樣，輕描淡寫地說明命案的經過，然後一些不可一世的評論家再發表意見，講了一堆有的沒的，結果最後結論總是拋棄孩子的母親才是這個命案的元凶。

把那個孩子丟在島原的渡輪場以後，我好幾次想要尋死。可是，我怎麼樣就是死不了。回到老家，父母說：「祐一由我們來扶養。」連監護權都被搶走了。那感覺就像被宣告：「妳離開這裡了。」

可是啊，再怎麼說我都是祐一的母親。就算分隔兩地，我還是一直擔心著祐一。對於那些和我交往的男人，我也從來沒有向他們隱瞞過祐一的事。

我一直沒有跟祐一聯絡，是因爲母親會抱怨：「妳沒意思扶養祐一，就不要打電話來。」而且祐一好不容易才剛習慣跟母親他們生活，又讓他想起媽媽，實在很可憐。可是我心裡總是惦記著祐一的。所以我一直等到祐一上了高中，才偷偷跟他聯絡。因爲我想祐一上了高中的話，應該就可以和他談論許多事，對於男女之間的問題，他也應該能夠稍微理解了吧。

當然，我們彼此起初非常生疏。可是再怎麼說都是母子，見個面，說說話，就心有連繫了。我到現在都還記得那時候一起吃的烏龍麵的味道呢。祐一撒了一大堆七味粉，我嚇了一跳，問他理由，他說：「外婆做的菜都沒有什麼味道，所以我都加一堆七味粉、芥末、美乃滋跟蕃茄醬。」聽到這段話，不知道爲何，我心想祐一在那個家備受呵護，感到放心了。

後來我們大概每半年見一次面吧。祐一還是學生的時候，就選在暑假或寒假，兩人一起吃個飯之類的。祐一本來就是個沉默寡言的孩子，跟他在一起，也沒什麼話可說，可是只要找他，他卻會馬上過來。

那是什麼時候去了？祐一出社會後過了幾年，他的性格突然變了。

那天我心情非常低落。我們在島原市吃過飯後，祐一開車送我回公寓，我在車子裡突然哭了出來。

當時我跟同居的男人處得不是很好，在職場又被分配到不喜歡的單位，很多瑣碎小事撞在一起，弄得情緒很不穩定，然後我突然覺得拋棄祐一的自己是個無可救藥的女人。雖然當時還年輕，但是如果我能振作一點的話，就不會讓祐一嚐到這麼多寂寞辛酸了。

那個時候，我眞的在車子裡哭了起來。

我對祐一說，你媽這麼沒用，眞的對不起。你媽這麼壞，可是每次找你，你還是馬上就來見我，也沒有半句怨言。你媽這個樣子，你還是願意叫我「媽」，像這樣見到你，媽眞的覺得難過死了。都是媽不好，你要怎麼恨你媽都可以。媽只能揹負著這個十字架活下去了。

我停不下來。我哭個不停，車子已經到了公寓前面都沒有發現。可是……

車子停下來後，我總算止住哭泣，想說差不多要下車的時候，那孩子突然開口說：「媽，可以借我一點錢嗎？」一時間我懷疑我聽錯了。在那之前，就連我要給他一千圓零用錢，那孩子都絕對不收的。由於太突然，我嚇了一跳，不過我馬上打開錢包，給了他五千還是一萬。我哭著問說：「你要錢做什麼？」結果他竟然一臉凶狠地說：「不關妳的事。」

就是從那天開始，只要見面，祐一就一定會說「給我錢」、「借我錢」。最初我是懷著贖罪的心情給他錢的，可是我也是每個月靠著十二、三萬在過活，根本沒有多餘的錢可以給他。每次見面，祐一就只會滿口要錢，漸漸地我也不再聯絡他了，沒想到他竟然不顧我的情況，獨自跑來見我，說他在等發薪，身上沒錢，不管是一千還是兩千都好，都一定要搜刮回去才甘心。

那孩子會做出這種事，拋棄他的我當然也有責任。可是我也有話要說，我已經被懲罰得夠多了。錢包裡僅存的一點血汗錢全都被自己的孩子硬是搶走，你也想想我做母親的心情嘛。很難過的哪。很心痛的。有時候我甚至覺得那孩子簡直像個惡鬼。現在我幾乎是憎恨著他的。

◇

「好痛、好痛！」

光代尖叫起來。她坐在睡袋上，祐一正幫她伸長的腳做腳底按摩。

「這裡痛嗎？那妳脖子不好囉？」

光代也不曉得自己是在痛還是在笑，但祐一一臉興味盎然的樣子看著她，又用力按下拇趾根部。

「啊、啊！等、等一下！」

光代拚命想逃，但祐一的大手就是不放開她的腳。

「好啦好啦，不按了啦。……不過這裡也會痛嗎？」

「好痛！」

「這裡也會痛嗎？」

「你、你看我的表情像不痛嗎？」

「這裡痛的話，表示妳睡眠不足。」

「不用你說我也知道！睡在三合板上，哪裡能睡得舒服嘛！」

「可是昨天妳打鼾了。」

「我才不會打鼾。不過我會說夢話。」

光代想要逃走，祐一安撫她似地，這次溫柔地爲她揉起小腿來。

直到剛才，他們還在燈塔底下做日光浴。從斷崖竄上來的風很冷，但是祐一在樹林裡撿了一個小汽油罐，在裡面升火，然後兩人圍在旁邊吃著事先買來的吐司。枯木劈啪燃燒的聲響讓他們連昨晚的寒冷都給忘了。

「欸，要是去便利商店買年糕，能不能用剛才的汽油罐烤啊？」

光代讓祐一揉著小腿，這麼問道，祐一答道：「如果有什麼當網子的東西，就可以烤啊。」

「欸，你一般過年都怎麼過？」

祐一幫光代穿上襪子。

「過年？最近幾乎從除夕開始，就在舅舅家跟同事一起喝酒，然後半夜去拜拜。初三會去兜風吧。」

「自己一個人？」

「有時候是一個人，有時候會和一個叫一二三的朋友一起去。妳呢？」

「我？初二早上店裡就營業了。所以在這種狀況下說這種話或許很怪，不過我好久沒像這樣悠哉地過年了。」

光代自己穿上另一隻襪子。她明白說什麼像這樣悠哉地過年其實很不恰當，可是就是情不自禁地說了出來。

去年過年，做了什麼？

光代穿上鞋子，丟下躺在睡袋上的祐一，走出小屋外。即使這裡是九州的西側，冬季的太陽也西沉得特別快。剛才還在頭頂上照耀著海面的太陽，現在已經落至水平線，呈現出淡淡的紅色。

光代走到燈塔底下，從圍起的鐵鍊探出身體，窺看深深的斷崖。高浪像要削掉岩石似地拍打著。

去年除夕，光代下班以後離開店裡，已經過了六點。那是年底大拍賣的最後一天，所以提早打烊，但是一整年站著工作的疲勞還是一口氣湧了上來。

每年只有除夕這天，光代會住在老家，不過去年她先騎腳踏車回到公寓。妹妹珠代幾天前就和男朋友一群人到北海道去旅行了，桌上擺著似乎忘了帶走的行程表。光代打算在回老家前先來個年底大掃除，擦了玻璃窗。她用冰冷的水沾濕抹布，從窗戶探出身體，忘我地擦著。

次日元旦，上午的時候，一家人圍坐著享用母親做的年節料理。然後全家去附近的神社拜拜，回來以後，就無事可做了。弟弟、弟媳和姪子坐車回去了，母親看起過年特別節目，喝醉的父親在一旁打鼾。

光代閒得發慌，騎腳踏車去全年無休的購物中心。路旁的大型停車場停滿了車子，店裡也到處是全家出遊、盛裝打扮的客人。

光代並沒有特別想買的東西，她先繞到書店。店頭有個架子陳列著暢銷書，她拿起一本改編成電影的戀愛小說，但是一想到明天又要工作，就覺得書裡的鉛字好沉重。她離開書店，這次走進CD店。她拿起工作時常在廣播中聽到的福山雅治的〈櫻坂〉，猶豫了一下要不要買，最後又放回架上。

從CD店的窗戶望向外面。那裡擺著剛才停放的腳踏車，車籃裡不曉得是誰丟的，放了一個空罐。霎時，眼前一片模糊。光代這才發現自己在哭。她急忙跑出店裡，找了間廁所關進去。她也不曉得爲什麼哭。並不是因爲有人把空罐丟在她的腳踏車籃子裡……

她沒有想要的書和ＣＤ。新年才剛開始，她卻沒有想去的地方，也沒有想見的人。

一進去馬桶間，她再也忍不住了。淚水毫無理由地泉湧而出，等她回過神來，早已經號陶大哭起來了。

光代也不在乎從崖下吹上來的寒風，眺望著大海。白天晴朗無雲的天空不知不覺間覆蓋了一片厚重的雲層。若氣溫這樣繼續下降，今晚或許會下初雪。

忽地，光代感覺背後有人，回頭一看，祐一正冷得蜷起背，目不轉睛地直盯著她看。

「再不去便利商店，天就要黑了。」

祐一走過來，站在她旁邊，伸長脖子望向底下的斷崖。他的喉結突出，被透過雲層微微照射下來的夕陽給染紅了。

「欸，如果我沒有求你跟我一起逃走，你那個時候會去警局自首嗎？」

突然冒出這個問題，但光代這幾天一直都很在意。祐一看著斷崖，簡短地答道：「……不曉得。」不管怎麼等，都沒有下文。

「欸，有件事我一定要說清楚。」

光代說道，祐一聽到她的話，有點緊張。

「不是你帶著我逃走的。是我求你，叫你帶我一起逃的。不管誰問你，你都要這麼說唷。」

祐一似乎不曉得該怎麼理解光代的話，皺起了眉頭。光代覺得這樣簡直像是在道別，忍不住將臉埋進祐一的胸膛。

「在遇到你之前，我從來不覺得一天竟然有這麼寶貴。工作的時候，一天總是一下子就過去了，一星期也一下子就過去了，回頭一看，一年已經過去了……。我以前到底是在做什麼？爲什麼我一直沒有遇到你？如果要我選擇過去的一年，還是和你在這裡度過的一天，我一定會選擇和你在這裡度過的一天……」

光代讓祐一撫摸著頭髮，說到這裡，終於忍不住啜泣起來。祐一的手剛從口袋裡伸出來，暖得就像毛毯一般。

「我也會選擇跟妳在一起的一天。其他的我眞的都不要。……可是我什麼事都不能爲妳做。我想帶妳去許多地方，可是我哪裡都沒辦法帶妳去。」

光代把臉頰按上祐一的胸口。

「……我們還能像這樣在一起多久？」

祐一寂寞地呢喃。話聲剛落，一顆細雪落在圍繞在斷崖上的鐵鎖，融化了。

◇

突如其來的細雪，落在腳下緊踏住的柏油路上融化了。剛下雪的時候，走在前方的增尾圭吾停下腳步，仰望了天空一下。

轉眼間，眼前的世界被細雪所覆蓋。博多的天空一片陰沉，由於降下的細雪使得街景失焦。近處的郵筒看起來變得遙遠，道路另一頭的大樓卻直逼而來。

走在前方的增尾距離約十公尺遠，兩人之間也下著無數的細雪。

石橋佳男每踏出一步，就拚命壓抑隨時要跑出去的衝動。前方的增尾不曉得正被人跟蹤，一隻手插在牛仔褲口袋裡，冷得縮著肩膀行走。

兩天前，佳男出於連自己都感到吃驚的衝動，跑出久留米的家，他很快就找到佳乃同事告訴他增尾住的大廈。

在三瀨嶺把女兒從車子裡踢出去的大學生，就住在豪華大廈的最頂樓。佳男搭乘電梯前往八樓。上樓途中，他實在感覺到藏在外套口袋裡的扳手重量。雖然有門鈴，但佳男直接用手掌拍門。他一次又一次敲打厚重的門扉，大叫：「給我出來！給我出來！」

敲門敲了好一陣子，門依然沒開，不知不覺之間，佳男的鼻子靠在門上，哭了起來。

「給我出來……我絕不放過瞧不起佳乃的傢伙……」

門的另一頭沒有半點聲響。

佳男忍住淚水，離開門扉。他一走進電梯，佳乃在山上被踢出車子的情景又浮現眼前。佳男不斷搥打著電梯門。

他不是來逼問對方爲什麼丟下佳乃的。就算逼問，佳乃也不會回來了。佳男身爲父親，無法原諒踐踏女兒感情的傢伙。身爲父親，他只是想守護女兒的心情。

佳男回到停在大廈前的車子，用手機打電話給妻子里子。

「我今晚不回去了。不用擔心。事情辦完我就回去。」他一鼓作氣地說完，里子沉默了一下，問道：「你現在在哪裡？」

「博多。」

佳男簡潔地回答。里子沉默了一會兒，說：「我知道了。事情辦完後，你一定要回來。」

雪下得更大了，增尾在其中穿梭。不曉得他要去哪裡，腳步輕盈得幾乎就要跳起步子來，他無視紅燈，走過斑馬線。

佳男重新握好懷裡的扳手，追了上去。他一走上斑馬線，就差點被左轉過來的計程車給撞上，司機按下震耳欲聾的喇叭。佳男幾乎要跌在地上，勉強扶住車子的保險桿撐住了。

司機打開車窗吼道：「你走路不長眼睛啊！」兩個女高中生正在等紅綠燈，她們縮起圍著圍巾的脖子觀望情況。已經走過斑馬線的增尾也被喇叭聲和吼聲給引得回過頭來。

佳男無視於司機，追上增尾。喇叭聲又在他背後響起。

穿過斑馬線後，增尾的背影越來越遠。佳男在雪中跑了起來。懷裡的扳手劇烈晃動，不斷敲擊著他的肋骨。飛到臉上的細雪融化，從眼角像淚水般流過臉頰。

就在這個時候，增尾注意到腳步聲從背後靠近，轉過頭去。他看到佳男往他衝過來，作勢要逃地說：「你、你幹嘛？」

佳男就站在增尾面前。紊亂的呼吸化成純白的熱氣。站在近處一看，佳男感覺到增尾個子很高——不，是他個子太矮。即使如此，佳男還是瞪向從上方睨視的增尾。

「你是增尾圭吾嗎？」

佳男喊得格外大聲。聲音在近處的半地下停車場迴響著。

「你、你誰啊？大叔？」

增尾退了一步。佳男把手伸進外套口袋，觸摸沉甸甸的扳手。

「是你把佳乃害死的。」

「啥？」

「都是你，把我的寶貝女兒害死了。」

佳男眼皮不眨一下，瞪著增尾的眼睛。增尾狂傲的眼底一瞬間浮現出怯色。

「你為什麼做那種事？」

「啥？」

「你為什麼……把佳乃丟在山上！」

佳男突如其來的吼聲，把正好走出電線桿後面的貓給嚇得全身寒毛倒豎，溜了出去。

「幹、幹嘛啊？沒頭沒腦的。」

增尾想要逃走，佳男抓住他的手臂。增尾扭動著身體，想要掙脫。

「又、又不是我殺的！我啥都沒做啊！」

增尾甩開佳男的手。甩開的時候，增尾的手肘狠狠地撞到佳男的臉。頓時佳男眼前一片空白，在地上跪了下來。即使如此，他還是緊緊抱住想要逃跑的增尾的腳不放。

「放開啦！你、你幹嘛啦！」

增尾粗魯地甩腳。佳男的膝蓋拖過地面，一陣扎刺的疼痛傳了上來。增尾硬是走出去，把抱住自己的佳男的身體一併拖著走。

「放開啦！」

瞬間佳男的手鬆了。增尾隨即抽出腳，幾乎是不經思考地踹上佳男的肩膀。佳男被踢，身體水平後飛，後腦勺撞到護欄，發出「咚」的一陣悶響。

「我啥都沒做啊！」

增尾一副煩躁又害怕的表情，扔下這麼一句話，跑掉了。佳男在變得更加模糊的視野中，瞪著增尾逃走的背影。

「等一下……向佳乃道歉……」

他喊叫著，口中卻只傳出白色的呼吸。增尾逃走的身影被暴風雪給埋沒了。一顆冰冷的雪花掉在佳男的睫毛上融化了。

「佳乃……爸不會輸……」

逐漸淡去的意識中，年幼的佳乃搖搖晃晃學步走的模樣浮現眼前。……這裡是哪裡？是哪裡的渡輪船場？另一頭是一片大海。佳乃跑過寬闊的停車場。她的手裡拿著在攤販買來的烤魚捲，跑向海邊。

「你、你還好嗎？」

就在即將失去意識的當下，忽然有人出聲。一個年輕男子欲扶起佳男的身體。

「站、站得起來嗎？」

「去追那傢伙、追那傢伙……」

佳男拚命地拜託，年輕男子跟著望向增尾逃掉的方向。

「追、追增尾……？爲什麼？」

年輕男子不安地問。

漆黑的烏鴉就在距離不遠處啄著垃圾袋。垃圾袋被拖過地面，上頭不知不覺間也積起了雪。

◇

漆黑的烏鴉激烈地甩著頭，啄破便利商店的塑膠袋。原本似乎是便當保鮮膜的東西變成團狀，從破掉的洞口掉了出來。柏油路上薄薄地積了一層雪，留下了烏鴉的腳印。烏鴉偶爾張開翅膀，拍打到電話亭的玻璃。

光代把公共電話冰冷的話筒按在耳上，輕輕踢上電話亭的玻璃，想要趕走烏鴉。烏鴉嚇了一跳，銜著塑膠袋往後跳了一步。

「喂？」

就在這個時候，話筒另一頭傳來妹妹珠代的說話聲。

「喂？是誰？」

珠代警戒般的聲音又響了起來。

「……對不起，一直沒有聯絡。」

「光、光代？等一下，妳現在在哪裡？妳幹嘛都不聯絡？妳現在一個人嗎？妳、妳還好嗎？」

光代一出聲，珠代便連珠炮似地問個不停。光代連回答的空檔也沒有，勉強只說了一句：「等、等一下，妳冷靜點。」

「我怎麼可能冷靜！這裡已經鬧翻天了！大家都說妳被殺人犯帶走了！妳還好嗎？難道犯人就在妳旁邊？」

「沒有。我現在是一個人。」

「那、那妳快逃啊！妳現在在哪裡？我馬上打電話叫警察！」

「哎、哎唷，妳冷靜一點啦。」

珠代一副眞的就要去報警的模樣。這也難怪。那天晚上，光代幾乎是被祐一強拉上車以後，只聯絡了珠代一句「不用擔心」，後來雖然傳了幾次郵件，但是不管珠代問她什麼，也都沒有說明原委。不過那也只到手機的電池用盡爲止。

「喂，妳現在眞的是自己一個人吧？」

珠代再次問道。

「如果妳眞的是一個人，那妳說說看：『快點打電話報警。』」

「什麼跟什麼啊？」

「如果犯人不在，妳就敢說吧？」

珠代好像是認眞的，光代沒辦法，只好重複她說的那句話，又加了一句：「跟我在一起的那個人，眞的不是個壞人。」

話筒另一頭很快地傳來豈有此理的嘆息。

珠代說，到昨天之前，都有刑警在老家監視著。警方似乎認爲是祐一強迫帶走光代的，新年特別節目結束後，八卦節目在報導了，裡面雖然沒有登出名字和照片，而且打上了馬賽克，但是也拍出了光代與珠代居住的公寓。搜查進行得比想像中的更快。

光代聽著珠代的話，想著被留在林間小路的祐一。她說她可以一個人去便利商店，要祐一在燈塔的小屋等她，但祐一很擔心，跟著她一起下山，現在躲在草叢裡。不只是這裡，草叢那裡一定也開始積雪了

「妳眞的不是被強迫帶走的？」

珠代在電話另一頭問，光代斬釘截鐵地說：「嗯，不是。」

「那妳打算怎麼做？妳知道對方是個什麼樣的人，還跟他在一起嗎？」

光代不知道該怎麼回答才好。她沉默不語，結果珠代半帶哭聲地說：「眞是的，妳幹嘛好死不死跟個殺人犯……」

「欸，珠代……」

不知何時，外頭的烏鴉不見了。烏鴉踩出的腳印上也積雪了。

「……我做了不得了的事呢。」

聽到光代的話，話筒另一頭的珠代嚥下口水。

「妳知道的話，就快點……」

「可是，我平生第一次有這樣的心情，我想跟他在一起，哪怕是只多一天也好……」

「……什麼想跟他一起……妳這樣太任性了吧？」

「咦？」

珠代意外的一句話，讓光代忍不住握緊話筒。

「該不會是妳叫人家跟妳一起逃的吧？就算妳再怎麼喜歡人家，也不能用妳的心情去束縛別人啊。如果妳眞的喜歡人家，不管再怎麼痛苦，都該帶他去投案才對啊。妳自己倒好，但是越是逃，他的罪也會更重啊。」

回過神時，光代凍僵的手已經按下了電話掛勾。耳邊只留下「嘟」的無機質響聲。珠代點出了她再也明白不過的事。她打電話給珠代，不是期待珠代能夠理解，可是這下子她更深切感受到她和祐一有多麼地無依無靠了。

離開電話亭一看，雪已經停了。

光代在薄薄的積雪上踩出腳印，前往馬路對面的便利商店。食物已經買好了，不過她想爲祐一買一副四百八十圓的手套。

「不能用妳的心情去束縛別人啊。」

珠代方才說的話，隨著留在地面的腳印跟了上來。

便利商店空蕩蕩的停車場裡停著一輛未熄火的車子。消音器噴出來的廢氣白得就像一團綿花。平常的話，光代應該很快就會注意到了，但是可能是珠代的話打擊到她，也有可能是車子融入周圍的雪景，光代直到穿過馬路之前，都沒有發現那是一輛警車。她發現到的瞬間，腳軟了下去，當場站住不能動了。

由於溫度差異，便利商店的玻璃霧掉，看不見店裡。但是玻璃另一頭隱約有個疑似警察的影子站在收銀台前，目前正在移動。

出來了。警察要出來了。

光代拚命想要挪動雙腿，但嚇軟的腿動彈不得。

自動門打開的瞬間，光代的腳總算動了。和警察之間還有一段距離。就在她想要回頭的時候，有人拍了拍她的肩膀。

「小姐？」

男人的聲音在耳邊響起。

光代嚇得回頭，一名警察就站在那裡。警帽上積了一層薄薄的雪。警察還很年輕，鼻頭凍得通紅，吐出來的呼吸白得幾乎蓋住了臉。

「妳怎麼了嗎？」

年輕警察對光代笑道。他似乎從別處看到光代僵在路上不動。

「我沒事……」

光代別過臉去，快步走了出去。就在那一剎那，警官凍僵的眉毛忽地一震。

「呃，不好意思，妳是不是馬込小姐？」

光代幾乎就要跑了起來，那句話從後面追了上來。一輛卡車穿了過去。在雪地上壓出來的輪胎痕往祐一等待的林間小路筆直延伸而去。

「祐一……」

光代在內心呼喚他的名字。

◇

雪地上壓出來的輪胎痕在狹窄的小路上延伸而去。陽光和陰影恰好把視野分成兩半，只有照到太陽的部分雪白得刺眼。

房枝小心不踩到輪胎痕中間，頭垂得低低，筆直地走著。走出小巷就是碼頭，穿過碼頭，就是巴士站。她已經查過巴士時刻表了。只要巴士到站……

「可以請妳說句話嗎？」

「妳現在是什麼心情？妳有什麼話要對被害者的家屬說嗎？」

「祐一真的沒有聯絡嗎？」

「妳認識跟妳孫子一起逃亡的女人嗎？」

房枝看也不看包圍自己的攝影機和記者，只盯著腳下行走。房枝就要踩上去的地方，已經被別人的鞋子踏過了，雪上殘留著漆黑的腳印。

原本只是零星出現的媒體，今早突然暴增。昨晚憲夫打電話來，說祐一的照片終於被公佈了。講完電話後不久，電話很快又響了。房枝以爲是憲夫，接起電話，沒想到竟然是健康食品公司打來的恐嚇電話，對方劈頭就突然大罵：「死老太婆，妳錢還沒匯啊！」

房枝立刻掛掉電話，但是接下來直到深夜十二點過後，每隔十五分鐘電話就響一次。房枝躲進被窩裡，摀住耳朵。比起恐怖，她更感到悔恨。只能害怕的自己，讓她不甘心地流下眼淚。

今早一打開電視，立刻看到八卦節目正在報導命案。祐一的照片雖然沒有被播放出來，但畫面上出現九州北部的地圖，高速公路以佐賀與福岡交界處的三瀨嶺爲中心延伸出去。上面標出被殺的女孩居住的博多宿舍，以及現在跟祐一一起逃亡的女孩居住的佐賀市郊外的公寓，長崎這裡也標出了祐一的家。除此之外，還拍出了祐一的車子被發現的有田，還有兩個人被目擊的賓館。

電視說，目前尚未證實是否祐一強迫帶走住在佐賀的女孩的。但是目擊到兩個人的賓館員工說「感覺是女方拉著男方的手」，一名刻薄的評論家受不了地說：「如果是兩個人一起逃亡，那麼男的是笨蛋，女的也是笨蛋。說穿了，這種女人就是會被這種男人吸引，眞是會給人惹麻煩。」

房枝在記者和攝影機包圍下走過雪地，好不容易來到了巴士站。伸出的麥克風有時候會打到她的下巴和耳朵。

抵達巴士站後，仍然不斷有記者發問。房枝頑固地不肯開口，記者們不耐煩，強硬地想要做出結論：「妳不說話，表示妳承認了是嗎？」

幸好巴士站沒有其他人，但是在走過來的途中，附近的一些太太半同情半嫌惡地遠遠看著房枝遭到記者圍攻。

巴士總算來了，房枝小聲地說「對不起」後，往前走去。記者們雖然讓了路，但咂嘴聲此起彼落。房枝抓著扶手上車，幾名記者想要一起擠上去。

巴士裡有五、六名乘客。港鎮的巴士站平常總是冷冷清清，今天氣氛卻十分異常，每個人都睜圓了眼睛觀望。

房枝蜷著背，坐在司機後面的座位。記者們爭先恐後地搶上巴士，繼續競相採訪。房枝默默地盯著自己的鞋子。鞋尖沾上了泥土和雪。

「喂，你們幹嘛？車內禁止採訪。先去跟公司的公關部拿到許可再說！」

司機用車內廣播叫道。原本還在爭執的記者們頓時停下了動作。

「很危險，快點出去！」

司機的口氣不容分說。一副隨時都要從駕駛座站起來，把記者們推下車似的態度。

「欺負老人家又能怎麼樣嘛。」

司機呢喃道，他的聲音透過麥克風傳遍車內。駕駛座的後視鏡倒映出房枝看過的臉。這司機在負責這條路線的司機裡，算是比較冷漠的一個，駕駛技術也相當粗暴，是房枝最不喜歡的一個司機。

「喏，要關門了！」

司機硬是關上車門，巴士慢慢地開了出去。

房枝又望向自己的鞋子。抵達下一個巴士站時，房枝才發現在搖搖晃晃的巴士裡，對司機感激得流下淚來。

巴士從沿海道路開進市內。撇開房枝在哭這件事不說，巴士裡一如往常。坐在最前面的房枝覺得每個人都在看她，連抬頭都不敢，但是巴士每停一站，就有新的乘客上車，車子裡的氣氛也漸漸和緩。比起知道房枝上車時發生騷動的乘客，相對地，後來上車不知情的乘客變多了。

巴士來到勝治住院的醫院前，房枝按下窗邊的下車鈕。車內響起司機冷淡的聲音：「下一站停車。」

巴士駛近站牌，放慢速度。車子完全停下來後，房枝抓著扶手站起來。她想向司機道謝，卻沒有勇氣，逕自往後方車門走去。

一陣氣門放氣聲響起，車門開了。沒有其他人下車。房枝看了駕駛座一眼，走下一段階梯。就在這個時候——

「……不是大嬸的錯。妳要振作點啊。」

司機的聲音突然從麥克風傳來，車子裡議論紛紛起來。司機意料之外的發言讓房枝慌了手腳。乘客的視線集中在階梯上的房枝身上。房枝逃也似地下了巴士。下車後她立刻回頭，但車門一轉眼就關上，巴士很快地開走了。

眞的是轉眼之間，房枝被孤零零地丟在巴士站，只能呆然目送巴士離去。

「妳要振作點啊。」

司機透過麥克風響起的鼓勵在耳畔迴響，房枝急忙對著離去的巴士低下頭來。

「又不是大嬸的錯。」

房枝在心裡重複司機的話。背後是勝治住院的醫院。就算像平常一樣到病房去，照顧不高興的勝治再回家，也只能等待夜晚來臨，害怕著外頭的記者和恐嚇電話。

「妳要振作點啊。」

房枝小聲對自己說。

只是逃避，也不會有所改變。就算等待，也不會有人來救妳。再這樣下去，和人家扔出配給的芋頭，而自己默默地撿拾的那個時候又有什麼兩樣？要振作才行。怎麼能讓別人瞧不起？要振作。不許任何人再瞧不起我了。絕對不許、不許別人瞧不起我。

◇

佳男醒來的時候，人在醫院的簡易病床上。可能是昏倒了，但現在覺得神清氣爽，只留下剛才被增尾踢倒，腦袋撞到護欄時的疼痛。

佳男在床上環顧周圍。病床不在病房，似乎放在走廊上。他想要起身，一個男子從旁邊的長椅伸出手來，按住他的胸口說：「啊，先不要動。」但是佳男依然硬是起身。漫長的走廊前方，有個護士的背影快步走過。

「應該是輕微的腦震盪……呃，等一下很快就可以安排到病房……」

年輕男子站在一旁，輪流看著遠去的護士和佳男，不安地說明狀況。佳男想起是這個年輕人救了腦袋撞到護欄的自己，想要向他道謝，卻忽地想起一件事，吞回了謝辭。

「你認識增尾圭吾？」

佳男一邊爬下簡易病床，一邊問道。男子的表情霎時僵住，戰戰兢兢地反問道：「請問，你和增尾……是什麼關係？」

佳男筆直凝視年輕男子的臉。男子身材瘦高，眼裡感覺不到生氣。男子像要逃避佳男默默無語的視線，低頭鞠躬說：「呃，我是增尾的大學同學，我叫鶴田。」

「你是他同學的話，你知道他現在在哪裡嗎？」佳男問。不過他心想對方不可能告訴他，很快地往電梯走去。

「請問……」

鶴田朝他的背後喊了一聲。

「請問，難道你是那個女孩子的……」

佳男停下腳步，回頭望向鶴田。忽地，他發現外套變輕了。他把手伸進懷裡，扳手不見了。

「你在找這個嗎？」

鶴田走過來，從黃色背包裡取出扳手。

「你也看到了吧？連我都被那傢伙踢到昏倒，我不能就這樣回去久留米。那樣實在太窩囊了。不過你可能不會瞭解這種心情吧。」

佳男伸手從鶴田手中搶過扳手。鶴田猶豫了一下，老實地把扳手交出去，說：「如果只是想見增尾，我可以幫忙，可是請你不要打壞主意，拜託你。」

◇

那個時候，我帶著石橋佳乃的父親前往增尾總是流連忘返的那家咖啡廳，途中打電話到增尾的手機。增尾接電話，感覺非常興奮，說：「噢，鶴田啊？你現在哪裡？你快點過來啦。」他大聲地說。「發生一件很好玩的事說。你猜我剛才遇到誰了？那個死在三瀨的女人的爸爸耶！說什麼『都是你害死偶女兒的』，突然撲向我，吼，眞是笑死我了。我把他給一腳踢飛了。」平常的那群跟班應該就聚集在他身邊，對著他的話起鬨。

離開醫院以後，佳乃的父親垂著頭走在我旁邊。我掛斷電話，告訴他：「增尾果然在他平常去的店裡。」佳乃的父親只是點頭，應了聲：「這樣。」

那個時候，我爲什麼會想帶佳乃的父親去見增尾？我也不太清楚。我沒辦法表達得很好，但是看到佳乃的父親在雪中抱住增尾的腿，我似乎生平第一次嗅到了人的味道，或者說在這之前，我從來沒有去注意過人的味道，而那個時候不知道爲什麼，我確實地感覺到佳乃父親的味道。……佳乃的父親和增尾相比，眞的是嬌小得教人悲傷。

以往我總是關在房間裡埋頭看電影，我看過太多人哭泣、悲傷、憤怒、憎恨的模樣了，可是那個時候，我頭一次感覺到人的感情有味道。沒辦法表達得很好，我自己都覺得心急，可是看到佳乃的父親拚命地抱住增尾的腿時，該怎麼說，我深刻體會到這次的事件……

像是增尾把佳乃踢出山路時的腳底觸感、佳乃被踢出去時手掌按在地上感覺到的冰冷，再者，像是佳乃被兇手勒住脖子時看到的天空情景，或是兇手勒住佳乃脖子時的觸感——這些我都清楚地感覺了。

我忍不住心想：一個人從世上消失，並不是金字塔頂端的石頭不見，而是底下的無數顆石頭少了一塊哪。

老實說，我不覺得佳乃的父親贏得了增尾。不管是他們對決的那個時候，還是兩個人以後的人生，贏的都一定是增尾吧。可是，我想我還是希望佳乃的父親對增尾反駁些什麼。我不希望他就這樣默默地輸了。

◇

房枝走出醫院前的巴士站，從掛在手腕上沉甸甸的提包裡取出用舊了的錢包。裡面裝著超市等商店的收據，四張千圓鈔票，還有許多零錢，當中又以五圓硬幣特別醒目。

沿海的路上只有行道樹的根部殘留一點積雪，車子激起雪融後的泥水呼嘯而去。

房枝把錢包收進提包裡。當然，巴士司機的話肯定拉了她一把，但她似乎看開了更多。這幾個星期以來一直支配著她的恐懼，彷彿完全從身體溜走了似的。

房枝離開岸邊的道路，走進通往荷蘭坂（註）的石板地小巷。

註：坡道之意。

那是什麼時候的事了？勝治有一個住在岡山、叫做吾郎的遠房堂兄帶著全家人到長崎來旅行。雖然不是很親，但勝治鼓足了勁帶他們到市內觀光，晚上再帶他們去中華街吃飯。祐一那個時候才小學低年級，所以或許是二十年前的往事了。

吾郎的妻子個性強悍，不重打扮，開口閉口就是抱怨「入場券太貴」、「咖啡太貴」。他們有個剛上中學的獨生女叫京子，旅行的時候常常陪祐一一起玩。

那好像是帶他們參觀荷蘭坂時的事，房枝受不了吾郎夫婦又在抱怨住宿的旅館有多糟，於是趕上走在前面的祐一和京子，沒想到聽見京子對祐一說：「祐一的外婆好漂亮，我好羨慕。」祐一好像沒興趣，繼續踢他的石頭，京子又說：「我媽要是像祐一的外婆這樣，至少旅行的時候綁條漂亮的絲巾就好了。」

房枝覺得害羞，拉遠了和兩人之間的距離。她綁在脖子上的絲巾是便宜貨，而且稱讚自己的也只是個才剛升中學的小女孩，但是她還是難掩自豪的心情。

或許是因為這樣，後來只要去參加祐一學校的教學參觀或家長面談，房枝都一定會綁條絲巾。雖然再也沒有人稱讚過她，但是房枝心想，如果沒有絲巾，她一定沒有勇氣和那些年輕的母親站在一起。

房枝從石板小巷走向鬧區，心想已經好幾年沒有買過絲巾了。別說是絲巾了，這幾年她完全沒有買過新衣。最後買的衣服是什麼呢？好像是在大榮買的合成皮大衣吧，還是在附近的服飾店買的淺藍色毛衣？

可能是因為滿腦子想著衣服的事，房枝在已經路過很多次的路旁發現一家第一次注意到的服飾店。店面很小，門口擺了一個幾乎要遮住入口的大花車，上面擺著一看就是給中年婦女穿的毛衣。

房枝停下腳步，望向店裡。可能是因爲外面天色還很亮，店裡暗得就像沒開燈，幾個老舊的假人以迫不及待想要奔出外頭的姿勢站立著。

假人身上穿的衣服別上大大的標價，先是定價被畫上紅色的叉，上面用紅字寫著打折後的價錢，但是上面也畫了個叉，結果也沒有寫到底是多少錢。

房枝走近入口的花車，拿起放在最前面的紫色毛衣。攤開一看，就知道自己穿太小號了。房枝看到坐在櫃台後的女人從椅子上站起來，猶豫了一下，還是放回手裡的毛衣，走進陰暗的店裡。

福態的店員立刻招呼房枝，房枝只點了點頭，撫摸假人身上穿的白色外套，於是店員走近過來說：「那件外套穿起來很舒服唷，很輕。」

標價上的定價一萬兩千圓被劃掉，折扣價格的九千圓也被劃掉了。往別處一看，收銀台旁邊掛著各式各樣的絲巾。店員注意到房枝的視線，告訴她：「絲巾也在特價唷。」

房枝走進裡面，拿起亮橘色的絲巾。旁邊有鏡子，上面倒映出穿著深灰色大衣的自己。房枝慢慢地把手中的絲巾綁上去看看。她覺得這顏色太花俏了，但是橘色的絲巾與灰色的大衣意外地相稱。

「這條多少？」房枝問。

「這個顏色的話，可以成爲衣服的好配件呢。」鏡中的店員邊說邊爲她整理絲巾，然後確定標價說：「我看看，這條是半價，三千八百圓。」

只靠著一條絲巾，自己連妝都沒化的臉看起來變得容光煥發。錢包裡的錢只有四千圓多一點，但房枝從脖子上取下絲巾，交給店員說：「請給我這條。」

◇

「請用。」

警察的手從駕駛座伸出來，上面放著手帕。那是一條純白的棉質手帕，與年輕警察粗獷的手指格格不入。他可能有家室吧，手帕熨得相當平整，還散發出一絲香味。

光代坐在警車後車座。旁邊放著裝滿食物的便利商店塑膠袋，車窗因暖氣而變得一片模糊，看不見外面。光代接過手帕，擦拭眼淚。

光代在便利商店前面突然被警察叫住，慌忙想要離開，卻被認了出來：「妳是不是馬込小姐？」她的腳再也動不了了。警察繞到前面，表情和剛才截然不同，緊張萬分。

被帶上警車後車座之後，光代突然流下淚來。年輕警察一下子擔心光代的身體，一下子詢問祐一在哪裡，又用無線電聯絡，手足無措的，但光代心慌意亂，別說是他的聲音了，她連自己的哭聲都聽不見。

光代用借來的手帕按著臉，警察掛斷無線電說：「馬込小姐，我先送妳去派出所。女警很快就會來了，詳細情形到那裡再說。」他發動引擎。

車子開出便利商店的停車場。從開出去的車子窗戶，依稀可見店員和客人站在店前望著這裡。光代發現身體在發抖，她下意識地將放在旁邊的便利商店袋子挪到膝上，緊緊抱住。

祐一發現了嗎？他有沒有注意到，馬上逃走呢？

車子就要開到通往燈塔的林間小路的十字路口。從這裡左轉，應該就會看到祐一藏身的草叢。光代緊緊抱住塑膠袋，甚至不敢往那裡看。她抱得太用力，一個麵包被擠了出來，掉在濕掉的腳邊。

「祐一……祐一……」

車子完全通過十字路口前，光代不斷地在心裡呼喚祐一的名字。

她甚至想撬開車門逃出去，但是車子的速度越來越快。離別來得太急了。她想轉向祐一所在的位置。可是要是轉頭，會被警察發現。無線通訊機傳來聲音。警察急忙放開方向盤，車子猛地往左邊一晃。

抵達派出所前，光代一直用手帕按著臉。她在警察攙扶下下車，走進無人的派出所，裡面充滿汽油暖爐的味道，不知爲何還摻雜著咖哩的香味。

「總、總之，妳先坐這裡。」

警察推著光代的背，想讓她在窗邊的長椅坐下。寒風從大開的門扉吹進來，辦公桌上的文件散落一地。桌上的電話響個不停。警官一瞬間猶豫該不該接電話，但他先去關門。門一關，電話就斷了。

光代在冰冷堅硬的長椅坐下，又抱住裝著食物的塑膠袋。握緊的手帕被手心的汗水和淚水給沾濕了。

警察想對光代說什麼，但他好像很驚慌，嘴巴才張開又閉上，他把警帽放到辦公桌上，拿起才剛停止作響的電話。

「……是。剛才回來了。……不，好像沒有受傷。但是好像情緒有點激動。……不，那件事還沒有……」

光代聽著警方的回答，想著躲在草叢裡的祐一。薄薄積雪的草叢裡有多冷呢？冰凍的樹葉和樹枝一定正戳刺著祐一凍僵的手和臉頰。

光代坐著的長椅對面的牆上貼著這一帶的地圖。派出所的位置刺著一顆紅色圖釘，便利商店所在的集落，還有兩人藏身的燈塔都在上面。

「不好意思，我想去廁所……」

光代說道，站了起來。警官用手按著話筒，猶豫了一下，不過還是幫她打開通往後面房間的門。光代默默地向他行了個禮，用眼神問他是不是可以關門，警官把話筒放回耳邊，點點頭。光代關上了門。

那裡是約三坪大的空間，摺疊擺放著休息用的棉被。

「……男方應該也還在這一帶。……不，這附近應該沒有可以長期潛伏的地方……」

門的另一頭傳來警官的說話聲。寫著「ＷＣ」的門旁有一道窗戶。光代近乎衝動地打開那道窗戶。她拿鐵椅子墊腳，翻過了窗戶。

光代一次也沒有回頭。派出所後面的矮牆她也翻過去了。她穿過民家的庭院，來到小路。小路盡頭處是山。燈塔就在這座山上。她覺得祐一在呼喚自己。光代心想就算必須爬過陡急的山坡，也要回去那座燈塔。

◇

佳男走在這名自稱鶴田的年輕人旁邊，猶豫著該不該相信他。這個年輕人偶然出現在佳男與增尾起爭執的現場，還親切萬分地護送他到醫院，然後自稱他其實是增尾的朋友。

佳男忽地感到在意，問道：「難道你也認識佳乃？」

鶴田那張彷彿幾乎沒曬過太陽的白皙臉頰凍得發紅，支吾其詞地說：「啊，不，我跟佳乃小姐並不直接認識……」

鶴田什麼也沒說，往鬧區走去。看他不招呼計程車，也不進入地鐵站，增尾一定是在這附近的店裡。

「你跟那個男的讀同一所大學？」

佳男問道，鶴田簡短地答道：「對。」

「你跟那個男的有仇嗎？」

「不，我們是好朋友。」

聽到鶴田的回話，佳男短促地一笑。如果他們真的是好朋友，怎麼可能會帶著一個身藏扳手的陌生中年男子去見他呢？

「我是抱定殺掉那傢伙的決心離開家的。你瞭解我的心情嗎？」

眞不可思議。這個人是把女兒遺棄在山上的男人的好朋友，佳男竟然想把自己的心情告訴他。

「你父母還在嗎？」佳男問道。

「在。」鶴田又簡短地回答。

「處得好嗎？」

「不太好。」

回答得斬釘截鐵。

「你有珍惜的人嗎？」

聽到佳男的問題，鶴田忽地停下腳步，納悶地偏著頭。

「只要想到他幸福的模樣，自己也會跟著高興的對象。」

聽到佳男的說明，鶴田默默搖頭，呢喃道：「……我想那傢伙也沒有。」

「沒有的人太多了。」

忽地，這句話脫口而出。

「現在這個社會上，連珍惜的對象都沒有的人太多了。沒有珍惜對象的人，自以爲什麼都辦得到。因爲沒有可以失去的事物，自以爲這樣就變強了。既沒有可以失去的事物，也沒有想要的事物。可能是因爲如此，才會自以爲是個逍遙自在的人，用瞧不起的眼神去看那些患得患失、忽喜忽憂的人。但不是這樣的。這樣是不行的。」

鶴田只是呆立在原地。佳男推著他的背前進：「喏，哪邊？快走吧。」

來到一家面對大馬路、整片牆壁都是玻璃的餐廳前，鶴田停下腳步。擦拭得光可鑑人的玻璃上，用白色的油漆寫上各種字母，躍然其上，但不知道是哪一國的語言。店裡有許多年輕女孩正用叉子戳著大缽裡的生菜沙拉。

鶴田在店前停下腳步，佳男留下他，一個人走進店裡。他一走進去，店裡的音樂、廚房的碗盤敲擊聲及客人的笑聲一口氣湧入耳裡。

前方桌位沒看見增尾。也不在圍繞廚房的吧台座位。佳男無視於過來帶位的女服務生，往裡面走去。沙發座有兩名年輕男子，臉朝著這裡。他們仰望前方背對這裡說話的增尾，正笑得連喉嚨都仰了起來。

佳男直走了進去。增尾沒有發現，對著他前面的兩個人比手畫腳地說著什麼。

「……然後啊，那個歐吉桑突然撲了上來，說：『都是你害死偶女兒的！』表情有夠嚴肅、有夠拚命的。哈哈哈，看到那個歐吉桑的表情，我都快笑死了。喏，阿松有時候不是會模仿老頭子嗎？」

眼前，兩個人正對增尾的話開懷大笑。但是佳男不懂哪裡好笑。他不懂，為了被殺的女兒拚命的父親的表情，為什麼會那麼好笑？

兩人注意到佳男，瞥了他一眼，增尾跟著回過頭來，瞬間倒抽了一口氣。

佳男不懂。他不懂嘲笑他人悲傷的增尾。他不懂對增尾的話發笑的兩個年輕人。他不懂送信來誹謗中傷佳乃的人。他不懂八卦節目上認定佳乃是個放蕩女的評論家。

「佳乃。」佳男在心中呼喚女兒的名字。

爸眞的不懂。

增尾就杵在前面。他連吭都不敢吭一聲，臉上血色全無。佳男在懷裡緊緊握住扳手，不知爲何感覺輕極了。

「很好笑嗎？」佳男問。

他是眞心想問。增尾退了一步。

「你要就這樣活下去嗎？」

忽地，這句話脫口而出。

「……你就像這樣一輩子嘲笑別人活下去吧。」

佳男悲傷得無以復加。他悲傷得甚至忘掉了憎恨。

增尾等人愣住了。佳男從懷裡抽出扳手，扔在增尾腳邊。然後他沒有再說什麼，離開了現場。

這天，佳男在下午四點剛過的時候回到久留米市內的自宅。兩天離家不在，他一想到原本就鎮日以淚洗面的妻子里子會有多麼擔心，就內疚得心痛。

把車子開進稍遠處的停車場後，他拖著沉重的步伐回家。佳乃走了以後，他沒有力氣做任何事。他不知道面對嘲笑自己的增尾，最後卻什麼也沒做地回來，究竟是做錯還是做對了？

走出停車場前的小巷時，他遠遠地看見「理容石橋」的招牌。突然間佳男以爲自己眼花了。佳乃過世後一次也沒有打開過的店門旋轉招牌，正兀自轉個不停。

佳男半信半疑地加快腳步。他越是走近，就越確定旋轉招牌確實是在旋轉。

佳男跑了出去。他在門口喘了一口氣，打開店門。店裡沒有客人，但是里子穿著白衣站在那裡，正在摺疊剛洗好的毛巾。

「妳……是妳開店的嗎？」佳男問。

里子被突然衝進店裡的佳男嚇了一跳，睜圓了眼睛說：「……啊，嚇死我了。」然後她微笑說：「不是我開的，是誰開的？啊，對了，剛才園部先生來剃頭了。」

「是妳剃的嗎？」

妻子這幾年因爲不願意觸摸客人的頭髮，完全不進店裡來。然而那個妻子現在卻穿著白衣，站在眼前。

「妳很擔心吧？」佳男問。

里子摺著毛巾，默默搖頭。

「……我回來了。」佳男說。

夕陽照射下，門上「理容石橋」四個字在兩人腳邊投下了影子。

◇

房枝謝絕包裝，在店裡綁上絲巾。房枝本來想隨便綁一綁，但店員教了她「方巾結」的綁法。房枝付錢以後，離開店裡。只是多了一條絲巾，她卻覺得意氣風發起來了。

房枝從服飾店穿過公園，來到巴士總站後面。入夜後，這裡會出現許多小攤販，但現在時間還早，路旁只有幾個用白鐵皮和鎖嚴密地關上的小攤子。

馬路前方有一座大型計時收費停車場，再過去就是熱鬧的中華街。

房枝受到男人們要脅的時候，從那個房間的窗戶看到這座停車場。當時房枝怕得連頭都不敢抬，但是一個口氣偶爾會變得溫和的頭目級男子拿了一杯熱茶給她的時候，她瞬間偷瞄到窗外。

房枝順著馬路走去，來到停車場的柵欄處，吞了口口水，慢慢地回頭仰望背後的大樓。那是一棟隨處可見的老舊住商混合大樓，有一道狹窄的樓梯通往二樓夾層，只看得見藍色電梯門的下半部分而已。

不知道是不是去中華街吃飯，一個年輕的父親肩膀上坐著年幼的女孩路過。女孩頭上戴著一頂像聖誕帽的帽子，似乎覺得很不舒服，想要把它給拿下來，又被走在一旁的母親給戴好。

房枝握緊掛在手腕上的皮包，再一次深呼吸，走了出去。她自以爲腳步非常堅定，雙腿卻猶如踏在水面上的木板似地，晃顫不已。

房枝走進陰暗的住商混合大樓。她踏上磁磚剝落的第一段階梯，忍不住想要拔腿就逃，她急忙握住黑得發亮的扶手。

祐一，你現在在哪裡？

房枝踏上一階。

不管發生什麼事，外婆都站在你這邊。

再踏上一階。

你也要做對的事。你一定也很怕吧？可是不可以逃避。要好好地做對的事。外婆也不會認輸。

房枝觸摸電梯的按鈕。手腕被皮包的重量壓得發顫。門很快就開了。電梯非常狹小，進去三個人就滿了。房枝走進裡面，按下三樓的按鈕。在門關上之前，她一連按了好幾次。

電梯門打開以後，房枝走出陰暗的走廊。走廊盡頭處有一道門。

祐一，不可以逃避。你一定很怕，但是不可以逃避。就算逃跑，也不會有所改變。就算逃跑，也不會有人來救你。

不知不覺，房枝正一邊如此呢喃，一邊走過狹窄的走廊。她來到門前，室內傳來男人的笑聲。來到這裡以後，身體卻僵硬了。室內除了男人的笑聲，還有電視聲。可能是在坐雲霄飛車，女孩子的尖叫聲伴隨著隆隆聲傳來。女孩子越是尖叫，看電視的男人們活生生的笑聲就顯得越近。

房枝咬緊牙關，轉動冰冷的門把。門沒有上鎖，無聲無息地打開，門縫間飄來香菸的味道。

門完全打開之後，她看見三個男人大搖大擺地坐在電視機旁的沙發上，背對著這裡。一個看起來最年輕的男人立刻發現房枝站在門口，不耐煩地問道：「什麼事？」房枝踏出一步。她不知道在發抖的是自己還是地板。出聲的男人站了起來，其他兩個也盯著房枝看。

「大嬸，幹嘛？」

站起來的年輕男子走了過來。剩下的兩個視線已經轉回電視上了。

「我沒有要簽一年的契約……」

房枝拚了命地說。男子好像沒聽見，走近過來，大聲問道：「啥？妳說什麼？」

「我沒有要簽一年的契約！請你們取消！」

房枝大叫。她的視野劇烈搖晃，感覺隨時都會昏倒。聽到房枝的叫聲，沙發上的兩個人又回過頭來。

「請你們取消！我家沒那種錢！請你們取消！」

房枝口沫橫飛地叫道。

她手裡揮舞的皮包打到櫃子。三個男人看到房枝拚命的模樣，笑了出來。但是房枝聽不見他們的笑聲。

「……我是拚了老命才活到這把歲數的。才不許你們……才不許你們瞧不起我！」

房枝大叫，氣喘如牛地離開房間。她在走廊上跌跌撞撞地前進，心想要追就來啊，想笑就笑吧。但是關上的門扉另一頭既沒有追上來的腳步聲，也聽不見笑聲。陰暗的走廊寂靜得令人瑟縮。

◇

就在剛才，夕陽觸碰到水平線了。祐一站在斷崖前端，目光追尋著飛進夕陽的兩隻海鳥。

祐一不等夕陽西下，便回到燈塔的管理小屋。這個小屋絕不溫暖，但還是可以讓他感覺到一直站在斷崖上的身體變得有多冰冷。

鋪在地板的三合板上放著光代摺好的睡袋。光代喝過的橘子汁利樂包、光代吃過的巧克力包裝盒，此外還有光代排列的小石頭。

祐一在摺好的睡袋坐下。臀部陷了下去，水泥地的冰冷透過三合板傳了上來。

躲在樹叢的時候，樹葉上的積雪落在脖子上。祐一冷得縮起肩膀，於是融化的雪水溜過背後。只是去便利商店買個東西，光代也回來得太晚了。祐一擔心起來，走出樹叢。就在他要走出馬路的當下，一名警察突然從巴士站牌走過來。祐一情急之下躲到電線桿後面。警察在馬路另一頭的佈告欄上貼了什麼，又走回巴士站。

祐一觀望了一陣子，又想走出馬路的時候，這次一輛警車鳴著警笛開了過來。祐一急忙又躲到電線桿後面。

五分鐘過去，十分鐘過去，光代還是沒有回來。祐一心想，或許光代也注意到警車，改從神社那裡回去燈塔了。祐一撥開雜草，走上山去。但是不管再怎麼等，光代都沒有回來。

祐一用手指彈開光代排在三合板上的小石頭。不知道有什麼意義，大小、顏色不一的小石頭呈一直線排列。祐一把所有的小石頭撈進手心，握在一起，手中傳來小石頭碎裂的聲音。

光代……

祐一捏碎小石頭，呼喚光代的名字。除此之外，他想不出任何話語。

這個時候，山腳下吵鬧起來。平常山腳下的動靜在山頂的燈塔是不易察覺的。一股不祥的騷動沿著山壁傳了上來。

祐一握緊小石子，跑出外面。太陽已經西下，黑暗遮蔽了海與山的境界。山腳下的小鎮燈火依稀可見，警車的紅色車燈穿梭其中。不只一輛。紅色的車燈從四面八方聚集到山腳下的小鎮裡。警笛如浪濤般在山底下不斷地迴響。

可能是由於山腳下的騷動，山上更顯得寂靜了。祐一把視線從吵鬧的山腳移開，仰望聳立在背後的燈塔。已經廢棄的燈塔支撐夜空似地聳立著。

祐一忽地想起小時候，被母親拋下時一直盯著看的對岸燈塔。

那個時候母親說「媽很快就回來」，之後就消聲匿跡了。祐一相信母親的話。但是不管再怎麼等，母親都沒有回來。祐一心想一定是自己做錯了什麼事。他拚命地思考究竟做錯了什麼。但是不管怎麼想，他都想不到惹母親生氣的理由。

最後一班渡輪眼看就要開走。祐一等累了，在碼頭邊一個人走著，此時一個小女孩突然從停車場跑了過來。小女孩可能才剛學會走路，似乎不曉得該怎麼控制跑得飛快的雙腳。祐一抱住跑過來的小女孩。小女孩鬆了一口氣，祐一到現在都還記得她的表情。小女孩的父親跟著趕來，想要抱起女兒，於是女孩把手中握住的烤魚捲伸向祐一。祐一拒絕了，但女孩的父親說：「這是剛買的，吃吧。」遞給了祐一。祐一道謝，收了下來。

仔細想想，母親消失之後，一直到隔天早上被渡輪場的工作人員發現，祐一唯一吃到的東西就只有那條烤魚捲。

祐一仰望燈塔，把手裡握住的小石頭扔過去。「光代……」他再次呼喚。大大小小的石子四散飛去，只有最大的一顆打中了燈塔底部。

或許光代坐在那輛警車上。或許光代被抓了。如果她被抓了，我得立刻去救她才行。我要趕快過去，對警察說：「光代是被我強行帶走的。她是被我威脅，才不得不跟我走的。」……不，不對。光代會回來。光代不可能被警察抓住。她在便利商店買了許多食物，會笑著回來說：「不好意思，我回來得晚了。」因爲她說：「我很快就會回來了。」她這麼說，笑著和我道別的。

祐一撿起腳邊的石頭，扔向燈塔。

光代不在，這讓祐一難過得胸口彷彿被挖了一個大洞。光代現在也在某處孤零零的一個人。祐一絕對不想讓光代嚐到這種心酸。這種痛，只要自己一個人嚐就夠了。

◇

抓住的樹幹皮剝裂，刺進指甲裡。光代忍耐著痛楚，重新握住細枝，踩上岩石。森林裡一片漆黑，不管把腳踩哪裡，都會踏到枯木。只是枯木還好，生苔的岩石會讓腳打滑，她已經在泥濘的地上摔倒好幾次了。

光代從派出所的窗戶逃跑後，一心朝著燈塔所在的山頂走去。途中她穿過民家的庭院，一個老婆婆站在簷廊上叫住她，但她頭也不回，翻過圍牆，踏進伸手不見五指的山裡。

樹木枝葉上的積雪使得視野顯得一片微亮。但是雪的冰冷也讓她的指尖失去了觸覺。抬頭一看，樹木的上方是天空。只要到那裡，就是祐一等待的燈塔。抓住的草上有刺。細枝一次又一次撓彎，打上臉頰。

即使如此，光代還是抓住岩石，爬上山崖。只要稍一停步，坐上警車時的悲傷就彷彿從底下追趕上來。光代已經沒有力氣思考現在在做什麼、或做了什麼。她只想再見到祐一一面。祐一不在身邊，讓她難過極了。她不想讓在燈塔等待自己的祐一繼續嚐到寂寞的滋味。

她不曉得哪來的這股力量。她不知道自己竟有如此大的力量去愛一個人。

「祐一！」

每當被冰冷的樹枝和葉子打到臉頰，光代就緊咬嘴唇，呼喚祐一的名字。

祐一在燈塔等我。他絕對在那裡等我。我以往的人生，有過那樣一個地方嗎？那裡有等我的人。只要到那裡……只要能夠到那裡，就有愛我的人。過去曾有那樣一個地方嗎？我活了三十年，曾經有過那樣的地方嗎？我找到它了。我正在朝那裡邁進。

光代用失去感覺的手抓住冰冷的樹枝，爬上濕滑的山崖。

◇

這天，九州北部的氣溫降到攝氏零度以下。九州自動車道在下午五點決定全面重新設定限制車速。山區實施車輪上雪鏈規定，市區有些地方也降了霜。黃昏的新聞播出晚間大雪預報，市區面臨交通癱瘓的危機。位於福岡與佐賀交界處的三瀨嶺在下午五點半過後禁止通行。這段資訊以字幕方式突然出在報導影藝新聞的電視畫面，很快地又消失了。

此時，一名老婦人來到位於港鎮的派出所。她說在約二十分鐘前，有個年輕女子穿過自家庭院，跑進後山。聽到老婦人的話，面無血色的警察急忙攤開地圖。港鎮的派出所平常總是靜悄悄的，今天卻異於平常，聚集了許多警察。

老婦人自家庭院後面的山上有座現在已經廢棄不用的燈塔。聚集在派出所的警官們手指重疊在地圖上。

「我叫住那個年輕小姐，問她『妳要去哪裡』，結果她頭也不回地跑進山裡了。」

老婦人悠哉的說明已經傳不進奔出派出所的警官耳裡了。

同一時刻，祐一決定下山，在燈塔的管理小屋收拾睡袋。只要下了山，就會被逮捕，也沒有機會再用到睡袋了，即使如此，他還是下意識地揹起睡袋。蠟燭已經熄滅，小屋裡一片漆黑，卻仍看得見吐出來的白色氣息。

離開管理小屋一看，山腳下的小鎮吵嚷得更厲害了。剛才還在鎮裡四散巡迴的警車紅色車燈，現在已經排成一列，從山腳直往燈塔過來。

祐一渾身虛脫無力，只能勉力站著。

就在這個時候，漆黑的樹叢裡枝葉晃動，傳來光代微弱地呼叫自己的名字。「光代！」祐一大聲叫道，於是光代的聲音響了起來：「祐一！」樹枝搖晃，葉子上的積雪掉了下來。祐一翻過柵欄，衝進漆黑的樹林裡。

光代的頭髮沾滿枯葉，插著斷掉的樹枝，指尖滿是鮮血，眼角被淚水和雪沾濕了。

「我回來了……」光代虛弱地微笑，祐一扶著她，讓她爬過柵欄。

「……我還是不想離開你。」

光代呢喃道，祐一急忙朝她凍僵的手指呵氣。

「我逃出來了……。我不想就那樣和你分開……」

祐一用力摩擦光代凍僵的身體。光代的臉頰冷得讓祐一甚至覺得自己冰涼的手是溫的。

祐一摟住光代的肩膀，想要進去管理小屋，但是光代忽地停下腳步，發現警車的紅色車燈排成一列，正從山腳沿著林間小路上來。紅色車燈的行列確實地逼近燈塔。好幾道警笛在山中迴響。祐一推推光代的背。

兩人進入小屋，祐一攤開背上的睡袋。他讓疲倦的光代坐下之後，光代抱住了祐一的脖子。警笛聲又逼近了。

「……對不起，我什麼都不能幫你，對不起……」

光代抱著祐一的脖子，放聲哭泣。

「早知結果一定都會被抓，都是我的任性，叫你跟我一起逃走……要是我不說這種任性的話……」

光代啜泣個不停，祐一緊緊地抱住她。

「明明什麼都幫不了你，我還叫你跟我在一起……我是個笨女人，你卻這麼溫柔地抱住我……什麼都不怪我地抱住我……。我好難過。你對我越好，我越難過。我好恨什麼都沒辦法幫你。都是我不好。……是我不好。那時候你明明說要去自首的，都是我……。都是我的錯，都是我不好，我不該阻止你的……」

祐一只是默默地聆聽光代邊啜泣邊說。光代的哭得越大聲，警笛聲也跟著越響。警車排成一列，逼近兩人所在的燈塔。

祐一硬是扯下光代摟住脖子的手。光代怔了一下，想要把臉埋進祐一的胸膛。但是祐一拒絕了她。祐一拒絕光代，目不轉睛地凝視她淚濕的瞳眸。

紅色的燈光從管理小屋的玻璃窗照了進來。照進來的紅色燈光染紅了光代淚濕的臉頰。光代察覺到紅色的燈光，想要抱住祐一。警察的腳步聲逼近了。

「我……不是妳所想像的那種人。」

祐一把想要抱上來的光代粗魯地按倒在三合板上。

光代短促地尖叫一聲。警察的手電筒在玻璃窗另一頭交叉。此時祐一騎坐到光代身上，雙手握住她冰冷的脖子。

光代瞪大了眼睛，想要尖叫。祐一閉上眼睛，雙手用力握住光代的脖子。門在背後打開。無數的手電筒燈光捕捉到了兩人的身影。

◇

不知是多久以前的事了？那個時候我還會期待他做來的便當，所以應該是認識之後沒多久的事吧……。我們就像平常一樣，在店裡的包廂床上吃著他做的便當，聊了些什麼呢？我們聊到彼此的母親。

我已經完全忘掉我們曾經聊過這種事了，不過，喏，他被捕以後，八卦節目什麼的不是又想起什麼忘了說似地大肆報導嗎？那個時候他母親也上了電視，凶巴巴地對著記者大叫：「我已經被懲罰得夠多了！」看到這一幕，我突然想起那個時候的事來。

我從小就和母親相依爲命。我做的是那種工作，說這種話或許很怪，不過全世界裡，我唯一不想讓我的母親牽掛。我把我的想法告訴他，結果他突然變得一本正經，說：「這件事我只告訴妳，每次我去見我媽，都會跟她要錢。」

這不是什麼稀奇事，所以我漫不經心地應聲，不過我想既然他說得這麼嚴肅，應該是心裡頭覺得過意不去，所以或許會接著說一兩句反省的辯解吧。老實說，當時我覺得有點厭惡，心想話題可能會變得很無聊。

可是他卻出乎意料地說：「其實我根本不想要錢，卻還是向我媽討錢，真的很難過。」所以我笑說：「那你不要跟她要錢就好啦。」結果他想了一下說：「……可是那樣的話，兩邊都不能變成被害人了。」

一瞬間我不懂他在說什麼，想要追問，不過那個時候正好時間到了，電話打來催人了。這個話題就到此打住。後來，他好幾次都帶便當來，但是再也沒有提到母親的事了。最近，電視跟雜誌不是大幅報導他還有最後跟他在一起那個差點被他殺掉的女子的供詞嗎？每次看到那些報導，我都覺得哪裡怪怪的。「……可是那樣的話，兩邊都不能變成被害人了」。我就是一直想起他說那句話時的表情。

可能是因爲這樣吧，最近我有點想見見跟他亡命到最後、住在佐賀的女子。我怎麼樣就是很在意他說那句話時的表情……

當然，我知道就算我去見那個女子、和她談了什麼，事情也不會有所改變。要是寫信給他……不，我不該多管閒事哪……

當然，或許就像他供稱的，不管是在嶺上還是在燈塔，都是他一時衝動，萌生了殺意吧。或許他實際上就是這樣一個人……

結果好不容易開張的店上個月收起來了。才剛開幕就生病，我想我是沒那個運氣吧。……我現在又在做以前的工作了。開店的時候，我把所有的存款都用光了，可是店一收起來，馬上就需要生活費哪……。一想到自己的年紀，我就感到心慌意亂，可是現在我也只剩下這條路可以走了……

◇

事情就像我之前說的那樣。我沒有要補充的地方，也沒有要更正的地方。

逼迫女性，讓我獲得快感。看到女性被逼入絕境、痛苦萬分的模樣，我就感覺到性亢奮。

只是我一直沒有發現而已，但其實內心是有這樣的感覺的。我想我第一次做的口供應該已經被報章雜誌大肆報導了吧。那千眞萬確是出自我的口中。我就是這樣一個人。

我並不是最初就想殺掉石橋佳乃小姐才跟蹤她的。她跟我約好了，卻突然說「今天我沒時間」，而且還在我面前搭上別的男人的車，我只是希望她向我道個歉，所以我才追上她……。可是佳乃小姐在山上被踢出車子……。我想要幫她，她卻拒絕了我，說要報警，我回過神的時候，已經掐住她的脖子了。

或許就像刑警先生說的，那個時候，我第一次發現對痛苦的女人感覺到性亢奮。所以，我也沒有自首，又尋找起其他女人，和恰好聯絡我的馬込小姐約好見面。

剛被抓到的時候，馬込小姐好像作證說她是出於她的意志跟著我四處逃亡的。不過我想那也是因爲我逼迫馬込小姐，把她的精神逼迫到走投無路的地步，她才會這樣想。我向馬込小姐坦白我殺了佳乃小姐，讓她知道我是個心狠手辣的男人，她絕對沒辦法輕易逃離我身邊，好讓她服從我。

事實上，馬込小姐對我唯命是從，而且我身上也沒錢，跟馬込小姐一起逃亡，對我來說反倒方便。

馬込小姐好像爲我辯護說我沒有威脅她，也沒有對她動粗，不過這也就像刑警先生說的，是因爲她從我身邊被解放以後，仍然無法立即擺脫那種恐懼，所以才會這麼說，反過來說，這證明了我就是以如此莫大的恐懼在支配著馬込小姐。

馬込小姐跟我在一起的時候，總是驚恐萬狀。我告訴她我殺掉佳乃小姐的狀況時、硬是把她帶進賓館時、坐在車子的副駕駛座時、還有抵達燈塔後，她都一直戰戰兢兢的，而我看到馬込小姐那走投無路的樣子，卻感到興奮無比。

聽刑警先生說，我被逮捕的隔天早上，外公去世了。外公把我養到這麼大，我卻在最後的最後這樣傷了他的心，我眞的覺得很過意不去。

當然，我對外婆也是同樣的心情。我知道外婆去了石橋小姐家和馬込小姐家道歉，也知道兩家人都不肯見外婆……

外婆很內向，一個人什麼都做不到，一想到這裡，我就……

外公跟外婆一點錯都沒有。他們一點錯都沒有，我卻……

我也寫了信給佳乃小姐的父母。我沒有收到回信。可是他們本來就不可能回信，再說，我根本沒有寫信的資格。就算道歉，也一輩子道歉不完。不管有什麼理由，我都做了不可挽回的事。我應該以死謝罪才對。我知道除此以外，我這種人無法做出任何彌補。可是在我以死謝罪以前，也只能夠不斷地祈求道歉。

對於馬込小姐，我當然也覺得很過意不去，如果警察來得再晚一點，她應該也落得跟佳乃小姐相同的下場了。肯定是的。不，或許我從第一次見到她起，就一直在想像著那個場面和觸感。

我說過很多次了，我打從一開始就根本不喜歡馬込小姐。我只是把她當成逃亡時的財源，才偶爾裝出喜歡她的樣子來討好她。就在假裝喜歡她的時候，連我都被自己騙了，以爲自己是眞心喜歡她的。

可是現在重新回想，其實就算不是馬込小姐也無所謂。就算不是馬込小姐……只是，如果我沒有遇到馬込小姐……

如果我沒有遇到她……

那天晚上，石橋佳乃小姐對我大叫：「我要去報警！」那個時候，我覺得不管我再怎麼主張她是騙人的，也不會有人相信我。我覺得全世界沒有一個人會相信我的話。我怕得要命，所以忍不住做出那種事來。所以我的內心才一直沒辦法坦承自己做出來的事……。所以我才會做出逃亡如此卑劣的舉動……

可是現在不一樣了！有人相信我說的話。我已經明白了。所以我現在敢承認了，我是個殺人犯。我是個殺人犯，我殺了佳乃小姐，還擄走馬込小姐……我敢堂堂正正地這麼說。

呃，最後我可以問你一件事嗎？

聽說馬込小姐回去上班了，這是眞的嗎？

等一下你要去見馬込小姐吧？

或許我沒資格說這種話，不過可以請你轉告馬込小姐嗎？請她早點忘了這件事……請她一定要幸福……。我們可能再也不會見面了，請你這麼幫我轉告就行了。

我想她一定很恨我，可能也不想聽到我說的話，可是請幫我轉告，只要幫我轉告這些話就好了……

◇

最近，我又和妹妹一起同住在公寓了。由於公司的同事幫忙，這個月開始，我又可以回歸職場了。

一切都和以前一樣。就和遇到他之前的生活一樣，毫無改變。

事件剛結束的時候，電視和雜誌記者大舉來到老家，自己也還很混亂，不過現在已經恢復往常，照樣每天早上八點起床，騎腳踏車去上班，黃昏回到公寓，做自己和妹妹兩人份的晚餐……

上個假日，我在附近的購物中心睽違已久地買了一張喜歡的歌手的CD。我也覺得最近心情稍微平靜些了。

自從他被捕以後，我就從刑警那裡聽到許多他對於事件的供述。當然，起初我還是很難相信，什麼「我想逼迫女人，看女人痛苦的樣子。」「我會帶她一起逃，是爲了要她出錢。」……

不管再怎麼聽，我都無法相信。可是後來我慢慢地覺得，其實可能只有我一個人在一頭熱吧。或許他眞的只是利用了傻傻一頭熱的我。

但是，因爲電視和雜誌大肆報導他的說法，我的老家不再被人扔石頭了。現在公司裡雖然還是會有人用好奇的眼光看我，但也不像之前那樣，只是在路上擦身而過，就露出厭惡的表情。

因爲我不是和殺人犯一起亡命的女人，而是被他強迫擄走的被害人……

家人提議我搬到別的城鎮生活，但是我連和他逃亡的時候，都離不開這塊土地呢。我沒有其他地方可去。

最近，我有時候也會讀雜誌上的事件報導。但是不管怎麼看，我都覺得上面寫的女人不是我自己……

我不是在逃避現實。但是不管我如何努力回想，都依然覺得記憶中的女人不是我自己。在那場事件當中，我一直忘了自己是個什麼樣的女人。我明明是個什麼都不會的女人，當時卻自以爲什麼都辦得到……。我明明從以前就是個什麼都不會的女人……

前幾天，我第一次到三瀨嶺，石橋佳乃小姐過世的地方獻花。我一直沒有勇氣過去，但是我覺得我有去的義務……

妹妹說「妳也一樣是被害人，沒必要勉強去」，但是那時候，他在呼子的烏賊料理店告訴我那件事的時候，我原諒他了。當時我滿腦子只想著自己的事，但是不管是什麼樣的理由，他都以暴力結束了佳乃小姐的人生。而我卻原諒他了。

我想我有義務花上一生，向佳乃小姐道歉。

佳乃小姐過世的地方，即使在白天也很昏暗，是一條很冷清的彎道。地上的獻花已經枯掉了，不曉得是誰放的，有一條橘色絲巾就像記號一樣綁在護欄上面。我打算今後每個月的祭日都要去向佳乃小姐道歉。當然，就算這麼做，我也不可能獲得原諒……

我還沒有見過他的外婆。他的外婆好像已經拜訪過我老家好幾次了，但是老實說，我不曉得該用什麼樣的表情去見她才好。他的外婆沒有任何責任。我只想告訴她這句話……

我盡可能不去聽聞他的審判經過。當然，起初我反駁說他是在說謊……我沒有被他威脅，也沒有被他洗腦……我們是眞心相愛的，可是就像社會大眾說的，有哪個男人會眞心愛上在交友網站上邂逅的女人呢？如果他眞心愛我，怎麼可能會掐我的脖子呢？

但是，只顧著逃亡的每一天……只能縮在燈塔的小屋裡害怕的每一天……下了雪，兩個人凍得發僵的每一天，我到現在都還覺得懷念。我眞的很傻，現在光是想起那些日子，還是心痛不已。

一定是只有我在一頭熱。

因爲他殺了佳乃小姐呢。他還想殺了我呢。

就像社會大眾說的對吧？他是個惡人，對吧？只是我自己要喜歡上那個壞蛋罷了。喏，你說對嗎？

吉田修一
Yoshida Shuichi
作品集10
惡人

國家圖書館出版品預行編目資料

惡人／吉田修一著；王華懋譯
.-初版.-臺北市：麥田出版：
家庭傳媒城邦分公司發行，2008〔民97〕
面： 公分. ——（吉田修一作品集：10）
譯自：悪人
ISBN 978-986-173-428-6（平裝）
861.57　　97017016

 ISBN 978-986-173-428-6

原著書名／悪人•翻譯／王華懋•原出版者／文藝春秋•作者／吉田修一•責任編輯／戴偉傑•發行人／凃玉雲•總經理／陳蕙慧•出版社／麥田出版・城邦文化事業股份有限公司・100台北市中正區信義路二段213號11樓・電話／(02) 2356-0933・傳眞／(02) 2351-9179、2351-6320•發行／英屬蓋曼群島商家庭傳媒股份有限公司城邦分公司・台北市中山區民生東路二段141號2樓・書虫客戶服務專線：(02)2500-7718; 2500-7719・24小時傳眞服務：(02)2500-1990；2500-1991・讀者服務信箱 E-mail：service@readingclub.com.tw・劃撥帳號：19863813・戶名：書虫股份有限公司•香港發行所：城邦（香港）出版集團有限公司・香港灣仔駱克道193號東超商業中心1樓・電話：(852) 25086231・傳眞：(852) 25789337•馬新發行所／城邦（馬新）出版集團【Cite (M) Sdn. Bhd. (458372 U)】11, Jalan 30D/146, Desa Tasik, Sungai Besi, 57000 Kuala Lumpur, Malaysia・電話：(603) 9056 3833・傳眞：(603) 9056 2833•封面設計／聶永眞•排版／浩瀚電腦排版股份有限公司•印刷／前進彩藝有限公司•2008年（民97）11月初版・定價330元

cite城邦媒體 麥田出版

Rye Field Publications
A division of Cité Publishing Ltd.

廣 告 回
北區郵政管理局登
台北廣字第0007
免 貼 郵

英屬蓋曼群島商
家庭傳媒股份有限公司城邦分公司
104 台北市民生東路二段141號2樓

▼

請沿虛線折下裝訂，謝謝！

文學・歷史・人文・軍事・生活

讀者回函卡

cite城邦媒體

謝謝您購買我們出版的書。請將讀者回函卡填好寄回，我們將不定期寄上城邦集團最新的出版資訊。

姓名：________________ 電子信箱：________________

聯絡地址：□□□ ________________

電話：（公）________________ 分機 ____（宅）________________

身分證字號：________________（此即您的讀者編號）

生日：____年____月____日 性別：□男 □女

職業：□軍警 □公教 □學生 □傳播業 □製造業 □金融業 □資訊業 □銷售業

□其他 ________________

教育程度：□碩士及以上 □大學 □專科 □高中 □國中及以下

購買方式：□書店 □郵購 □其他 ________________

喜歡閱讀的種類：（可複選）

□文學 □商業 □軍事 □歷史 □旅遊 □藝術 □科學 □推理 □傳記

□生活、勵志 □教育、心理 □其他 ________________

您從何處得知本書的消息？（可複選）

□書店 □報章雜誌 □廣播 □電視 □書訊 □親友 □其他 ________________

本書優點：（可複選）

□內容符合期待 □文筆流暢 □具實用性 □版面、圖片、字體安排適當

□其他 ________________

本書缺點：（可複選）

□內容不符合期待 □文筆欠佳 □內容保守 □版面、圖片、字體安排不易閱讀

□價格偏高 □其他 ________________

您對我們的建議：________________

____

____